L'ANTICHAMBRE

COLLECTION TERREUR
dirigée par Patrice Duvic

Iain Banks
LE SEIGNEUR DES GUÊPES

William P. Blatty
L'ESPRIT DU MAL
EXORCISTE 3

Robert Bloch
PSYCHOSE
LORI
PSYCHOSE 2
L'ÉCHARPE
PSYCHOSE 13

Ramsey Campbell
ENVOÛTEMENT
LA SECTE SANS NOM

Matthew Costello
CAUCHEMARS D'UNE NUIT D'ÉTÉ

Martin Cruz-Smith
LE VOL NOIR

John Farris
LE FILS DE LA NUIT ÉTERNELLE
L'ANGE DES TÉNÈBRES

Ray Garton
EXTASE SANGLANTE
CRICIFAL

Raymond E. Feist
FAËRIE

Linda C. Gray
MEDIUM

Thomas Harris
DRAGON ROUGE

James Herbert
LES RATS
LE REPAIRE DES RATS
LE SURVIVANT
FOG

Stephen King
SALEM

Dean R. Koontz
LE MASQUE DE L'OUBLI
MIROIRS DE SANG
LA VOIX DES TÉNÈBRES
LES YEUX DES TÉNÈBRES
UNE PORTE SUR L'HIVER
LA PESTE GRISE
LA MORT A LA TRAÎNE
LA NUIT DU FORAIN

Stephen Laws
TRAIN FANTÔME

Robert McCammon
LA MALÉDICTION DE BETHANY

Michael McDowell
LES BRUMES DE BABYLONE

Graham Masterton
LE DÉMON DES MORTS
LE PORTRAIT DU MAL
LE JOUR « J » DU JUGEMENT
MANITOU
LA VENGEANCE DU MANITOU
LE MIROIR DE SATAN
LES PUITS DE L'ENFER

Anne Rice
LESTAT LE VAMPIRE
ENTRETIEN AVEC UN VAMPIRE
LA REINE DES DAMNÉS

John Saul
CASSIE

Peter Straub
JULIA
GHOST STORY

Sheri S. Tepper
OSSEMENTS

Thomas Tessier
L'ANTRE DU CAUCHEMAR

Thomas Tryon
LA FÊTE DU MAÏS
L'AUTRE

Jack Vance
MÉCHANT GARÇON

Bari Wood-Jack Geasland
FAUX-SEMBLANTS

Bari Wood
AMY GIRL

Chet Williamson
LA FORÊT MAUDITE

T.-M. Wright
MANHATTAN GHOST STORY
L'ANTICHAMBRE

T. M. WRIGHT

L'ANTICHAMBRE

PRESSES POCKET

Titre original :
The Waiting Room
traduit par : Gérard Coisne

ISBN : 2-266-04488-5

Pour ma mère, Marieanne Aubin
avec tout mon amour

REMERCIEMENTS

Merci à Stacy Horn pour ses encouragements, qui m'ont été d'un grand secours, et à Jeff Zaleski, pour son soutien constant. Merci également pour tout à Harriet P. McDougal, insigne directrice de collection.

Merci enfin à Barbara Doherty d'être simplement ce qu'elle est, c'est-à-dire un être merveilleux s'il en fut.

PREMIÈRE PARTIE

PLONGÉE VERS L'ABÎME

CHAPITRE UN

Je m'appelle Sam Feary. Je suis l'ami d'Abner W. Cray. Les gens l'appellent souvent Abner Doubleday[1], soit parce qu'ils trouvent cela amusant, soit parce qu'ils sont durs d'oreille et croient qu'il s'agit réellement de son nom. Quoi qu'il en soit, il a horreur de cela.

Abner et moi nous connaissons depuis que nous sommes tout gosses ; nous avons grandi ensemble à Bangor, dans le Maine. J'ai un an et demi de plus que lui. Je dois lui mettre au moins cinquante points dans la vue au niveau Q.I., et, si j'étais aussi godiche que lui avec les femmes, il y a longtemps que je me serais fait soigner. Prenez cette histoire ridicule avec sa cousine germaine, Stacy, par exemple, ou encore le guêpier où il s'est fourré avec sa Phyllis Pellaprat. Il n'y peut rien, bien entendu, mais c'est ainsi : ce n'est pas qu'il soit chaud de la pince, l'animal, mais lorsqu'il a quelqu'un dans la peau, il est bel et bien mordu. Combien de fois n'ai-je pas vu le phénomène se produire quand nous étions tous les deux lycéens ?

Si j'ai fini par me fixer à Manhattan, c'est parce que l'endroit me plaît bien. J'aime les gens, tous les gens. En

1. Comme signalé dans *Manhattan Ghost Story* (même auteur, même collection), dont le présent ouvrage constitue la suite, Abner Doubleday est unanimement connu au États-Unis pour être l'inventeur des règles du jeu de base-ball. Méprise encore accentuée par l'initiale du second prénom, W, qui se prononce double you (avè l'as-sent : dââbel-you). (N.d.T.)

ce qui me concerne, j'estime que tout le monde est intéressant et que chacun a sa petite histoire à raconter, même s'il n'en a pas toujours conscience. Une fois installé à Manhattan, donc, je me suis trouvé un emploi dans une entreprise de travaux publics ainsi qu'un petit appartement sur la 2e Avenue, près de la 11e Rue, et acheté un boa constrictor — malheureusement, depuis, cette pauvre petite bête est morte pour ainsi dire dans mes bras. C'est peu après que j'ai rencontré Leslie et que ma vie a enfin commencé.

J'aime la vie. J'adore toucher, manger. J'ai un faible pour la cuisine italienne — il y a une pizzeria juste en bas de chez moi — et ne dédaigne pas les odeurs fortes et corsées, celles qui vous chatouillent agréablement les narines. J'adore danser, aussi, même si je suis le premier à reconnaître que je danse comme une savate. À part le genre *country* (ouin-ouin-ouin, merci bien), j'aime aussi la musique, toutes les musiques : pop, rock, classique (à condition, tout de même, que ce ne soit pas trop rengaine). Dès que j'entends trois notes, j'ai l'oreille qui frémit. Tout compte fait, il y a vraiment peu de choses en ce bas monde que je n'aime pas. Citons, dans le désordre, le *New York Post*, les gens tels que Idi Amin Dada, Staline et Richard Nixon (c'est à cause de lui si j'ai été faire le con au Viêt-nam), les pubs de papier toilette, les mouches qui viennent m'emmerder quand je suis en train de manger, écouter deux stations de radio en même temps et l'odeur du beurre de cacahouète mélangée à celle du fer à repasser.

En ce qui concerne cette dernière phobie, la source doit en être recherchée dans mon enfance. À l'école, je devais rentrer manger à la maison tous les midis parce qu'il n'y avait pas de cantine. Chaque jour que Dieu faisait, j'ingurgitais donc un verre de lait et j'engloutissais un sandwich au beurre de cacahouète pendant que ma mère finissait son repassage de la matinée. À l'époque, je ne crois pas que la chose m'ait beaucoup gêné ; je crois même que je trouvais ces deux odeurs associées plutôt agréables. Non, j'ai commencé à détester cela plus tard, au Viêt-nam, je ne sais trop pourquoi. Une vieille rancœur envers ma mère, peut-être. Ou alors une dent contre le repassage, ou le beurre de cacahouète, allez savoir. Je n'en saurais probablement jamais rien, car, s'il y a une chose que j'aie apprise, les années passant, c'est qu'il y a un étranger en moi, un sinistre connard, je dois le dire, qui vaut son pesant de cacahouètes.

Lorsque je suis arrivé à New York, j'ignorais totalement qu'Abner habitait lui aussi Manhattan. La dernière fois que je l'avais vu, c'était deux jours avant de grimper dans un autocar pour Parris Island, en Caroline du Sud, où une ordure de sergent instructeur était chargé d'en faire baver aux nouvelles recrues pour les transformer en vrais petits *marines*. Abner tournait déjà salement autour de sa cousine. À l'entendre, elle avait un « corps merveilleux ». Je me souviens lui avoir dit : « Mais putain, Abner, c'est pratiquement ta sœur ! Tu ne voudrais quand même pas y tremper ton biscuit ! »

« Mon biscuit ? » qu'il m'a demandé, ce ballot. Je n'en savais rien, mais le pauvre chéri était encore puceau. Pour moi, je croyais que tout mâle au-dessus de quatorze ans avait la trique perpétuelle, prêt à embrocher la première représentante du sexe féminin passant imprudemment à portée de braguette.

« Tremper mon *quoi*, Sam ?

— Ton biscuit, andouille ! Le petit bout de gras qui te pendouille entre les jambes ! Enfin, Abner, quoi, s'envoyer en l'air !

— Avec Stacy ? ! Non-non-non-non, Sam, c'est pas du tout le genre à ça ! Elle est bien trop sérieuse ! »

Abner avait alors quinze ans, peut-être même seize. Il n'était pas plus bête ou plus moche qu'un autre, non, mais il avait la trouille des nanas. En particulier des filles comme Stacy. Nous étions en 1965, rappelez-vous, dix ou quinze bonnes années avant que les gens découvrent subitement que papa, maman, le grand frère et même la petite sœur, enfin bref tout le monde, les hommes comme les femmes, aimaient le radada. Mais en 1965, on en n'était pas encore là : tous les garçons *savaient* que le radada était une affaire d'hommes, nom d'une pipe en bois. Dès qu'on parlait de sexe à une femme, c'était bien connu, elle se mettait à pousser des cris d'orfraie en prenant ses jambes à son cou, ou, si elle ne pouvait pas faire autrement, fermait les yeux et serrait les dents en attendant que cela se passe. Sacré Abner : quinze ou seize ans et en parfait état de marche, mais le trouillomètre à zéro. Face à une Stacy de quinze ou seize printemps, elle aussi, belle et intelligente, avec ce qu'il fallait là où il fallait, mais, aux yeux du pauvre Abner, inaccessible objet de ses fantasmes libidineux.

Abner et moi avons pénétré par effraction dans un caveau de famille, une certaine nuit, alors que nous n'avions pas encore de poil au menton. Cette expédition nocturne au cimetière de la ville était une de ses brillantes idées. S'il m'en souvient bien, il voulait savoir « comment vivaient les morts », ce qui était bien la chose la plus idiote que j'eus jamais entendue.

« Les morts vivent pas, patate ! C'est justement pour ça qu'ils sont morts ! »

Croyez-vous que cela l'aurait démonté ? Du tout. Il a secoué la tête, m'a regardé en louchant et s'est mordu la lèvre inférieure, s'efforçant de prendre un air pénétré. C'était une mimique qu'il utilisait souvent, surtout quand il se rendait compte, après coup, qu'il venait encore de proférer une énormité.

« Euh... vivre est peut-être pas le terme le mieux approprié, mais ce serait super, non ? Tu pourrais même amener le crâne de ton chat, tu sais, celui de...

— D'abord, c'est pas un chat, mais une chatte, ensuite, c'est pas un jouet !

— Mais, Sam, elle est morte. Tu lui as toi-même scié le kiki ! »

Évidemment : je l'avais enterrée, cette mignonne petite bête, mais j'avais aussi voulu conserver son crâne en souvenir. Elle s'appelait Flora et j'en étais littéralement fou. Il faut dire que je l'avais baptisée ainsi en l'honneur d'une fille que j'avais emmenée une fois ou deux au cinéma voir un film d'horreur et dont j'étais tombé éperdument amoureux à cause de la façon dont elle s'accrochait à moi lorsqu'elle avait peur. Elle avait quitté Bangor pour Oshkosh, à moins que ce ne fût

Hoboken, ou pire encore, et j'avais plutôt mal accusé le coup. Cette chatte n'avait à vrai dire rien de bien spécial ; c'était une chatte, tout simplement. (Je me souviens qu'un jour mon père m'a fait remarquer que Flora était un chat, pas une chatte, ce qui, à cause de son épaisse fourrure noire, n'était pas des plus évidents. Qu'importaient toutes ces précisions anatomiques ? Pour moi, rien qu'à voir sa petite tête, si fine et féminine, ce chat était une chatte.)

« Je lui ai scié le kiki, comme tu dis, parce que je l'aimais beaucoup, voilà ! C'est un souvenir. En tout cas, tu pourras aller te balader dans tous les cimetières que tu veux, Flora restera à la maison, non mais ! »

Finalement, il a fallu emmener le crâne de cette pauvre Flora, sans quoi monsieur m'eût fait la tronche long comme cela. Ainsi que quelques bougies et une provision de Chocomallows, succulentissime mélange de guimauve et de chocolat pour lequel j'avais une petite préférence mais qu'on ne fabrique malheureusement plus aujourd'hui. Je n'ai plus d'engouements de la sorte ; j'ai des désirs, des besoins, des passions, mais comme tout le monde, ni plus ni moins.

Petit à petit, l'oiseau fait son nid. Peu à peu, on perd ses toquades pour les Chocomallows, on n'a plus peur de l'orage, on ne laisse plus la lumière allumée la nuit, on descend à la cave changer les fusibles, on va faire un tour au grenier et on finit même par être content de soi. Arrive un jour où l'on est adulte, un être raisonnable et pensant, rationnel ; plus rien ne nous fait peur, à part les contrôles fiscaux, les routes glissantes et la vichyssoise en boîte. Mais je sais une chose à propos du sombre crétin qui sommeille en moi : je sais qu'il est prêt à chier dans son froc chaque fois que les plombs sautent, et que, si d'aventure je dois sortir, le soir, monsieur se roule en boule dans un coin de mon esprit et se tient peinard, essayant de se faire aussi petit que possible.

Même encore aujourd'hui.

Même encore après tout ce que m'a fait vivre cet enfoiré d'Abner W. Cray.

Même après qu'il a passé tellement d'eau (et des plus troubles, croyez-moi) sous les ponts.

Avant d'aller plus loin, laissez-moi vous dire quelques mots de l'histoire que vous allez lire, de manière que vous ne la rameniez pas plus tard en disant que je suis un pervers, que j'ai l'esprit tordu ou la mémoire aussi trouée qu'une passoire. L'histoire que vous allez lire concerne des *gens*. Avant tout. Mais elle concerne aussi des choses telles que l'*amour* ou l'*amitié*. Le reste n'est que fioritures.

Il y sera aussi beaucoup question de circulation, de mouvements de personnes, voyez. Flot de circulation : l'expression dit bien ce qu'elle veut dire. Il suffit de se trouver sur l'autoroute I-490 ou la route 66, ou encore sur le périphérique du New Jersey, pour s'en rendre compte. La circulation, c'est le fait de se rendre d'un point à un autre dans un minimum de temps avec un minimum de désagréments. Il ne s'agit pas d'une science exacte. Parfois cela marche, mais parfois cela rate complètement. Sur les voies rapides, les rocades, les périphériques, tout se passerait très bien s'il n'y avait *personne* dans les voitures, du moins si chaque véhicule était programmé exactement pour une destination bien précise. Seulement voilà, il y a des gens, dans ces voitures, des gens avec une âme et un cerveau, des soucis, des tracas, des goûts et des dégoûts, des habitudes, que sais-je encore ? Aussi, alors que tout pourrait merveilleusement bien se passer, ne voilà-t-il pas qu'un quidam décide tout à coup de louer un film vidéo pour la soirée. Comme de bien entendu, la boutique se trouve à Weehawken, et, pour Weehawken, eh bien il faut prendre la prochaine sortie, là-bas ; bon d'accord, on roule à quatre-vingt-dix, mais la bretelle est encore à trois cents mètres. Ça baigne, se dit-on, confiant. À l'aise, Blaise. Résultat : et que je te freine au tout dernier moment, et, souple et véloce, tel le cerf, que je te l'engouffre, cette putain de bretelle. À nous Fangio ! Et malheur au pauvre con derrière qui avait déjà déboîté et s'amenait pépère ; tant pis s'il a dû piler en catastrophe et s'est fait rentrer dans le cul par le gros camion. Roulez jeunesse ! Comment voulez-vous avoir une circulation fluide et harmonieuse, avec des gens qui salopent tout ?

CHAPITRE DEUX

Cette année, en janvier et en février, j'ai travaillé sur divers chantiers. Du bricolage, car en hiver, le bâtiment tourne plutôt au ralenti. J'ai creusé quelques tranchées par-ci par-là pour passer des conduites d'égouts, manœuvré un chariot élévateur, transbahuté des sacs de ciment. Et participé à la démolition d'un vieil immeuble, dans la 80e Rue Est.

Un vieil immeuble laid et délabré : le rouge de la brique avait depuis longtemps viré au noir et au gris pisseux ; la plupart des fenêtres avaient disparu. *The Milford*, comme l'indiquait une inscription gravée au-dessus de la porte d'entrée, bien que le *f* et le *o* fussent presque complètement effacés.

Il a fallu cesser le travail au bout de deux jours, quand les services de l'hygiène, venus s'assurer qu'il n'y avait pas de squatters dans les lieux, ont trouvé un cadavre dans un appartement, au septième étage. Il paraît que c'est courant. En tout cas, celui-là, d'après ce qu'on nous a dit, n'était plus tout jeune. Complètement momifié, même, qu'il était, à cause du froid et de l'hermétisme des locaux : l'appartement étant situé face au nord, le soleil n'y entrait pratiquement jamais. Un des types avec qui je travaillais, un gros lard du nom de Lenny avec un tatouage sur le bras gauche proclamant, en lettres rouges, « Raspoutine vous met un doigt, les mecs ! » (« Je sais pas comment j'ai chopé ce truc-là, m'a-t-il un jour confié. C'était dans un boxon de Louisiane ; quand je me suis réveillé, j'avais ça tatoué sur le bras. Quant au

Raspoutine, j'ai jamais su qui c'était, ce branque ! ») m'a dit qu'on trouvait très souvent des cadavres dans les vieux immeubles. « La plupart du temps, c'est des clodos, des ivrognes, des zonards, quoi. Mais parfois, c'est pas ça du tout. Parfois, c'est des mecs qu'ont été dessoudés par le milieu. Ou encore des vieux qu'ont préféré crever dans leur clapier ; faut voir les porcheries : il y a belle lurette que même les rats ont déjà levé le pied. »

Le corps retrouvé cette fois-ci était celui d'une jeune femme noire. Vêtue d'une longue robe de soie noire et d'une cape de fourrure blanche, elle était sur son trente et un, comme si elle s'apprêtait à sortir. Elle était assise par terre dans un coin de la cuisine, tête baissée, les genoux ramenés contre la poitrine et les bras croisés devant les genoux, la main gauche sur le poignet droit. Elle serrait encore son sac à main (avec quelques centaines de dollars dedans) dans la main droite, et le lui arracher n'avait, paraît-il, pas été facile. (« Quand j'ai voulu lui ôter, nous a confié par la suite le gars qui l'a trouvée, comment dire... on aurait dit qu'elle voulait pas que je lui prenne, alors je lui ai laissé encore un petit chouïa. ») Lenny, spécialiste du macchabée retrouvé en zone de démolition, avait sa petite idée sur la question.

« Une camée, sans doute. »

Allen — un gars pas mal enrobé, lui aussi, bien que pas autant que Lenny, et qui porte des maillots de corps sans manches quel que soit le temps — n'a pas été d'accord, mais Allen ne fait jamais rien comme tout le monde.

« Comment que tu le sais ? Tu l'as vue ? »

Lenny a avoué qu'il ne l'avait pas vue, mais qu'il aurait bien voulu. À ce moment-là, le chef d'équipe est arrivé et nous a dit de rentrer chez nous, que la boîte nous appellerait quand les travaux reprendraient.

C'est alors que je regagnais mon appartement, rêvant d'une bonne douche relaxante et de me raser (j'avais rendez-vous avec Leslie), que j'ai aperçu Abner. Leslie et moi avions prévu une petite soirée tranquille : dîner en ville, tout d'abord, dans une pizzeria de la 81e Rue Est, puis promenade digestive sur la 5e Avenue, enfin retour au bercail. Nous avions eu une prise de bec, récemment, et décidé de vider l'abcès. Au coin de la 2e Avenue et de la 38e Rue Est, donc, j'ai tout à coup aperçu mon Abner, sur le trottoir d'en face. Sortant d'un petit restaurant grec, l'ignoble était tout simplement en train de s'essuyer le menton avec la manche de sa veste. Quelle élégance.

« Hé ! Abner ! »

C'était bien lui. Je ne l'avais pas vu depuis presque une vingtaine d'années, mais il avait toujours cette démarche raide et rapide, genre *'tention les mecs, je vous préviens que j'ai des yeux dans le dos*, qu'il avait à l'époque où il n'arrêtait pas de me casser les oreilles avec sa cousine Stacy. Il faut avouer qu'il a toujours eu une drôle d'allure : le front lourd et bas, des yeux châtains très enfoncés, un long nez tout droit, de grosses lèvres. Bref, l'homme des cavernes, mais, pourtant, rien de l'homme de Neandertal. Ses copines, au lycée, lui trouvaient toutes une tête de « poète » et le regard « intense ». C'est-à-dire complètement barjot, si vous voulez mon avis, ce qui le décrivait très bien à l'époque et le décrit encore parfaitement aujourd'hui, bien qu'il soit, je dois l'admettre, un barjot du genre sensible, vulnérable, un bon barjot, quoi. Impossible de lui en vouloir : comme moi, on ne peut s'empêcher d'avoir envie de le protéger, à la manière d'un petit frère qui aurait besoin d'un peu de plomb dans la cervelle et d'un bon coup de pied au cul, histoire de redescendre sur terre de temps à autre et de ne pas prendre ses désirs pour des réalités.

Il a tourné la tête dans ma direction lorsqu'il a entendu son nom, s'est arrêté, et, bouche bée, m'a regardé comme si je descendais de la lune.

« Abner ! C'est moi ! Sam Feary ! »

Je t'en fiche, il a filé, et comme une flèche, droit vers le carrefour de la 39e Rue. Je l'ai regardé s'éloigner, sidéré, puis l'ai perdu de vue parmi la foule. *Va te faire voir, hé ! mal luné !*

Je jouais les ulcérés, mais, ce jour-là, je n'avais aucune idée du merdier dans lequel il s'était fourré.

Lenny m'a dit, lorsqu'on a été rappelés sur le chantier

de la 80e Rue Est, que le cadavre de la femme retrouvée recroquevillée dans sa cuisine, au septième étage, devait moisir là depuis déjà quelques années. Quand les gars du service de l'hygiène avaient voulu la soulever, elle avait commencé à partir en sucette.

« D'abord les bras — ben oui, y l'ont d'abord attrapée par là — et puis les jambes, que si y continuaient, ça leur restait dans les paluches. Alors y z'ont voulu l'attraper par le colbac, mais comme y z'avaient pas tenu la tête, a l'a roulé jusqu'à l'autre bout de la pièce !

— Arrête tes conneries, Lenny, tu veux ?

— Mais non, c'est vrai, je te jure ! Bon, je veux pas dire qu'elle se barrait en couille aussitôt que tu posais la main dessus, mais ça tenait plus qu'à un fil, tu vois, comme une marionnette qu'aurait... »

Allen a bien évidemment ramené sa fraise.

« Tu l'a lue où, celle-là ? »

Allen est un affolé des canards, en particulier de la rubrique des chiens écrasés. Il a fallu quatre-cinq brins de seconde pour que Lenny comprenne ce qu'Allen voulait dire.

« Mais non, je tiens ça de la poulaille. C'est deux flics qu'en causaient.

— Quels flics ?

— J'en sais foutre rien, moi ! C'est deux flics qui parlaient entre eux, quoi, c'est tout.

— Tu parles d'un truc dégueu ! »

Tant de délicatesse de sa part m'a surpris, car Allen n'est pas du tout le genre de type à cela près.

Là-dessus, le chef d'équipe est arrivé et nous a dit de nous remettre au boulot.

Il nous a envoyés au septième, ce qui était plutôt bizarre, car, l'immeuble devant être détruit à l'explosif, on ne voyait pas trop ce qu'on allait foutre dans les étages. Encore une idée du chef d'équipe, un connard de première, et content de lui, avec cela.

« Vous m'inspectez tout le système électrique ! »

Évidemment, Lenny a tiqué.

« Pour quoi faire, putain ?

— Ça vient de la ville ! Vous entrez dans chaque

appart et vous récupérez toutes les boîtes à fusibles. (Personnellement, il avait l'air de trouver la chose hilarante.) Ordre de m'sieur le maire, avec papier, tampon et tout. »

Remarquez, moi, le septième, j'aimais autant. Décrocher des boîtes de fusibles était autrement moins éreintant que de se défoncer du béton en sous-sol. Pourtant, lorsqu'on est arrivés sur le palier — Allen, Lenny et moi —, Lenny a déclaré qu'il aurait préféré être ailleurs. Ce qui a fait marrer Allen.

« Ouais. Sur la lune, sans doute ?

— Non, en Floride.

On était fin février. Il était encore loin de faire chaud et Lenny parlait souvent de la Floride. Allen, lui, avait des préoccupations plus immédiates.

« C'est dans quel appart, qu'y l'ont retrouvée ? »

D'un air morne, Lenny a hoché la tête vers le bout du couloir.

« Ça doit être çui-là, là-bas. »

Sur la droite, la porte du dernier appartement était restée ouverte. La poussière et les morceaux de plâtre tombés du plafond — tout le couloir en était jonché — avaient été balayés et entassés contre le mur. Allen était déjà prêt à se mettre au travail.

« Autant commencer par là ! »

Lenny n'a pas bougé.

« Y a aucune raison de commencer par là. On devrait même éviter d'y entrer, Al.

— Allen ! Pas Al.

— Et puis je vois vraiment pas ce qu'on vient branler par ici ! Si cet empaffé veut à tout prix des boîtes de fusibles, si on les pique au sixième, qu'est-ce que ça peut lui foutre ? »

Pressé, Allen était déjà à mi-chemin de la porte de l'appartement, tous les muscles en action ; le marteau, le ciseau et la demi-douzaine de tournevis accrochés à sa ceinture brimbalaient en tous sens.

Le couloir sentait l'antiseptique, du Lysol, je crois, compte tenu de l'odeur écœurante, aigre-douce, qui flottait partout, une odeur de poubelles pleines de mouches que Lenny n'a pas été sans remarquer lui aussi.

« Ça pue ! Ça pue les poubelles, là-dedans. »

Moi, le sixième ou le septième, j'aurais plutôt eu tendance à être de l'avis de Lenny.

« Descendons plutôt au sixième, Allen, d'accord ? »

Il s'est arrêté, presque parvenu à l'extrémité du couloir, et s'est retourné vers moi, macho en diable.

« C'est pas une frangine calcifiée qui va nous empêcher de bosser, non ? »

Il avait de ces expressions !

« Ça va, Allen, on sait que tu es un grand garçon. »

Lenny a grommelé une nouvelle fois que le couloir puait les poubelles.

« Et si elle avait une espèce de maladie, qu'est-ce qu'on en sait ? Je sais pas, moi, une saloperie dans le genre de la maladie du légionnaire ou... »

Et même sans doute encore pire, semblait dire son silence.

« ... enfin, un truc comme la maladie du légionnaire, quoi ! »

Ce n'était pas qu'on s'embêtait, mais on n'allait pas continuer à se donner la réplique, Allen à un bout du couloir, nous à l'autre.

« Bon, Al, nous, on descend.

— Allen ! Pas Al.

— Ouais, Allen les gros bras, on sait. Bon, tu viens ou quoi ? »

Debout à l'autre extrémité du palier, immobile comme une statue, le bras gauche légèrement levé, le droit raide le long du corps, les jambes écartées, campé sur ses deux pieds, avec cette lumière grise des après-midi du mois de février qui entrait par la fenêtre, juste derrière lui, auréolé d'un nuage de plâtre en suspension dans l'air, il ressemblait à une réplique géante de ces figurines de plastique que l'on trouve dans les boîtes de céréales. J'ai tenté encore une fois de le convaincre.

« Allez, viens. Laisse tomber ce qu'a dit cet empaffé de chef d'équipe (j'aimais bien l'expression employée par Lenny) ; il n'a qu'à aller se faire encaldosser à la mairie ! »

Précision que Lenny, ennemi de l'euphémisme et ne faisant guère dans la dentelle, a cru utile d'expliciter.

« Parfaitement, qu'il aille se faire défoncer la rondelle où y veut, ce con ! »

Se contentant de nous regarder, macho comme jamais, nimbé dans la lumière crayeuse du palier, Allen n'a pas répondu. Déjà tourné vers la cage d'escalier, j'ai fait signe à Lenny.

« Allez, viens, Lenny.

— Y a quelque chose qui va pas.

— Viens donc. Dès qu'il verra qu'on le laisse tout seul, il n'insistera pas.

— Non, il descendra pas. »

Je me suis retourné d'un bloc, déjà parvenu une dizaine de marches plus bas, mais Lenny, les yeux fixés vers l'extrémité du palier, me bouchait la vue.

« C'est toi qui viens de dire ça, Lenny ? C'est toi qu'as parlé ? »

Il m'a jeté un bref coup d'œil par-dessus son épaule.

« Y a quelque chose qui cloche ; je te dis qu'il y a quelque chose qui va pas ! »

Je me demandais bien pourquoi on faisait tant de manières.

« Écoute, Al, nous, on descend. Reste ici si ça te chante !

— Il descendra pas. »

Là, ce ne pouvait pas être Lenny ; il me tournait le dos, récitant toujours le même couplet : « Ça merde, nom de Dieu, ça merde, ça merde, ça merde ! »

« Lenny ? C'est toi qui viens de parler ? »

Il s'est tourné vers moi, blanc comme un linge.

« Nom de Dieu de bon Dieu ! »

Sa voix n'était qu'un chuchotement. Le plâtre en suspension dans l'air obscurcissait complètement le couloir. Je ne savais pas quoi, mais comme le disait Lenny, il y avait quelque chose qui n'allait pas.

« Allez, Lenny, viens ! »

Je suis remonté de quelques marches, voulant l'attraper par le bras.

Il a poussé un cri, une sorte de glapissement.

J'ai étouffé un juron.

Le cri coupé net dans la gorge, entouré d'une épaisse poussière blanche, Lenny semblait avoir du mal à respirer. Il s'est retourné à l'aveuglette, et, au jugé, s'est engouffré dans les marches. J'ai bloqué la cage avec mon bras.

La poussière a commencé à retomber et Allen est apparu au haut des marches, les joues gonflées comme un ballon, le visage écarlate. Il est passé devant Lenny et s'est laissé tomber sur une marche, cherchant lui aussi sa respiration. Je soutenais toujours Lenny, qui crachait de la poussière tout en essayant de jurer.

Allen a raconté ce qu'il venait de lui arriver d'une voix hachée, entrecoupée de bruits de gorge et de crachotements.

« C'est la fenêtre du couloir qui fait ça... Y a un vent coulis... C'est pour ça qu'il y a de la poussière partout... J'ai pas pu entrer dans l'appartement, c'était irrespirable... »

Toussant à fendre l'âme, Lenny a réussi à pousser un juron bien senti. Inquiet, Allen m'a demandé :

« Il va bien ?

— Oui. Si on descendait au sixième, maintenant ?

— Non... Que cet empaffé aille se faire voir. »

Souhait que Lenny a tenu à compléter, ayant retrouvé la parole.

« Chez les Grecs ! »

Nous avons regagné le rez-de-chaussée et dit au chef d'équipe qu'il n'y avait pas plus de fusibles au septième que de trèfles à quatre feuilles. Il a haussé les épaules.

« Évidemment, qu'y en a plus ! Parce que vous croyez que toute la racaille qu'a traîné là-dedans vous a attendu pour faire main basse dessus ? Vous rigolez, les mecs ! »

Lenny a marmonné quelque chose entre ses dents, où j'ai bien cru comprendre : « C'qu'y peut être con, c't'engeance ! », remarque qui a cependant heureusement échappé à l'intéressé.

Deux jours plus tard, le Milford s'écroulait non sans s'être défendu vaillamment, quatre dynamitages ayant été nécessaires.

Le différend qui nous opposait, Leslie et moi — querelle que nous n'avions pas résolue la veille parce que nous hésitions tous les deux à aborder le problème de front, de peur, je crois, de se laisser aller à dire des choses définitives — concernait son père, qui vivait avec elle dans son appartement de la 73e Rue Est. Un homme capricieux, imprévisible, la soixantaine passée et, comme aurait dit ma tante Greta, toujours un pet de travers dans le cul.

Nous venions de faire l'amour. Allongés côte à côte sur mon lit de célibataire, recrus d'une saine fatigue, nous avions entamé une conversation décousue mais dont j'espérais bien qu'elle se terminerait par un petit coup de remettez-moi-ça. À un moment donné, la discussion est venue sur son père. Leslie lui trouvait toutes les excuses.

« Il n'est pas toujours très facile à vivre, c'est vrai, mais, la plupart du temps, il est charmant.

— Il serait peut-être mieux dans un endroit où on pourrait s'occuper de lui. »

Leslie m'a jeté un regard glacial.

« C'est mon *père*, Sam. C'est ma *famille*, et, là d'où je viens, on n'abandonne pas les siens ! »

Après cela, j'ai eu beau protester, tout était dit.

« Pour moi aussi, voyons ! Je voulais simplement... »

Elle l'a pris de très haut.

« Je n'avais encore pas réalisé à quel point tu pouvais être égoïste, Sam. Je me demande comment je ne m'en suis pas aperçue avant. Il n'est jamais trop tard pour ouvrir les yeux.

— Mais je ne suis pas égoïste, nom d'un chien ! Je me suis simplement contenté de faire une suggestion rationnelle.

— Rationnelle, mes fesses ! Oh ! je vois le genre, va ! *Les petits vieux, c'est bien gentil, mais c'est encore mieux dans une maison où ils ne risquent pas de vous casser les pieds...*

— Mais ton père n'est pas si vieux que ça ! »

Elle a poussé un soupir excédé.

« Voilà encore une chose qui m'énerve. Dès qu'on se met à discuter, tu changes aussitôt de sujet. J'ai horreur de ça. Quand on commence une discussion, on va jusqu'au bout. En principe, de la discussion surgit la clarté...

— Je t'en prie, Leslie, nous n'allons pas commencer à nous quereller. Je n'avais pas du tout l'intention d'ouvrir un débat. »

Silence.

« Leslie ? »

Soupir.

« J'aime la façon dont tes seins bougent, quand tu soupires. »

— C'est vraiment le moment de dire des choses pareilles, je te jure.

— Pourquoi, le moment ne te semble pas bien choisi ?

— En plein milieu d'une discussion ?

— Une discussion ? Je croyais qu'on était partis pour s'engueuler ? »

Ce n'était pas le moment d'ironiser. Leslie s'est levée et, me tournant le dos, a entrepris de se rhabiller.

« Qu'est-ce que tu fais ? »

Elle a tourné la tête et m'a fusillé du regard.

« Il est hors de question que je passe la nuit avec quelqu'un qui a le cœur aussi dur.

— Il n'y a pas que le cœur, tu sais ? »

Là aussi, j'aurais mieux fait de me taire.

« Très drôle ! Toujours autant d'humour, à ce que je vois. »

Elle a ramassé son soutien-gorge, posé sur la table basse, et l'a enfilé sans ajouter un mot.

« Tu n'es pas forcée de me tourner le dos, voyons.

— Figure-toi que, moi, je vois un peu plus loin que le bout de mes seins ! »

J'ai cru que continuer à faire le joli cœur pourrait la faire changer d'avis.

« Pour l'instant, ma chérie, je ne vois pas plus loin que le bout de ton postérieur. Adorable, d'ailleurs. »

Pas de réaction.

« Leslie ?

— Voilà un côté que je ne soupçonnais pas en toi, Sam, et je ne sais vraiment pas quoi en penser. Je rentre, maintenant. Appelle-moi demain. Nous reparlerons de tout ça. »

J'ai bien cherché à la retenir, mais toutes mes protestations sont restées vaines. Elle a fini de s'habiller en silence et est rentrée chez elle.

CHAPITRE TROIS

Quand j'étais gosse, à Bangor, j'avais une souris blanche que j'avais appelée Sparky. Elle vivait dans une grande cage grillagée avec un tourniquet, un abreuvoir et une mangeoire, où elle avait grandi et passé toute sa vie. Un jour, devenue vieille, voyant qu'elle n'allait pas tarder à mourir, j'ai pris la cage et emmené Sparky dans les champs. Une dernière faveur, en quelque sorte. Je voulais lui faire goûter à la liberté avant de mourir. Autant aller mourir parmi ses congénères plutôt que de finir en cage.

Mais, quand je l'ai sortie de sa cage, Sparky s'est affolée. Paniquée, elle s'est figée sur place et a refusé de bouger. Ce n'est que plus tard que j'ai compris. Sparky n'était pas simplement une souris blanche, c'était une souris blanche qui avait passé toute sa vie dans une cage grillagée avec son tourniquet, sa mangeoire et son abreuvoir, choses qui pour elle constituaient tout son horizon. Tout ce que j'avais fait en voulant la libérer de sa prison avait été de la plonger dans une réalité qui n'avait aucune signification pour elle.

C'est un peu ce qui s'est passé quand ce vieil immeuble de la 80e Rue Est s'est écroulé en poussière. D'un coup, des milliers de Sparky affolées se sont soudain retrouvées à la rue.

C'est une histoire bien ordinaire. Cela fait des lustres que l'on fait sauter des immeubles.

Ce qui crée des perturbations.

Car tout le monde doit avoir un endroit pour vivre.

Pas simplement pour s'abriter de la pluie, ou pour y mettre des meubles, des rideaux, des bibelots ; pas seulement pour repeindre les murs et inviter des amis, mais parce que chacun a besoin d'avoir des murs autour de soi et un toit au-dessus de sa tête. C'est une des choses qui aident les gens à se situer, à savoir qui ils sont ; souvent, quand la mort survient, tous les amis dispersés, c'est même parfois tout ce qu'il leur reste. Les habitudes demeurent et ils font et refont les mêmes gestes qu'ils ont fait toute leur vie : on allume la télé le soir à sept heures et demie ; c'est foie de porc et purée le jeudi ; on a son fauteuil favori ; tous les deuxièmes samedis du mois, coup de fil aux parents ; on épluche des patates ou on répare la bagnole. Au départ, les habitudes ont quelque chose de réconfortant, comme une vieille paire de pantoufles, mais, peu à peu, elles deviennent indispensables, exigeantes comme la passion, pour, finalement, devenir partie intégrante de notre être, au même titre que nos ongles ou nos cheveux.

Et, exactement comme les ongles ou les cheveux, nos habitudes nous survivent au-delà de la mort.

La deuxième fois que j'ai aperçu Abner, j'allais pointer au bureau de chômage. On était déjà à la mi-mars, mais il faisait encore un froid de canard dans les rues. Dans le bâtiment, tout le monde était « aux intempéries ». Je l'ai revu exactement au même endroit, au coin de la 2e Avenue et de la 38e Rue Est. Il était sur le trottoir d'en face, sortant du même restaurant grec que la dernière fois, quelques semaines plus tôt, et, exactement comme la première fois, il s'essuyait les lèvres avec sa manche.

« Hé ! Abner ! C'est moi, Sam ! Sam Feary ! »

Il s'est arrêté, a tourné la tête et m'a regardé, les yeux ronds, exactement comme la fois précédente. Lentement d'abord, puis de plus en plus en vite, tel un mannequin aux rouages grippés, il s'est mis à secouer la tête comme si je lui inspirais je ne sais quelle frayeur.

Le manège a bien duré trente secondes, puis, comme la première fois, il a pris la poudre d'escampette.

Là, je n'ai pas vraiment apprécié. Nous étions amis,

que diable ! Certes, c'était il y a vingt ans, mais quoi ? Vingt ans, quarante ans, est-ce que cela compte ? Je venais de le retrouver par hasard parmi des milliers de visages anonymes, dans cette rue de New York, et je n'avais pas l'intention de me laisser traiter de cette façon. Si monsieur prenait les jambes à son cou chaque fois qu'il me voyait, j'aurais tout de même bien aimé savoir pourquoi.

Alors, je l'ai suivi.

J'ai failli le perdre de vue dans la foule de la 42e Rue, mais je l'ai retrouvé, quelques instants plus tard, dans un taxi qui quittait le trottoir, lentement car un embouteillage était en train de se former.

Le taxi m'a coupé sous le nez ; Abner, tassé sur la banquette arrière, a levé vers moi des yeux inquiets. Nous n'étions qu'à quelques mètres et j'ai eu le temps de bien le voir. Les bras ont failli m'en tomber, tellement il semblait dur à croire qu'il s'agissait bien du même Abner Cray que j'avais connu autrefois, assis là à l'arrière de ce taxi. Il ressemblait à une caricature émaciée de lui-même, comme s'il avait décidé que manger était un acte finalement absurde. Une ouverture s'est produite dans une file et le taxi s'y est engouffré à la hussarde, ce qui a déclenché un concert d'avertisseurs et d'injures.

« Putains de taxis ! Tous les mêmes !

— Non mais ça va pas, la tête ! Z'avez envie de tuer quelqu'un ? »

Le chauffeur a passé la tête par la portière.

« Les gros cons dans ton genre, ouais ! Et ça serait pas la première fois, abruti ! »

Puis le taxi s'est éloigné vers l'ouest.

Laissez-moi vous dire comment je voyais la mort, quand j'étais au Viêt-nam, ou lors de notre équipée nocturne au cimetière de la ville, dans le caveau de famille des Hammet, avec le crâne blanc de Flora, la lueur jaune-orangé des six bougies qui créait des ombres fantastiques sur les murs, tous les deux malades de trouille.

Je croyais que la mort, c'était la fin. Le bout de la route. Le néant. Je croyais que si un camion me tombait dessus — *splatch !* — c'était fini. J'éprouverais peut-être une seconde de douleur atroce, mais n'aurais sans doute même pas le temps de m'en rendre compte. Je croyais que tout ce qu'il resterait de moi ne serait plus qu'un peu de barbaque étalée sur la chaussée qu'un pauvre diable serait forcé de décoller et de pelleter sur une civière ; je me disais que « Sam Feary » ne serait plus qu'un nom dont peu à peu, les années passant, plus personne ne se souviendrait.

Parfois, maintenant, je me dis combien ce serait amusant si les choses étaient aussi simples.

Abner n'a jamais été un idiot congénital. Non, même au lycée, il savait qu'il ne fallait pas mettre de chaussettes blanches avec des chaussures noires. Il était nul en maths et souple comme une bûche. Il fallait le voir remettre son jean, toujours déchiré aux genoux, après les cours de gym ; il se prenait régulièrement les arpions dedans, et, à cloche-pied, devait se retenir au mur pour ne pas tomber. Au niveau des idées, ce n'était guère mieux ; là, il était vraiment soigné. Il avait des vues plutôt du genre cucul la praline. Il était convaincu, le malheureux, d'avoir un jour sa petite place dans le monde, si complexe, déroutant, injuste et inéquitable fût-il. Une place qui lui revenait de *droit* parce qu'il était un être humain. Un jour, il finirait par faire son trou ; un jour, tous les mystères seraient éclaircis et toutes les injustices disparaîtraient. Ayant trouvé sa place, il pourrait enfin couler des jours heureux.

Je crois qu'il pense toujours ainsi, même si, sans doute, il exprime ses idées de façon plus nuancée. Il voulait être photographe, par exemple. C'est d'ailleurs ce qui l'a amené à New York, il y a déjà plus de deux ans. Il avait signé un contrat pour la publication d'un album-photo consacré à Manhattan. À présent, il se contente de hausser les épaules.

« Il y a beaucoup trop de choses à photographier, Sam. »

La maison délabrée où il vivait, face à la mer, sur la côte de Long Island, appartenait à Art DeGraff. Abner et moi l'avons connu au lycée, à Bangor ; personnellement, j'ai toujours estimé que c'était une punaise. Poseur, il avait beaucoup de charme, mais il en faisait un peu trop ; j'avais toujours pensé que, sous la façade, se cachait un personnage beaucoup moins reluisant.

Art a épousé Stacy, la cousine d'Abner, en 1975. Abner a eu du mal à s'en remettre, peut-être pas autant que Stacy, malgré tout, qui a découvert, mais un peu tard, que sous un extérieur brillant, se dissimulait en réalité un individu sournois, violent, un de ces hommes qui aiment frapper les femmes. D'après Abner, qui hoche tristement la tête, rien que d'y penser, Stacy explique ce comportement violent par un « défaut de personnalité » ; moi, je rigole doucement. En tout cas, défaut ou pas, Stacy en a vu des vertes et des pas mûres.

Cette maison, dans Long Island, comprend quinze pièces, cinq au rez-de-chaussée, sept à l'étage et trois au grenier. C'est une très grande demeure, vieille d'au moins une centaine d'années, qui, lorsque le vent du large souffle assez fort, tremble et gémit si fort qu'il faut crier pour se faire entendre.

Abner a vécu là quelque temps. Madeline aussi.

La maison a été en partie ravagée par plusieurs incendies. L'un, en 1943, a été provoqué par un clochard qui y était entré par une froide nuit d'hiver et avait voulu se réchauffer en faisant un feu de camp au milieu du salon. Le clochard a trouvé la mort dans l'incendie, qui a noirci les plafonds du salon, mais la maison a survécu. Une famille de quatre personnes qui arrivait de Caroline du Nord et n'avait pas d'autre endroit où loger s'y était installée en 1962. L'hiver approchait à grands pas et la maison semblait totalement abandonnée. Les portes, les volets, tout était fermé ; un fouillis de mauvaises herbes l'entourait de tous côtés. Les plus proches voisins étaient à plus d'un kilomètre et demi, au-delà d'un rideau d'arbres. Ils avaient donc déchargé de leur camionnette brinquebalante les quelques meubles qu'ils avaient emportés avec eux et installé des rideaux aux fenêtres, comptant y passer l'hiver.

Deux jours plus tard, trois d'entre eux ont été retrouvés morts, asphyxiés par les émanations d'oxyde de carbone du poêle à bois du salon. C'est un miracle que le plus jeune, un garçon de six ans nommé Frankie, ait survécu.

En 1970, Art DeGraff a hérité cette maison de sa tante Carol, qui en avait elle-même hérité dix ans plus tôt de sa tante Bernice. La pauvre, elle aussi, y avait trouvé une mort tragique. Elle était appuyée contre le rebord d'une des fenêtres du grenier lorsque le cadre avait cédé ; la malheureuse avait fait une chute de dix mètres. Comme elle ne pesait pas loin de cent trente kilos, personne n'a songé à incriminer le rebord de la fenêtre. Ce n'est d'ailleurs pas sa chute qui l'a tuée ; s'étant fracturée la jambe droite, elle est morte plusieurs jours plus tard, des suites d'une embolie graisseuse.

Dire qu'il s'agit là pour Abner de la maison de ses rêves serait sans doute beaucoup. Si tant est qu'une maison puisse être celle du bonheur ou du malheur. C'est simplement un endroit où *vivre*. Avec toutes ces pièces, réparties sur trois étages, elle doit certainement avoir son charme, car, chaque fois que j'y suis allé, il y avait toujours du monde.

J'ai rencontré Leslie le jour où mon boa constrictor est mort, c'est dire si je n'étais pourtant pas en train. J'ai tendance à m'attacher, que ce soit aux gens ou aux animaux, et, bien que ce boa fût remarquablement peu causant, j'aimais bien le sentir dans les parages. Cela faisait une présence.

Je m'étais offert le taxi, ayant entendu parler de la possibilité d'un emploi sur un chantier, en plein Queens. (J'avais une vieille Chevrolet Nova, un modèle 1968, mais elle était presque continuellement au garage en réparation ; d'ailleurs, je ne l'ai plus.) Le taxi s'est arrêté au coin de Park Avenue et de la 74ᵉ Rue. J'ai tapé contre la cloison de Plexiglas ; le chauffeur l'a ouverte de quelques centimètres.

« Qu'est-ce que vous êtes en train de faire ?

— De gagner un dollar de plus ! »

C'est alors que la portière arrière s'est ouverte et qu'une grande femme blonde d'une trentaine d'années et d'une beauté étonnante, vêtue d'une longue jupe en laine terre de Sienne et d'un chandail beige à col cagoule, a glissé une fesse sur la banquette.

« Oh ! Excusez-moi. »

Elle était déjà prête à se raviser mais le chauffeur lui a demandé :

« Z'allez où, ma p'tite dame ?

— Queens. »

Il y avait en elle un air de tranquille autorité qui ne me déplaisait pas. Et qui lui allait très bien.

« D'accord, mais où *ça*, dans Queens ?

— Mission Boulevard. »

Ce qui ne nous avançait guère. Le chauffeur semblait regretter d'avoir posé la question.

« Hon-hon. Et c'est *où*, Mission Boulevard, *exactement* ?

— Mais... dans Queens. »

Elle avait un beau sourire chaleureux ; elle a hoché la tête et m'a dit bonjour.

Je lui ai rendu la pareille, déjà moins triste d'avoir perdu mon boa. En revanche, l'humeur du chauffeur ne s'améliorait pas.

« Bon, maintenant qu'on sait que Mission Boulevard est bien dans Queens, la p'tite dame pourrait peut-être nous dire si c'est du côté de Jackson Heights, de Flushing ou de...

— Oh... désolée ! Jackson Heights.

— Merci ! »

Elle m'a salué une seconde fois. Elle avait vraiment un merveilleux sourire. C'est d'ailleurs ce qui m'a le plus frappé, à ce moment-là ; son sourire ; ses dents, parfaites, ses hautes pommettes (qui laissaient supposer une ascendance indienne, alors qu'il n'en est rien), sa peau douce et son teint éclatant, c'était tout son visage qui souriait. Je me suis immédiatement senti fondre. Ne voulant pas être en reste, je lui ai souhaité le bonjour une seconde fois moi aussi. Elle a tendu la main. Dont je me suis emparé. Elle avait une poigne très ferme. Elle était évidemment très embêtée.

« J'espère que ça ne vous ennuie pas. Je ne voudrais pas m'imposer. »

Je n'ai pas répondu. Je la trouvais très séduisante,

mais, en même temps, très intuitive, mélange qui m'a toujours intimidé. Nous avons gardé le silence pendant plusieurs minutes, puis, je ne sais pas ce qui m'a pris, mais je me suis mis à lui raconter mes malheurs.

« Mon serpent est mort. Un boa. Un boa constrictor. J'y étais très attaché. »

Elle a hoché la tête.

« Il est mort de vieillesse ?

— Je ne sais pas ; c'est difficile à dire. D'abord, il est devenu... apathique, puis il a refusé de s'alimenter et s'est laissé mourir.

— C'était peut-être un virus. Sous nos climats, les boas sont très sensibles aux virus. Vous l'avez montré à un véto ? »

J'ai haussé les épaules, nerveux et embarrassé : jamais je ne me serais douté qu'entre tous les sujets de conversation, mes premiers mots échangés avec cette beauté à l'esprit si ouvert porteraient sur la contamination épizootique des reptiles.

« Je n'ai pas eu le temps. Il est mort trop rapidement... (Décidément, elle me faisait un effet) ... beaucoup trop rapidement... Ha ! ha ! c'est drôle, on dirait que je parle de mon oncle... (Un effet qu'aucune femme ne m'avait encore jamais fait.) Comment savez-vous tant de choses sur les boas constrictors ?

— Oh ! mais je sais aussi beaucoup de choses sur les grenouilles, les crapauds et les salamandres. C'est mon travail. Je suis professeur de sciences naturelles. »

Tout cela, avoué avec un sourire adorable.

« Et puis c'est aussi... disons, un intérêt personnel.

— Une naturaliste à Manhattan, magnifique ! »

D'un geste lent, gracieux, ensorcelant, elle a haussé les épaules.

« Oui, je sais... Désolée, on fait ce qu'on peut.

— Oh ! mais, ne vous excusez pas. »

Cette échange de paroles immortelles a paru pour un temps mettre fin à la conversation. Le silence s'est installé. Les yeux fixés droit devant moi, souriant bêtement, je me suis absorbé dans la contemplation de la cloison de Plexiglas.

C'est elle qui a repris la parole, mais, cette fois, sans

plus rien de la maîtrise impériale qui l'habitait tout à l'heure lorsqu'elle avait pris possession du taxi.

« Vous croyez qu'on va devoir traverser un tunnel ? »

Je l'ai regardée une seconde, étonné.

« Je pense que oui. Vous n'êtes sans doute pas à New York depuis longtemps ?

— Non. Enfin, presque... Un tunnel... »

— Vous n'aimez pas les tunnels ? »

Elle a secoué la tête, geste qui a ramené en arrière de son visage les longs cheveux blonds qui lui tombaient sur les épaules. C'était une femme volontaire, sensuelle, image qui était en totale contradiction avec notre conversation et la vulnérabilité dont elle semblait faire montre. C'était elle à présent qui gardait les yeux obstinément fixés droit devant elle, me jetant un bref regard apeuré au début de chaque phrase, le sourire de plus en plus crispé, pour reporter aussitôt son attention sur la paroi de Plexiglas.

« Non, pas du tout. Je me dis toujours que... enfin, j'ai toujours peur de rester prisonnière. Ces millions de tonnes au-dessus de la tête, vous comprenez... »

Elle avait de grands yeux bleu foncé, très expressifs — surtout révélateurs, en cet instant précis, d'une profonde angoisse. Elle se tenait très droite, le dos bien calé contre la banquette, la main agrippée à l'appui-bras.

« N'avez-vous jamais pensé en traversant un tunnel que celui-ci pouvait s'effondrer ? »

La question était presque une supplication. Voulait-elle que je la conforte dans ses peurs en avouant cultiver la même angoisse, ou, au contraire, que je la rassure en lui disant qu'il ne s'agissait là que d'une frayeur sans fondement ?

« Euh... non. Jamais. »

Ma réponse n'a pas eu l'air de calmer ses craintes. Elle devenait même de plus en plus nerveuse. La tête un peu penchée, elle semblait aussi désemparée qu'une gamine.

« N'y aurait-il pas moyen d'emprunter un pont, plutôt ? »

Le taxi venait de s'engager dans la bretelle d'accès au tunnel de Queens.

« Trop tard.

— Merde ! »

Quand les voies se sont refermées au-dessus de nous, plaquée contre le dossier de la banquette, la main droite serrant l'appui-bras avec tellement de force que ses jointures en étaient blanches, elle m'a attrapé le bras de la main gauche et ne m'a plus lâché, véritablement paniquée.

« Allons, deux ou trois minutes encore, et c'est fini. Ça fait pas mal d'années que le tunnel tient le coup, vous savez, et il ne s'est encore jamais effondré. »

Ses yeux semblaient rivés au tunnel qui s'ouvrait devant nous et aux parois qui défilaient de chaque côté du taxi.

« C'est comme dans un rêve. Un cauchemar, plutôt. J'ai l'impression que le tunnel devient de plus en plus petit, de plus en plus étroit. Il faudrait pouvoir diminuer en proportion, mais c'est impossible. Comment faire ? Finalement, les murs se referment de plus en plus et on finit écrasé comme une vulgaire fourmi. »

J'aurais bien voulu pouvoir la réconforter, la persuader que tout cela était imaginaire. Elle s'est excusée de se conduire de la sorte.

« Vous connaissez le dicton, on voit toujours le bout du tunnel.

— Oui... je sais. »

Nous avons débouché dans Queens quelques minutes plus tard. Les nuages s'étaient déchirés et le ciel était maintenant d'un bleu timide.

« Vous voyez ? »

Elle a hoché la tête et m'a lâché le bras.

« À propos, je m'appelle Sam.

— Et moi, Leslie. Leslie Wirth.

— Très heureux d'avoir pu faire votre connaissance. »

Je lui ai tendu la main pour sceller notre rencontre, mais sa poigne était nettement moins ferme que vingt minutes plus tôt.

« Puis-je me permettre de vous appeler ? »

Elle a souri sans se compromettre.

« Merci de m'avoir aidée et de ne pas vous être moqué de moi.

— Oh ! de rien. Ça a été un plaisir. »

Le taxi s'est enfin arrêté devant le perron d'une maison de Mission Boulevard, dans Jackson Heights.

« Vous ne m'avez pas répondu ! »

Elle s'est tournée vers moi.

« Répondu ?

— Puis-je vous appeler ?

— Oui, c'est vrai, je ne vous ai pas répondu...

— Alors, puis-je ou non ?

— J'en serais très heureuse. »

Elle m'a lancé un dernier sourire qui a achevé de me faire fondre et s'est résolument avancée vers le perron.

Je l'ai appelée trois jours plus tard. Nous sommes allés dîner dans un restaurant chinois, l'*Imperial Palace*, dans la 29e Rue Est, où elle s'est extasiée sur l'aquarium placé à côté de notre table. À un moment donné, un cafard a surgi sur le devant du bassin et nous a nargué un instant avec ses antennes ; nous lui avons fait tous les deux les gros yeux. Nous n'étions pas encore très intimes et je n'étais pas encore familier de ses réactions. Elle aurait très bien pu bondir de sa chaise en hurlant et s'enfuir en courant. Elle n'en a rien fait et a simplement déclaré qu'elle était contente que cette sale bête fût partie. Déclaration à laquelle j'ai souscrit ; si elle s'était levée et était partie en courant, je crois que je n'aurais strictement rien à vous raconter aujourd'hui. Sans doute même Leslie et moi en serions-nous restés là. Mais, si nous avions parlé reptiles lors de notre première rencontre, cette fois, nous avons parlé cafards.

Pour moi, il ne saurait y avoir de désaccord possible entre gens amoureux.

Après dîner, nous sommes allés nous promener dans un petit square de la 2e Avenue. Il n'y avait aucun réverbère allumé et l'air du soir était délicieusement frais. Mon bras s'est facilement glissé autour de sa taille et son bras a trouvé naturellement sa place autour de la mienne. Rien de malsain, de forcé, là-dedans ; au contraire, le geste était aussi naturel et spontané que notre conversation. Elle a osé me dire que j'avais du ventre et que je devais y faire attention. Je m'en suis gaussé haut et fort. Du ventre, moi ? Alors que, justement, je le rentrais tout le temps ? Moi qui croyais que cela ne se remarquait pas.

« Du ventre ? Quelle drôle d'idée !

— Un rien ! Vous devriez faire un peu d'exercice. »

J'ai haussé les épaules.

« Peut-être, oui. »

Bizarrement, je n'éprouvais aucune honte à admettre mes imperfections devant elle.

CHAPITRE QUATRE

La dernière fois que j'ai vu Abner à Bangor, il était pour moi bien autre chose qu'un simple camarade d'école. Nous avions partagé beaucoup de choses pendant les cinq années passées ensemble au lycée. Mieux, nous avions grandi pour ainsi dire côte à côte et partagé les mêmes affres et les mêmes tourments, de ces affres que l'on connaît tous lorsqu'on atteint treize ou quatorze ans. Je lui avais dit des choses que je n'avais encore jamais dites à personne, et il en était de même en ce qui le concernait. À bien des égards, nous étions comme deux frères.

Lors de mon séjour au Viêt-nam, je lui avais écrit au moins une vingtaine de lettres, longues missives plutôt décousues et affreusement pontifiantes, lui disant quel « endroit à la con » c'était, le Viêt-nam, et quelle « guerre dégueulasse » nous menions là-bas. Il m'avait d'ailleurs répondu, me donnant des nouvelles de Bangor, de sa vie, de ses amours et de ses chagrins.

Lorsque je suis rentré, j'ai appris qu'il avait déménagé et vivait désormais quelque part dans le Midwest. J'ai écrit plusieurs fois à différentes adresses fournies par son père, mais il n'a répondu qu'à une seule de mes lettres, à peine trois mots jetés au bas d'une page. La dernière m'était revenue avec la mention NPAI. Depuis, nous nous étions totalement perdus de vue.

Quand je l'avais vu sortir de ce restaurant grec à New York, vingt ans plus tard, la première fois, j'avais cru retrouver d'un coup tout un pan de mon passé, renouer avec une époque où j'étais plus jeune, plus heureux, plus naïf, aussi, moins cynique, plus confiant — bref, le temps où je n'étais qu'un jeune con. Le fait de ne l'avoir aperçu que le temps d'un éclair, cette première fois, rendait la scène presque onirique, non dénuée de charge romantique. *C'est mon frère, mon frère que je n'ai pas vu depuis vingt ans. Dans cette grande ville hostile et impersonnelle nous allons pouvoir nous aider et nous soutenir mutuellement.*

Aussi, quand je l'avais vu, la deuxième fois, lorsque ce chauffeur de taxi complètement ravagé m'avait coupé sous le nez, s'éloignant le long de la 42e Rue, j'avais inconsciemment noté le nom de la compagnie, la Wilson Cab Company, et le numéro de la voiture, 432.

La Wilson Cab Company avait son siège dans un vieux garage miteux de la 61e Rue Ouest. La standardiste était un petit bout de femme noire aux cheveux blancs, Iris ; toute maigre, elle ne devait pas avoir loin de soixante ans et gardait constamment à la bouche un Tiparillo non allumé. Je l'ai entreprise sur la voiture numéro 432.

Après m'avoir demandé si j'étais de la police, puis dévisagé de la tête aux pieds — seul regard auquel j'ai eu droit de sa part au cours de tout l'entretien et examen qui a dû la convaincre que je n'en étais décidément pas un —, elle m'a répondu qu'il n'y avait pas de voiture 432 à la Wilson Cab Company.

« Y en a bien eu une, mon pauvre monsieur, mais ça doit faire au moins dix ans. Comme le chauffeur s'est tué en se jetant dans la Harlem River, une nuit, vous avez peu de chances de le rencontrer. »

Ce à quoi j'ai rétorqué que je l'avais pourtant vu la veille.

Le Tiparillo coincé dans le coin de la bouche, vaguement goguenarde, elle a été catégorique.

« Y pouvait s'agir que d'une autre voiture. »

Je n'avais tout de même pas rêvé !

Si loin que je remonte en arrière, il me semble qu'Abner a toujours été attiré par le bizarre et le macabre. C'était son dada. Il gribouillait des poèmes morbides, des hymnes à la mort. Il s'est même livré à des séances de spiritisme. (Sur ce chapitre, soyons honnête, c'était surtout pour coucher avec les femmes mûres qu'il arrivait toujours à persuader d'assister à ses séances, surtout pas pour entrer en communication avec les esprits.) Chaque fois qu'il évoquait la mort — quand il s'agissait d'assister aux obsèques de quelqu'un, par exemple, ou lorsqu'il émettait des hypothèses sur la survie dans l'au-delà —, il avait une petite lueur satisfaite dans les yeux, un peu comme s'il était en train de déguster un gâteau au chocolat. Quel que fût le sujet abordé, si horrible fût-il, tout cela se terminait presque toujours avec des trémolos dans la voix, tel celui qui habite Buffalo et parle d'aller passer l'hiver en Floride. Je ne saurais dire le nombre de fois où il m'a littéralement fait froid dans le dos.

Remarquez, moi aussi, je faisais dans le macabre et l'horrible. Prenez notre équipée au caveau des Hammet, par exemple, cette fameuse nuit. Je dois dire que cette virée nocturne m'a plu autant qu'à lui. Aux anges, il a disposé le crâne de Flora et les bougies allumées tout autour, puis a commencé à faire des bruits bizarres, se prenant pour un magicien en pleine incantation.

Tout le monde meurt, un jour ou l'autre. C'est inéluctable. Certains parviennent à l'oublier, à le mettre dans leur poche ou à l'enfermer dans une des milliards de cellules de notre cerveau, mais d'autres en sont incapables. Il y en a même certains que cela ronge, comme une croûte que l'on ne peut s'empêcher de gratter.

La troisième fois où je l'ai vu, je ne l'ai pas laissé me filer entre les doigts. J'ai traversé la rue, l'ai attrapé par le bras et forcé à se retourner.

« Bon Dieu, Abner, c'est moi, Sam ! Tu ne te souviens donc pas de moi ? »

Puis j'ai vu son visage. Exactement comme la fois précédente, lorsqu'il était passé devant moi, assis à l'arrière du taxi numéro 432, il y avait une quinzaine de jours.

« Seigneur, Abner ! Tu te cames, maintenant, ou quoi ? »

Il a eu une espèce de sourire embarrassé, comme s'il avait du mal à bouger les lèvres.

Comme je vous l'ai déjà dit, Abner a naturellement un physique peu banal. Ce n'est pas Quasimodo, non, pas du tout, les gens ne s'écartent pas sur son passage, mais il ne passera jamais non plus pour Tom Selleck ou Robert Redford. C'est surtout à cause de ses yeux. Il les a trop profondément enfoncés dans les orbites ; son front les cache : il donne l'impression de quelqu'un qui a vécu dans une cave et a peur d'affronter la lumière du jour. Il a une grosse tête carrée, trop grosse pour sa longue silhouette dégingandée. Au lycée, il a fait de la course de fond, à une certaine époque, ce qui avait commencé à lui faire du bien. Mais il s'est brisé la cheville, suite à une mauvaise chute ; il a alors complètement laissé tomber l'athlétisme et n'a pas tardé à retrouver un air malingre et souffreteux. Ce qui n'a pas empêché certaines femmes de le trouver à leur goût. Stacy, par exemple. Et Phyllis. Mais j'ai toujours pensé qu'il sentait un peu trop la naphtaline.

La troisième fois où je l'ai aperçu, quand je me suis jeté sur lui, il avait tout à fait l'air du type qui se shoote depuis un an ou deux. Il avait le teint grisâtre et les yeux tellement tirés que c'était un miracle qu'il pût encore distinguer quelque chose. Il n'était pas vraiment maigre mais il flottait dans ses vêtements, c'est pourquoi je lui ai demandé s'il se droguait.

« Ouais, Sam. Quelque chose comme ça. »

J'ai agi sur une impulsion : un instant, j'ai eu envie de le serrer contre moi. *Espèce de petit merdeux, ça fait combien de temps qu'on s'est pas vus, hein ?* et tout et tout. Ma crise d'attendrissement passée, je n'ai obtenu qu'un « Ouais ? » intrigué et un regard offusqué. J'ai haussé les épaules.

« Excuse-moi. »

Il sortait du même restaurant grec que les deux premières fois ; il dégageait des relents de fruits de mer en sauce. J'ai hoché la tête vers le restaurant, à une vingtaine de mètres derrière nous.

« Tu as déjà déjeuné, Abner ?

— Déjeuné ? Oui. »

Sa voix était à peine un souffle, comme s'il avait la gorge prise.

Nous étions devant un de ces kiosques à journaux avec des revues masculines épinglées sous le rebord du toit. Le vendeur — un petit gros, chauve et joufflu — nous a fait signe de nous écarter.

« Hé ! Restez pas plantés là. Vous faites fuir mes clients ; allez causer ailleurs !

— Ouais. »

J'ai tiré Abner par le bras et l'ai conduit jusqu'au bord du trottoir.

« Tu habites New York, Abner ?

— Non... Long Island.

— Long Island. Tu sais que tu as une mine à faire peur ?

— Oui, je sais. »

Je me sentais tout bête. Il était clair qu'il n'avait aucune envie de me voir, ni même de me parler, mais, cette fois, j'étais bien décidé à ne pas le lâcher d'une semelle.

« Tu as des ennuis, Abner ?

— Je te croyais mort. Je croyais que tu étais resté au Viêt-nam. »

Il avait une façon de vous remonter le moral.

« Est-ce que j'ai l'air de quelqu'un qui est mort au Viêt-nam, Abner ?

— Non... »

Mais il m'a tout de même bien examiné pour s'en assurer.

« ... pas du tout.

— D'autre part, je t'ai écrit plusieurs fois à mon retour. »

Il a paru réfléchir un moment, puis a eu un vague hochement de tête.

« Oui, oui... je me souviens.

— Pourquoi n'as-tu plus donné signe de vie ? »

La question semblait le dépasser.

« Je ne sais pas. Sans doute parce que j'essayais de me trouver. On éprouve le besoin de faire le vide, à certaines époques de sa vie ; on a envie de faire autre chose, de connaître d'autres personnes.

— Oui... Mais, enfin, Abner, je croyais que nous étions amis... »

Il était de plus en plus sur des charbons ardents.

« Nous l'étions, oui. Et nous le sommes toujours. Mais, vois-tu, il y a eu un moment où j'ai eu envie de... de couper les ponts...

— Pourquoi ? »

Il a haussé les épaules.

« Je ne sais pas. Je ne voulais plus d'attaches. Avec personne. Excuse-moi... »

Il était clair que ma présence le mettait mal à l'aise et tout aussi clair qu'il aurait préféré être ailleurs.

« Merde ! Abner, c'était il y a vingt ans, toutes ces conneries ! Les choses ont changé, depuis. »

Bel optimisme, mais qu'il n'a pas semblé partager.

« Mmouais... »

Il était fringué comme l'as de pique. À Bangor, il était toujours un peu sapé à la mords-moi-le-nœud, genre pantalon rayé et chemise à carreaux ou couleurs qui se chiaient dessus, quand il n'oubliait pas carrément d'ôter les étiquettes de ses jeans neufs. Cela faisait partie de son personnage, l'intellectuel préoccupé de problèmes autrement plus importants que de vulgaires détails vestimentaires. Aujourd'hui, au coin de la 38e Rue et de la 2e Avenue, en cet après-midi glacé de la mi-mars, je voyais bien que cela n'avait rien à voir avec une question de style. Avec son pantalon marron tire-bouchonné qui lui bâillait sur l'estomac, son vieil imper vert crasseux usé jusqu'à la corde sous le bras, sa chemise rose à laquelle il manquait deux boutons sur la poitrine et sa vieille paire de Wallabees toute craquée aux coutures, il avait l'air d'un clochard. J'avais peine à en croire mes yeux.

« Tu sais qu'à Bangor, l'Armée du Salut ne voudrait même pas te donner un bol de soupe ? »

Éventualité qui n'a pas eu l'air de l'émouvoir.

« Je suis content que tu ne sois pas mort, Sam. Tu es vivant, j'en suis heureux.

— Merci. Moi aussi je suis heureux de te savoir en vie. »

Autour de nous, les piétons passaient rapidement, lancés comme des bonshommes mécaniques, raides et précis ; d'autres s'engouffraient dans des taxis. Les New-Yorkais se déplacent comme s'ils marchaient dans un tunnel où ils auraient tout juste la place de passer. Abner n'était pas pressé, mais comme on dit :

« Bon, faut que j'y aille ! On m'attend. »

Je ne pouvais pas le tenir cent sept ans par le bras.

« Oui... Si tu me disais où tu habites ? J'aimerais bien qu'on se revoie, si possible. »

La formule était de pure forme, mais il l'a prise au mot.

« Eh bien non, justement, c'est impossible. J'aimerais bien, bon Dieu ! ça oui, mais c'est impossible. »

Il a fallu s'écarter pour laisser passer une originale qui utilisait son pépin en guise de canne.

« Poussez-vous, s'il vous plaît ! »

À peine polie, cette cinglée. J'ai hoché la tête en la regardant s'éloigner le long de la 38e Rue, fendant la foule avec son parapluie tendu devant elle.

« Une cité grouillante de vie, hein, Abner ?

— Ne me suis pas, Sam, s'il te plaît.

— Te suivre ? Pourquoi est-ce que je te suivrais ? »

Il a secoué la tête d'un air impatient.

« Je ne sais pas. En tout cas, je t'en prie, ne le fais pas. »

Sur ce, sans ajouter un mot, il m'a planté là et a traversé la 38e Rue à hauteur du feu ; plusieurs voitures ont dû freiner en catastrophe pour ne pas l'écraser.

Je l'ai suivi un moment du regard, puis, quand je l'ai vu tourner dans la 39e Rue, se dirigeant vers la 3e Avenue, me suis lancé à ses trousses.

CHAPITRE CINQ

Il ne s'est pas retourné une seule fois. Il se déplaçait facilement à travers la foule, comme s'il avait fait cela toute sa vie. Je le perdais de vue de temps à autre, jamais très longtemps, car, plus grand d'une bonne tête que la plupart des New-Yorkais, il était facile à repérer.

Il est allé jusqu'à Madison Square, au coin de la 5e Avenue et de la 25e Rue, où il a pris un bus. Je le suivais à environ une centaine de mètres. Heureusement, tout à côté de l'aubette, un jeune homme distribuait à qui en voulait des rouleaux de pellicule Kodak douze poses, avec une invitation pour en apprécier toutes les qualités au *Nash's Nudes*, dans le West Village. J'ai tendu la main et en ai profité pour lui demander où le bus allait.

« Staten Island.

— Merci. »

Après dix minutes de vaines tentatives, j'ai réussi à héler un taxi. Destination : l'embarcadère de Staten Island. Je comptais donner le rouleau de pellicule à Abner, histoire de me faire pardonner de l'avoir suivi malgré sa défense expresse.

C'était la première fois que je prenais ce bac et j'ai été étonné de voir le monde qu'il y avait. Je me rappelle même avoir dit à ma voisine de bastingage, une rouquine d'une vingtaine d'années serrée contre moi sans aucune raison, qu'il allait peut-être couler, avec tellement de monde et de véhicules à bord.

Le sourire pincé, elle a détourné la tête.

« Non... Je ne crois pas. »

J'avais retrouvé trace d'Abner quelques minutes plus tôt. Il était sur le pont inférieur, accoudé à la rambarde, les mains croisées et la tête penchée au-dessus de l'eau, comme s'il réfléchissait. Vu ainsi de haut, il ressemblait moins à un clochard ; tout au plus avait-il l'air un rien bizarroïde, mais pas plus que la moitié des gens à New York. Il ne bougeait pratiquement pas ; de temps en temps, sans lever les bras, les index en pointe, il portait les mains à ses lèvres. Dans ces instants-là, il n'avait pas tant l'air de réfléchir que de ne pas savoir quoi faire.

« Moi aussi, je croyais qu'il allait couler. »

C'était la rouquine.

« Pardon ?

— Le bac. Je me faisais la même réflexion que vous, au début. Parfois, j'avais vraiment peur qu'il coule. C'est tellement bas sur l'eau, vous comprenez. »

Penchée par-dessus le bastingage, la tête tournée vers moi, ses longs cheveux roux croulaient sur ses épaules.

« Effectivement... on se croirait sur une péniche de débarquement...

— Mais il n'a jamais coulé. Et je ne vois pas pourquoi il le ferait maintenant. »

Elle avait de beaux yeux d'un vert très clair, comme l'envers d'une feuille éclairée à contre-jour par le soleil. Elle me parlait mais, les yeux sans cesse attirés par l'eau, n'arrivait pas à fixer mon regard plus de quelques secondes à la fois.

« Je m'appelle Serena. »

Il s'agissait de rester courtois sans pour autant se compromettre

« Serena... C'est un joli nom.

— Et vous ?

— Sam. Sam Feary.

— Eh bien... bonjour, Sam. »

Elle a reporté son attention sur l'eau, et moi la mienne sur Abner. Il n'avait pas bougé de place et était toujours dans la même position. À un moment donné, il a levé la tête et ses yeux se sont posés sur moi. Ma présence n'a pas eu l'air de lui faire plaisir, loin de là. « Bordel de merde ! », ai-je lu sur ses lèvres. Puis, secouant furieusement la tête, ses lèvres ont formé les mots : « Va-t'en ! »

« Bon Dieu, mais qu'est-ce qui ne va pas, chez lui ? J'aimerais bien savoir dans quel genre d'emmerdes il a encore été se fourrer !

— Je vous demande pardon ? »

J'avais oublié la rouquine.

« Excusez-moi ; je parlais de quelqu'un d'autre. Du type, là, en bas. »

Un léger sourire est passé sur ses lèvres.

« Lui ? Oh ! je vois...

— Non, pas vraiment. Je ne crois pas. C'est un de mes plus vieux amis. Je l'ai connu au lycée. »

Elle commençait à trouver la discussion bizarre.

« Je ne vous connais pas et vous ne me connaissez pas. Vous n'avez rien à m'expliquer. »

Ce qui revenait à dire : *j'aimerais autant en rester là*, et n'était pas pour me déplaire non plus.

Les yeux levés vers moi, Abner arborait un front sévère, style *je t'avais pourtant bien dit de ne pas me suivre !*

« Je viens avec toi ! »

Même à cette distance, il devait m'entendre.

« Tu retournes d'où tu viens ! (Et le bras sèchement tendu vers Manhattan, s'il vous plaît, au cas où je n'aurais pas compris.) Par là ! »

Je n'ai rien dit et suis venu le rejoindre sur le pont inférieur vingt minutes plus tard, au moment de l'accostage.

« Je croyais que tu habitais Long Island, Abner. »

Il a hoché la tête d'un air morose.

« C'est bien là que je vis.

— Alors, qu'est-ce que tu fais sur le bac de Staten Island ? Ce n'est pas vraiment le chemin !

— Je me doutais que tu chercherais à me suivre. Je voulais te semer... Idiot, hein ? »

L'aveu m'a laissé pantois quelques secondes.

« Oui... bougrement idiot. Bon, et, maintenant, qu'est-ce qu'on fait ? »

Il a haussé les épaules.

« On rentre, je présume. Et on prend le métro. Queens.

— Ah ! »

C'est ce que nous avons fait.

Il avait laissé sa voiture de l'autre côté. Un antique coupé Chevrolet Malibu rouge avec deux autocollants sur le pare-chocs arrière, « Attention ! je grimpe aux arbres ! », et, au-dessus du dessin stylisé d'un panda, « Les animaux vous aiment, vous aussi. »

Il a hoché la tête vers la portière du passager.

« Grimpe, Sam.

— Tu veux dire que cette casserole roule vraiment ? »

J'y suis monté. Abner s'est installé derrière le volant et a jeté son imper sur la banquette arrière. Il a dû farfouiller un moment dans ses poches avant de trouver ses clefs, ce qui n'est effectivement jamais facile à faire une fois assis. Le moteur n'a démarré qu'au bout de plusieurs essais.

Nous avons roulé un instant en silence. C'est lui, finalement, qui a repris la parole.

« Un jour, Sam, quand tu repenseras à cette journée, tu te diras : *Mais, bon Dieu ! pourquoi est-ce que je ne l'ai pas laissé filer !*

— Tu ne crois pas que tu exagères un peu ?

— Écoute-moi, Sam, s'il te plaît. Je suis très sérieux, je t'assure. Ce sera comme lorsque tu es revenu du Viêt-nam. Je suis sûr qu'il y a eu un moment où tu t'es dit : "Mais, putain ! pourquoi est-ce que je ne suis pas allé plutôt au Canada ?" ou "J'aurais mieux fait de me casser une jambe et de me faire réformer !" Eh bien, il viendra un jour où tu penseras la même chose à propos d'aujourd'hui.

— Tu sais, Abner, j'essaye de ne pas trop ruminer le passé.

— C'est pourtant ce qu'on fait tous. »

Il a tourné à droite au croisement de Queens Boulevard et de Cosco Street, s'est rangé le long du trottoir et m'a regardé droit dans les yeux.

« Tu as encore la possibilité de t'en aller. Je te conseille de le faire, Sam.

— Tu parles, Charles ! Si tu as des ennuis, tu...

— Laisse-moi t'expliquer les choses à ma façon. Imagine que tu trouves une boîte dans la rue, une boîte toute bête... Non, pas comme ça. Imagine plutôt que tu reçois une boîte par la poste, avec un mot précisant qu'il peut y avoir à l'intérieur aussi bien une araignée... »

Pris par son sujet, il hésitait encore sur les mots.

« ... une araignée venimeuse — une mygale, une tarentule ou une saloperie dans ce goût-là — qu'une liasse de billets de mille dollars. La seule façon de le savoir est de glisser la main dans la boîte. Il n'y a qu'une seule ouverture, pas de couvercle que tu pourrais soulever. Non, le seul moyen de le savoir est de fourrer la main dedans. Dis-moi, qu'est-ce que tu ferais, toi ?

— Je jetterais probablement la boîte à la poubelle. J'ai beau chercher, je ne connais personne qui m'enverrait une boîte pleine de billets de mille dollars. »

Ma réponse a paru le satisfaire.

« Tu vois ! Personne n'y mettrait la main. »

De pressant, son regard est devenu suppliant, implorant presque.

« S'il te plaît, Sam, descends ! Pour ton propre bien, pour le mien, je t'en supplie, descends de cette bagnole !

— Abner, je te répète que si tu as des ennuis, je suis là pour t'aider. Est-ce que tu vas enfin te décider à me dire ce qui ne va pas ? Regarde-moi la tête que tu as, on dirait que tu reviens de l'enfer !

— Il y a un peu de ça... Bon, tu descends, maintenant, oui ou merde ?

— Non ! »

CHAPITRE SIX

Queens franchi, nous roulions sur la nationale 12, nous dirigeant vers l'est, lorsqu'un motard est venu se coller à la hauteur de la fenêtre d'Abner et lui a fait signe de se garer. Abner a hoché la tête, a quitté la route et s'est rangé sur un petit parking qui dominait un lotissement en construction. Le motard s'est arrêté derrière nous, puis s'est avancé jusqu'à la portière et s'est penché à la fenêtre. Abner a abaissé sa vitre.

« Il y a quelque chose qui ne va pas ? »

Pourquoi pas *vous prendrez bien un cigare ?* aussi ?

« J'sais pas. Ça se pourrait... P't-être. »

L'air complètement azimuté, c'était le flic new-yorkais typique : des cheveux courts, bruns, un visage quelconque, des traits interchangeables, banals, à l'exception d'une marque de naissance rouge vif en forme de *J* sur la joue droite. Au son de sa voix, il était clair que le .38 spécial police qu'il avait sur la hanche était son seul ami en ce bas monde. Ma présence a eu l'air de l'intriguer.

« C'est qui, çui-là ?

— Ça ne vous... »

Abner a posé la main sur mon bras et, du regard, m'a fait signe de me taire.

« Laisse-moi m'occuper de ça, Sam, tu veux ?... C'est un ami, rien qu'un ami. Pourrait-on savoir ce que vous nous reprochez, au juste ?

— Mmouais, vous pouvez. Sûr... vous avez la permission. »

Il était spécial, le citoyen. J'ai passé la tête au-dessus de l'épaule d'Abner, histoire de bien me montrer.

« Hé ! dites donc, là, si vous avez une raison pour avoir arrêté mon pote, on vous écoute, mais si c'est simplement pour faire chier le mon... »

Une nouvelle fois, Abner est intervenu.

« Sam, s'il te plaît, laisse. Je sais comment m'occuper de ces gens-là.

— Comment ça, ces gens-là ? Ce mec est tout simplement en train de nous...

— S'il te plaît, Sam, laisse ! Crois-moi, j'ai l'habitude... »

Le flic, lui, s'énervait, ben voyons.

« Sortez-moi donc de là, vous d'abord ! »

Il avait ouvert la boucle de son étui ; sa main était posée sur la crosse de son .38. Je ne voyais qu'une partie de son corps, de la ceinture au bas du cou.

« Dis donc, Abner, qu'est-ce que c'est que ce bordel ? Qu'est-ce que tu as fait, tu as tué quelqu'un ?

— Non. Je crois qu'il vaudrait mieux faire ce qu'il demande.

— Mais enfin, Abner, il n'a absolument pas le *droit* de...

— Je sais, Sam, je sais. Toi aussi. Mais, lui, non...

— Qu'est-ce que tu veux dire ? »

L'autre con s'est mis à gueuler :

« Sortez-moi de cette tire ! Et plus vite que ça !

— Ah ! oui ? Et pourquoi ? »

Et paf ! Du tac au tac, c'est ma tactique. Abner a secoué la tête, pressentant un malheur.

« Sam, je t'en prie, ne l'énerve pas. »

Le flic a carrément passé la tête à la portière, tapotant son .38 d'un air menaçant. Son visage était d'une pâleur cireuse, malsaine ; la tache de vin sur sa joue n'était plus rosée mais rouge vif, comme s'il s'agissait d'une blessure qui saignait.

« Chercheriez pas des pépins, par hasard ?

— Du tout. Je vous demande simplement pourquoi nous devons descendre. Je vous signale, au cas où vous ne le sauriez pas, que vous êtes obligé de donner une raison à toute personne que vous appréhendez sur la voie publique. »

Abner était dans ses petits souliers.

« Sam, nom de Dieu, puisque je te dis qu'il n'en sait rien ! D'ailleurs, s'il n'y avait que ça... Écoute, s'il veut qu'on descende de voiture, il vaut mieux le faire, je t'assure. »

Mais la brute épaisse avait choisi sa victime.

« Lui, là ! c'est tout ! »

Lui, bien sûr, c'était moi.

« Ah ! vous n'allez pas remettre ça !

« Sortez de cette voiture im-mé-dia-te-ment ! »

Sa main a glissé sur la crosse de son .38. Lentement, je suis sorti de la Chevrolet, puis j'ai claqué la portière et posé les coudes sur le toit de la voiture.

« Et maintenant ? »

Remarquez, je crânais, mais j'avais la voix un tantinet chevrotante.

« J'sais pas... J'vois pas... »

Il avait l'air d'avoir complètement oublié son texte, le malheureux.

« Faudrait, pourtant, j'attends !

— J'sais pas... »

L'aveu sembla le plonger dans des abîmes de perplexité. Hochant la tête, comme s'il y avait quelque chose qui lui échappait, la main droite tapotant machinalement son étui, il a regagné sa moto et filé sans autre forme de procès par où il était venu.

« La prochaine fois... »

Ce cher Abner commençait sérieusement à m'énerver, à vouloir ménager à tout prix la chèvre et le chou.

« La prochaine fois, je relève le numéro de ce connard et je colle à la ville une plainte au cul pour harcèlement intempestif, voilà ce qui va se passer, la prochaine fois !

— Tu sais qu'il aurait pu te tuer, Sam ? »

Je l'ai regardé, les yeux ronds.

« Et pourquoi donc, grands dieux ? !

— C'est comme ça, c'est son boulot. »

Nous roulions sur une route étroite, mal entretenue et déserte, qui courait parallèlement à la mer. L'océan était invisible, mais une forte odeur d'iode flottait dans l'air. Abner conduisait très lentement.

« Ah ! bon ? Ça fait partie de son boulot de tuer les gens ? Qu'est-ce que c'est encore que ces conneries, Abner ? Les flics ne flinguent pas les gens parce que leur gueule ne leur revient pas.

— Oui, je sais. Mais parfois, si. Ils y sont obligés.

— Pour se défendre, oui. Ou pour empêcher quelqu'un de tuer une autre personne, oui. Mais, même en ce cas-là, il y a toujours une enquête à la clef... »

Le voilà qui recommençait avec son sourire *je t'avais pourtant bien dit de ne pas me suivre !*

« Écoute-moi un peu, pour une fois, Sam. Tu as mis la main dans la boîte. Mais tu n'es pas encore impliqué jusqu'au coude : il n'est pas encore trop tard pour l'ôter. Je peux encore arrêter la voiture. On n'aura qu'à se dire adieu et les choses en resteront là. Retourne chez toi. Cours retrouver tes petits soucis quotidiens, l'argent, les nanas, enfin ce qui te fait courir dans la vie. Mais pour ça, il faut que tu descendes de cette voiture. Et tout de suite ! »

J'ai secoué la tête.

« Réfléchis bien, avant de parler, Sam. »

J'ai secoué la tête avec encore plus de conviction.

« Je t'assure que tu commets une erreur. »

Il a tourné à gauche dans un chemin en pente, puis la voiture a escaladé une petite côte. La mer est apparue devant nous. Abner a arrêté la Chevrolet à une trentaine de mètres d'une maison délabrée qui se dressait au bord de la plage.

« Nous y voilà.

— Bon, maintenant, peut-être que je vais enfin pouvoir savoir dans quel merdier tu t'es fourré.

— Sam ? »

Son ton avait changé, plus détendu, tout à coup.

« Oui ?

— Je suis content que tu sois là. J'ai vraiment besoin de quelqu'un, ici, d'un ami. »

J'ai embrassé Leslie pour la première fois dans le parking de l'*Imperial Palace*. J'avais fait une première tentative au restaurant. J'avais posé doucement ma main sur sa nuque, par-dessus la table, mais elle avait détourné la tête. Diverses hypothèses m'avaient immédiatement traversé l'esprit, dont la première était qu'elle ne voulait pas m'embrasser parce que j'avais mangé du poulet à l'ail. Mais, elle aussi ; j'avais donc écarté cette éventualité. Peut-être était-elle simplement sur ses gardes ? Et puis, il fallait avouer que le baiser désiré était de ceux qu'il eût sans doute été périlleux d'improviser au-dessus d'une table de restaurant. Il fallait attendre le bon moment.

À savoir une demi-heure plus tard, dans le parking du restaurant, tandis que, main dans la main, nous nous dirigions vers ma voiture. Je l'ai prise dans mes bras et nous avons échangé un long baiser, avide et passionné. Chacun avait *envie* de l'autre. Cela ne faisait plus aucun doute. En dépit du poulet à l'ail. D'ailleurs, c'était évident depuis notre rencontre dans le taxi, trois jours plus tôt. Mais il faut laisser aux choses le temps de se faire.

Avec elle, ce n'est pas toujours rose. Personnalité complexe, elle est parfois sujette à de brusques sautes d'humeur. Mais, la plupart du temps, elle est tout simplement adorable. Souvent, parfois pendant des minutes entières, je me surprends à regarder son visage et à déclarer finalement, comme si cela m'effrayait : « Que tu es belle ! » Je crois qu'elle ne sait pas très bien comment réagir à ce genre de déclaration. Je crois qu'elle aime bien que je lui dise qu'elle est belle ; elle dit d'elle-même qu'elle n'est « pas désagréable à regarder ». Mais j'ai remarqué que je la mettais mal à l'aise avec mes louanges spontanées, aussi, maintenant, je me contente de l'admirer en silence et garde pour moi ce que j'ai sur le cœur.

Un jour, alors que c'était elle qui conduisait, je me suis longuement plongé dans l'examen de son profil. Eh bien, j'ai découvert un profil auquel je ne m'attendais pas du tout : tendu, résolu, celui de quelqu'un de fort, de tenace. S'il fallait en faire une caricature, ce serait le profil d'une statue de l'île de Pâques. Le contraste avec son visage, qui n'exprime que douceur, est étonnant.

Je ne crois pas être *devenu* amoureux de Leslie. Je

crois que le coup de foudre a été immédiat, même si je n'ai compris qu'un peu plus tard que je l'aimais. Chaque seconde passée en sa compagnie ne fait que confirmer l'heureuse idée que j'ai eue en m'éprenant d'elle. Mais cela ne règle pas la question de savoir si mon amour pour elle est quelque chose qui a grandi, qui est devenu peu à peu plus profond. Je ne sais si c'est là une question pertinente. Certes, l'amour se consolide et devient de plus en plus fort, jour après jour, mais je crois qu'il existe dès le départ, et que, plus il est profond, plus il a de chances de durer.

CHAPITRE SEPT

Étant jeune, Abner avait vraiment des idées bizarres, et ce, sur à peu près tous les sujets. Il est vrai que je ne lui demandais pas souvent son avis. Demande-t-on conseil à son nigaud de petit frère ? Non, ce serait même plutôt le contraire. Mais parfois, tiraillé par les angoisses existentielles de la puberté, j'aurais bien aimé avoir un avis éclairé. Je me rappelle lui avoir un jour demandé quelle fille je devais inviter à une surpatte.

« Belinda Becker. Elle t'adore. »

C'était ce que j'avais envie d'entendre. Je l'adorais, moi aussi, et, chaque fois que je la voyais passer, toutes sortes d'idées plaisantes se présentaient à moi. Malheureusement, ses réactions à mon égard étaient plus mitigées et mes timides avances se soldaient généralement par un : « Casse-toi, pauv' mec ! »

Une autre fois, il m'avait vivement conseillé d'aller voir *Blob, terreur sans nom*, un film qui, d'après lui, était la plus belle réalisation humaine depuis l'invention des cornets de crème glacée à deux boules. J'avais donc dépensé quelques piécettes chèrement acquises pour visionner le chef-d'œuvre. Qu'est-ce que je n'avais pas fait là ! Jamais encore, je crois, je n'avais vu une merde pareille. À part les poils du nez qui dépassent, je ne crois pas qu'il soit quelque chose de plus affligeant sur terre. Vous comprenez maintenant pourquoi, après ce genre d'expérience traumatisante, je ne lui demandais plus son avis qu'en tout dernier recours. C'est pourquoi, ses conseils s'étant toujours révélés foireux, j'ai fait la sourde oreille, ce jour-là, quand il m'a sommé de descendre de sa voiture.

D'autre part, j'avoue qu'il m'intriguait au plus haut point.

Il a relancé le moteur et garé la Chevrolet juste devant la maison.

« C'est à toi, cette baraque ? »

Dressant sa masse solitaire en bordure de la plage, bien qu'elle fût indéniablement délabrée, la demeure ne semblait pourtant pas abandonnée. Elle avait même l'air accueillant, du moins vue de l'extérieur. Le porche et la grande véranda de bois peint en blanc n'étaient pas étrangers à cette impression. J'ai toujours aimé les vérandas ; c'est l'endroit idéal pour écouter les criquets ou peler des pommes.

« Non, elle appartient à un ami. Art DeGraff. Tu te souviens de lui ? »

Et comment !

« Je me rappelle surtout que c'était un fumier de première. Qu'est-ce qu'il est devenu ? »

Tête baissée, les mains enfoncées dans les poches de son pantalon lustré, Abner n'a pas répondu et s'est contenté d'un sourire béat, tel celui qui a ses petits secrets.

« Il médite sur ses œuvres, je suppose. »

Je n'ai pas eu droit à de plus amples explications.

« Bonjour, Abner. »

La voix venait de la maison ; c'était celle d'une grande jeune femme d'une vingtaine d'années qui se tenait dans l'encadrement de la porte. Elle portait un jean très moulant et un chemisier blanc à manches longues, lui aussi très moulant. Débordant, même.

« Qui est-ce ? »

Ma question s'adressait à Abner, mais je ne pouvais détacher mes yeux de la merveilleuse apparition.

« Al.

— Al ?

— Son vrai nom est Allison, mais elle préfère qu'on l'appelle Al. Alors, je l'appelle Al. »

La jeune femme est rentrée dans la maison et a fermé la porte derrière elle. Abner, les mains dans les poches, me contemplait d'un air morose.

« Elle n'est pas ce dont elle a l'air, Sam. »
S'il croyait m'avoir.
« Oh ! tu en connais beaucoup, toi, des gens qui sont ce qu'ils sont censés être ? »
Il m'a jeté un regard en coin.
« Non. Ni moi ni elle. Personne. »
Je me suis fendu d'un large sourire, croyant qu'il jouait les timides et les réservés.
« Je vois bien que ça ne va pas, Abner. Si tu me disais ce qu'il y a, exactement ?
— Non. Pas encore. Mais bientôt. Il y a des signes... J'ai beaucoup de projets, en ce moment, il faudra que je t'en parle, un de ces quatre.
— Tu m'inquiètes, Abner, tu m'inquiètes. Remarque, ce n'est pas nouveau. »
Son regard triste, suppliant, s'est changé en mine résignée, tel celui qui a attendu un steak frites toute la journée et doit se contenter de carottes râpées au final, et, les mains dans les poches, tête baissée, il a gravi les marches du perron.
« On a beaucoup de choses à se dire, Abner, tu sais. On a des années à rattraper. »
J'avais décidé d'opter pour le ton jovial, chaleureux. Le pote qui retrouve son pote vingt ans après. Je nous voyais déjà aller dîner quelque part pour évoquer ensemble le bon vieux temps.
« Enfin... ça fait au moins vingt ans qu'on ne s'était pas...
— Vingt ans, ouais. Et après ?
— Tu dis ?
— Vingt ans, deux cents ans, deux mille ans...
— Je ne te suis pas vraiment, Abner.
— Ah ! tu as raison, tiens, je ne sais plus où j'en suis.
— Si au moins tu t'en rends compte... Alors, comme ça, mon p'tit Abner, on s'est pris le cyclone sur le coin du râble ? On vient de débarquer au pays des Muntchkinz et on ne comprend pas tout dans sa petite tête ? Si on laissait son grand frère Sam s'occuper de tout ça, hein ?
— Non... »
Net. Et clair.
« ... Le pays des Muntchkinz ? C'est dans *le Magicien d'Oz*, ça, non ?

— Oui.

— Non, vois-tu, Sam, ça n'a rien à voir avec le pays des Muntchkinz. De plus, tu n'es pas mon frère. »

Nous sommes entrés dans une très grande pièce, le « grand salon », comme l'a appelé Abner. Il y avait au moins une centaine de photographies accrochées sur les murs, certaines en noir et blanc, d'autres en couleur, la plupart de format 5x7 ou 8x10, certaines plus grandes. Comme il me l'a expliqué, il s'agissait de clichés qu'il avait pris il y avait un peu plus de deux ans pour un projet qui n'avait finalement pu aboutir. « Tout un bouquin sur Manhattan. » De fait, les clichés composaient une grande fresque éclatée de Manhattan.

« Ça me rappelle qui je suis, tu comprends ? »

Si je comprenais... Je n'avais surtout pas tout à fait digéré sa réflexion sur le fait que nous n'avions pas fait les foins ensemble.

« Oui... On a tous besoin de ça, de temps en temps. »

Il y avait là au moins une douzaine de plantes vertes, dispersées un peu partout dans des bacs, bien qu'il n'y eût que peu de lumière dans la pièce, les deux fenêtres du salon faisant face au nord. Dans une pièce plus petite, toutes ces plantes auraient eu un aspect étouffant. « Un genre de fougère », d'après Abner. Il en connaissait même le nom scientifique, un nom latin que je serais bien incapable de répéter. Outre la fougère de salon proprement dite, il y en avait d'autres, suspendues au plafond dans leurs pots de grès par des tortillons de ficelle brun-rouge. Parmi celles-ci, j'ai reconnu un *mimosa pudica*, ainsi nommé parce que ses feuilles se rétractent au moindre attouchement. Il y avait aussi du trèfle, plante que j'aime beaucoup en raison de sa modestie. Il régnait dans la pièce une odeur particulière mais cela ne semblait pas gêner Abner, au contraire.

« C'est l'odeur de la terre. Une bonne odeur, une odeur *vraie*. »

Une énorme cheminée de pierre occupait la moitié du mur nord. Plusieurs grands coussins aux couleurs vives étaient étalés devant l'âtre.

« Les plantes ne vivent pas longtemps. Une semaine,

pas plus, la plupart du temps. Alors je les jette et j'en achète d'autres.

— Est-ce qu'elles n'auraient pas besoin d'un peu plus de lumière ?

— Si. C'est en partie pour ça qu'elles ne vivent pas longtemps.

— Pourquoi en mettre partout, aussi ?

— Parce que j'en ai besoin, Sam, tu comprends ? Parce que c'est quelque chose de vivant. »

Lorsque nous étions plus jeunes, je me souviens que certains qualificatifs me venaient spontanément à l'esprit chaque fois qu'il était question du sieur Abner W. Cray. Branque, d'abord, bien entendu, qui lui allait très bien. C'était un acteur, aussi, comme Art DeGraff, mais, au contraire de ce dernier, du type sympathique.

Il fallait le voir quand il organisait ses séances de spiritisme, par exemple, et voulait impressionner la gent féminine présente en lui montrant quel fabuleux médium il était. Placé à côté de quelqu'un qu'il ne connaissait pas, il arborait un air d'intense concentration, semblant par là même faire preuve d'un intérêt des plus vifs, et se gardait bien d'interrompre son interlocuteur. Peut-être n'avait-il rien à dire, mais je crois plutôt qu'en adoptant cette attitude, sans rien laisser deviner de lui, il était convaincu d'offrir ainsi moins de prise à l'adversité. Cependant, la plupart des gens le croyaient sincèrement intéressé par ce qu'ils disaient, et monsieur passait pour un être plein de délicatesse et extrêmement sensible.

Aussi, là, dans la vieille maison de Long Island, avec les photos sur les murs, les plantes dans leurs bacs et les coussins multicolores devant la cheminée, je ne me suis pas laissé prendre à cette prétendue fringale de présence végétale, aussi torturante que subite, dans laquelle il ne me semblait voir qu'un nouvel exemple des joyeusetés auxquelles il m'avait été donné de goûter vingt ans plus tôt. J'ai cru qu'il s'agissait encore d'un moyen de se singulariser. Vous savez, Abner W. Cray, ce jeune homme si sensible ? Mais j'avais tort.

« Comment peux-tu vivre ici, Abner ? »

Nous avions traversé le salon, franchi un petit couloir (aux murs également constellés de clichés de Manhattan) et venions de pénétrer dans la cuisine, qui donnait, assez curieusement, sur la plage. Les lieux sentaient le moisi et le renfermé. Contrairement à l'impression produite de l'extérieur, la maison semblait aussi vide que ce caveau dans lequel nous avions pique-niqué une nuit, un siècle plus tôt. Comment pouvait-on avoir envie de vivre, même quand on s'appelait Abner, dans un endroit pareil ?

« Parce que c'est un endroit sûr. Pour l'instant, c'est le seul où je sois en sécurité ; je ne vois pas pourquoi j'irais vivre ailleurs. Je suis très bien ici, tout seul. »

La cuisine était bien rangée, ce qui était plutôt surprenant, Abner ayant toujours été bordélique à souhait. Une petite table — plateau de céramique et pieds en bois, le tout blanc — et trois vieilles chaises de paille occupaient le centre de la pièce. Face aux quatre fenêtres et à la porte ouvrant sur le large, le haut du mur était couvert d'éléments en pin fraîchement vernis, au-dessus d'un évier en acier inoxydable flanqué d'un côté par une rangée de placards identiques à ceux du haut, et, de l'autre, par un gros réfrigérateur General Electric tout en rondeurs, un monstre des années soixante, et une antique cuisinière à gaz. La porte du couloir était balafrée d'une grande traînée grise ; le côté de la cuisinière devait frotter chaque fois qu'on l'ouvrait. Dans le bac de l'évier, traînait un bol blanc avec un fond de lait et un reste de Rice Krispies où trempait une cuillère.

Les chaises n'étaient guère solides, du moins celle où je me suis assis, qui tanguait dangereusement. Abner se tenait en face de moi, devant l'évier, les bras pliés devant lui.

« Seul ? Et cette jeune femme qui t'a dit bonjour, tout à l'heure… Comment s'appelle-t-elle, déjà ? Al ?

— Elle n'habite pas ici. Elle est juste en visite.

— En visite ? Eh bien, comme ça, remarque, tu ne t'ennuies pas…

— Il y a toujours un tas de monde, ici. Au moins une douzaine de personnes. Peut-être que tu en rencontreras certaines. »

L'éventualité avait l'air de l'amuser.

— Une douzaine de personnes ? Et tu les mets où, grands dieux ?

— Quoi ? Où ?

— Oui, bon Dieu ! Où ! Tu les mets où, tous ces gens ? Excuse-moi, Abner, mais je n'aime pas voir un ami dans... au bord de...

— Au bord de quoi, Sam ? »

Décidément, ce n'était pas la peine d'insister.

« Bon, Abner, désolé, mais je crois que je ferais mieux de m'en aller.

— T'en aller ? Mais... tu ne peux *plus*, Sam. Jamais ils ne te laisseront repartir. »

Il parlait décidément par énigmes.

« *Ils* ne me laisseront jamais repartir, hein ? Et qui ça, si ce n'est pas trop te demander ?

— Eh bien... *eux*, les gens qui sont là. »

J'ai repoussé bruyamment ma chaise. S'il croyait que j'allais rester assis là à l'écouter débiter ses sornettes.

« Nom de Dieu, Abner ! Si tu arrêtais un peu de jouer au petit soldat ? »

Le raffut a paru le sortir de son hébétude ; crispé, il s'est fait attentif. Je me suis tourné vers la porte de la plage, puis vers le couloir du salon.

« Il n'y a personne d'autre que toi, ici, Abner !

— Si, Sam, tu te trompes. Il y a plein de gens. Mais ils vivent dans les murs. Sauf Madeline, évidemment, qui vit là-haut. »

Dans les murs ? Pourquoi pas des Martiens dans le grenier, pendant qu'on y était ? J'ai bien regardé mon Abner entre quatre-z-yeux ; un moment, j'ai cru que j'allais lui envoyer mon poing quelque part, histoire de le faire redescendre sur terre.

« Abner, j'ai l'impression que tu as besoin d'un sérieux coup de main. Je ne sais pas où tu vas, mais, crois-moi, tu y vas. »

J'ai quitté la cuisine, traversé le salon et déboulé sous la véranda.

J'ai dû me taper plus de cinq bornes avant de trouver un arrêt de bus, mais j'étais chez moi en fin d'après-midi.

CHAPITRE HUIT

Il m'a appelé presque aussitôt mon retour.

« Sam ? Je suis désolé. J'ai dû te paraître à moitié fou. Je t'ai fait peur, hein ? C'est que ce ne sont pas des choses faciles à expliquer. Vois-tu, lorsque tu es habitué à quelque chose, quand une situation, si bizarre qu'elle puisse sembler de prime abord, devient partie intégrante de toi, quand ta vie se confond avec, les choses vont de soi, tu comprends ? Tu en parles comme si tout le monde avait la même vision que toi. Je ne sais pas si je me fais bien comprendre. Dis, tu comprends ce que j'essaye de te dire ?

— Non, Abner. Je ne comprends absolument rien à ce que tu racontes.

— D'accord, d'accord. Explique-moi ce que tu ne comprends pas.

— Écoute, Abner... On a quelques souvenirs en commun ; on a été ensemble au lycée et on s'est bien amusés. On était amis...

— Je croyais qu'on l'était toujours.

— Oui, oui. Bien sûr. »

Je ne savais plus que dire. Il était clair qu'Abner avait de gros ennuis. Savoir si la cause en était due à une raison extérieure, cette maison délabrée, peut-être, ou si elle venait uniquement de lui, était un problème qui m'importait à vrai dire assez peu. Je croyais retrouver un vieil ami, celui avec lequel j'avais passé les meilleures années de ma vie, et ne m'attendais absolument pas à le voir dans l'état où il était tombé. J'avais mes propres soucis, moi aussi, et, comme tout un chacun, ma part de malheur. Je craignais de perdre la femme que je désirais épouser. Rétrospectivement, si tout cela entrait pour beaucoup dans les motifs qui m'avaient fait fuir la maison de Long Island, il n'en restait pas moins vrai qu'il avait vu juste, il m'avait fait peur, au sens littéral de l'expression, très peur, même.

« Nous sommes amis, oui, Abner...

— Abner Doubleday !

— Doubleday ? De quoi est-ce que tu parles ?

— Abner Doubleday, tu ne te rappelles pas ? Abner W. Cray, donc Abner Doubleday. Les deux noms se ressemblent beaucoup, souviens-toi.

— Pour l'amour du ciel, Abner...

— Sam, j'ai essayé de te mettre en garde.

— Abner, je t'ai retrouvé, je sais où te joindre. Laisse-moi simplement le temps de mettre un peu d'ordre dans ma vie et...

— Sam, écoute-moi. Ils n'aiment pas les gens qui... ils n'aiment pas les gens qui savent... »

Il recommençait.

« La seule chose que je sais, Abner, c'est que je vais m'asseoir devant ma télé, regarder un match, écluser quelques bières, peut-être même me commander une pizza et...

— Mais, Sam, ils ne vont plus te lâcher.

— Eh bien tant pis ! En attendant, j'aimerais bien que ce soit toi qui me lâches ! »

Et j'ai raccroché. Je l'ai rappelé trente secondes plus tard pour m'excuser, prêt à le laisser parler tout son soûl — peut-être était-ce surtout de cela qu'il avait besoin ? —, mais la sonnerie a eu beau retentir une bonne dizaine de fois, personne n'a répondu.

« Merde, là ! »

J'ai décidé de retourner le voir le lendemain matin.

Les *L.A. Rams* rencontraient les *Dallas Cowboys*, mais le câble était en panne, aussi, tout ce que j'ai obtenu, c'est un écran plein de neige et un son nasillard. Malgré cela, j'ai tout de même écouté la retransmission. Au milieu du match, quelqu'un a frappé à la porte. J'ai cru que c'était le concierge, ou un des locataires, car personne ne peut entrer dans l'immeuble sans s'annoncer à l'interphone.

« Ouais ! Qui c'est ?

— Pardon ? »

Une voix féminine.

« Je vous ai demandé qui vous étiez !

— Oh !... Euh... personne. Mais il faudrait que j'entre chez vous.

— Ah ? Et pour quoi faire ?

— Eh bien... pour utiliser le téléphone, non ?

— C'est une question ?

— Pardon ? »

Je me suis levé de mon fauteuil en soupirant, mais, la main sur la poignée de la porte, le soupçon m'a saisi.

« Vous voulez téléphoner ? C'est bien sûr ?

— Oui-oui-oui-oui ! »

C'était bizarre, mais le tout avait un côté *mais où avais-je la tête, mon Dieu, c'est bien téléphoner que je voulais, oui-oui-oui !*

« Oui-oui, j'ai besoin d'utiliser le téléphone. »

À travers l'œilleton, je ne voyais, de l'autre côté de la porte, que la moitié d'un visage féminin, encadré de cheveux roux.

« Vous êtes dans quel appart ?

— Pardon ?

— Je vous ai demandé si vous étiez locataire ici !

— Oh !... Oui-oui-oui. Je suis locataire ici. »

Oui-oui-oui-je-suis-locataire-ici ?

« Je ne vous crois pas. »

Silence.

« Vous entendez ? Je ne vous crois pas !

— Oh ! mais c'est parce que je ne suis pas locataire ici. »

Je-ne-suis-pas-locataire-ici ?

« Vous venez de me dire le contraire à l'instant !

— Il faudrait que j'entre, voyez-vous. J'aimerais bavarder un peu, si vous n'y voyez pas d'inconvénient. »

Je n'étais pas très chaud. L'œilleton ne m'en livrait toujours pas plus : une moitié de visage, des cheveux roux, un œil, vert, apparemment.

« Non, ce n'est pas possible. Désolé. Pourquoi ne pas vous adresser plutôt au concierge, au rez-de-chaussée ? À propos, comment êtes-vous entrée ?

— Je suis entrée ici par la porte. Vous... vous ne me reconnaissez pas ? »

J'ai collé la prunelle à l'œilleton. La femme s'était reculée un peu et légèrement déplacée vers la droite ; je voyais maintenant ma visiteuse nocturne en entier.

« Nous nous sommes rencontrés sur le bac, vous vous rappelez ? »

C'était bien elle.

« Oui, je m'en souviens. Qu'est-ce que vous voulez ?

— Vous parler. Seulement vous parler. »

J'ai entrebâillé la porte, autant que le permettait la chaîne de sécurité.

« Bon, d'accord. Parlez.

— C'est que j'aimerais bien entrer... Je vous en prie...

— Comment avez-vous eu mon adresse ?

— J'ai cherché... Et je l'ai trouvée. »

On n'aurait su être plus sibyllin. Et plus têtu.

« Puis-je entrer ? Je ne peux tout de même pas vous parler comme ça sur le palier. Il faudrait absolument que j'entre ici, vous comprenez ? S'il vous plaît, faites-moi entrer. »

Je n'aimais pas, mais alors pas du tout, cela. Elle commençait à m'énerver avec ses jérémiades, mi-supplications, mi-menaces.

« Allez trouver le concierge ! C'est au rez-de-chaussée. Il a le téléphone.

— Mais je ne le connais pas ! Tandis que vous, je vous connais.

— Non, vous ne me connaissez pas du tout.

— Mais si. Vous vous appelez Sam. »

Elle s'est plaquée contre la porte et, une main sur le montant de la serrure, l'autre sur le chambranle, a essayé de passer la tête dans l'ouverture.

« Laissez-moi entrer chez vous, Sam. S'il vous plaît, Sam, faites-moi entrer. »

Ne voilà-t-il pas qu'elle nous devenait vulgaire, maintenant ? Le téléphone s'y est mis lui aussi. La sonnerie a eu l'air de beaucoup la surprendre.

Je l'ai laissée un moment, le temps d'aller répondre.

« Voyez avec le concierge. Au rez-de-chaussée. Il vous aidera, lui. »

Tiens, silence.

Je me suis retourné vers la porte.

« Hé ! Vous êtes encore là ? »

Le téléphone sonnait toujours. J'allais décrocher lorsqu'il s'est tu.

« Merde ! Une minute, il n'y a tout de même pas le feu ! »

Et s'est remis à sonner tout de suite après.

« ...'de Dieu ! »

Je suis retourné à la porte, ai glissé un œil dans le couloir, mais n'ai vu âme qui vive.

« Hé ? Vous êtes toujours là ? »

Pas de réponse.

Le téléphone sonnait toujours.

« Oh ! et puis, allez vous faire voir, tiens ! »

J'ai enfin pu décrocher. C'était Abner.

« Écoute-moi, Sam. Écoute-moi, s'il te plaît...

— Arrête tes conneries, Abner. Restons-en là pour ce soir, tu veux, on verra tout ça demain.

— Mais, *eux*, Sam, ils ne vont pas en rester là, crois-moi !

— Abner, est-ce que c'est toi qui as envoyé cette nana chez moi ? Est-ce que c'est encore une de tes plaisanteries stupides ?

— Quelle nana ? Je n'ai jamais envoyé quelqu'un chez toi. Qui était-ce ?

— Une nana que j'ai rencontrée sur le bac de Staten Island. Est-ce que c'est là uniquement le genre de fada que tu fréquentes ? Comme ce flic, ou bien l'autre greluche qui loge chez toi en ce moment ?

— Al ? C'est d'*elle* dont tu parles ? C'est *elle* qui est venue chez toi ?

— Mais non, ce n'est pas elle. Celle dont je te parle, c'est cette sauterelle qui était avec moi sur le bac.

— La rouquine, tu veux dire ? C'est elle qui est venue chez toi ? »

Combien de fois allait-il falloir lui répéter ?

« Oui, la rouquine !

— Excuse-moi, mais la ligne n'est pas très bonne. Qu'est-ce que tu disais ?

— Que tu racontes des conneries grosses comme toi et que tu me casses les couilles ! Quand tu en auras marre, là, on pourra discuter...

— Mais non, Sam. Tu ne compr... »

Crac ! Non seulement j'ai raccroché, mais j'ai laissé le combiné décroché.

Le câble est enfin revenu à la raison une demi-heure plus tard et j'ai pu regarder la fin du match dans des conditions normales — mis à part la culpabilité que je ressentais d'avoir raccroché au nez de l'autre rigolo. Les *Cowboys* ont gagné, mais cela n'a rien fait pour me remonter le moral. Je me faisais plutôt un sang d'encre. Ah ! il était chouette, tiens, le vieux pote de lycée ! Au moindre problème... vous m'excuserez, mais j'ai du lait sur le feu ! Il était pourtant évident qu'Abner avait non seulement des problèmes, mais qu'il semblait en outre absolument incapable de s'en sortir tout seul. Et si jamais il finissait par faire une bêtise, hein ? En fait, j'avais peur d'aller au-devant d'emmerdements.

Je ne pouvais pas le nier. Au Viêt-nam, je m'étais impliqué beaucoup plus, en définitive, que je ne l'aurais dû. Allez donc savoir pourquoi, mais je faisais partie de l'heureuse minorité qui ne passait pas la moitié de son temps à avoir le mal du pays, ou n'était pas en pleine dépression ou encore raide jusqu'aux yeux. Moi, ma philosophie consistait à rester peinard et, une fois mon temps accompli, adieu Berthe. D'ici là, bien sûr, il fallait tenir, compter les jours, obéir aux ordres, dans les limites du raisonnable, s'entend, jusqu'au jour où je pourrais enfin laisser cette putain de guerre derrière moi. Malheureusement, tout le monde n'a pas ce genre de raisonnement ; j'étais donc celui à qui on venait se confier. Le grand frère, en quelque sorte, d'autant que je faisais dix bonnes années de plus que mon âge. Les gars venaient souvent me trouver et on parlait de la guerre — enfin, ils parlaient de la guerre —, domaine dans lequel régnaient les opinions les plus diverses. Chacun me parlait de la vie qu'il mènerait, une fois rentré, de sa petite amie (quand ce n'était pas, pour certains, de leur mec), du papa, de la maman ou de la petite sœur. Au bout d'un certain temps, à devoir ainsi supporter toutes les misères du monde, je me suis retrouvé à mon tour en plein marasme. Finalement, j'ai envoyé promener tout le monde et laissé chacun se débrouiller avec sa conscience, ayant bien assez à faire avec mes seuls états d'âme.

Aujourd'hui, dans la maison lugubre de Long Island, j'avais ressenti la même chose avec Abner. Je l'avais repoussé alors que, croulant sous le poids de ses problèmes, il s'était tourné vers moi — moi, le confident — et m'avait demandé de l'écouter, de l'aider à sortir de l'abîme de confusion dans lequel il était plongé.

Je suis allé me coucher rongé par le remords.

J'ai été réveillé au milieu de la nuit, à trois heures et demie du matin, par une faim dévorante. J'avais bien songé un moment me faire livrer une pizza, mais avais oublié, au contraire de mon estomac.

Rejetant mes couvertures, je me suis assis au bord du lit. Je dors tout nu. En cette nuit de la fin mars, la température était plutôt fraîche, et j'ai tendu la main vers mon pantalon, posé près du lit sur le dossier d'une chaise. C'est alors que, dans un coin de la chambre, j'ai entendu une espèce de gloussement sourd, de ricanement qui s'est interrompu net.

Il faisait très sombre dans la pièce ; la seule lumière était celle, diffuse, du réverbère, trois étages plus bas. J'ai enfilé mon pantalon à la hâte. Si jamais c'était encore quelque chose en rapport avec cet inconscient d'Abner... J'ai allumé la lampe de chevet, posée sur la table de nuit, et braqué les yeux vers le coin où le bruit avait retenti. Là, entre la bibliothèque d'un côté et le radiateur, de l'autre, j'ai aperçu deux fillettes âgées de quatorze ou quinze ans, raides comme des piquets contre le mur, vêtues d'une robe de taffetas rose qui leur arrivait au-dessus du genou et tenant chacune un chemisier bleu à la main. Du calme.

« Bon Dieu ! Mais *qui* êtes-vous ? »

J'avais la voix qui dérapait vers les aigus. Dire que

j'étais surpris aurait été peu dire. Elles ont ouvert la bouche en chœur et il en est sorti un petit couinement étouffé. Pas un muscle de leur corps, pas un trait de leur visage ne bougeait ; n'eût été le mouvement de leurs lèvres, un observateur extérieur aurait pu les prendre pour deux croquis, peints là en ombres chinoises sur le fond beige du mur. Leur bouche s'est ouverte à nouveau et, comme la première fois, une sorte de gazouillis malsain a jailli de leur gorge.

En bas, dans la rue, une voiture a klaxonné.

Dans l'appartement du dessus (occupé par un homme qui, je le savais, travaillait de vingt heures à deux heures du matin), la radio était allumée, et un brûlot contestataire de la fin des années soixante filtrait à travers le plafond.

Une odeur de bois pourri, venue de l'endroit même où se tenaient les deux jeunes filles en taffetas rose, figées contre le mur, une odeur de souche en décomposition est tout à coup montée du plancher.

« Est-ce que vous allez enfin me dire qui vous êtes ? »

Au-dessus de moi, la contestation a pris soudain une ampleur nouvelle.

Et les deux fillettes en taffetas rose sont passées à travers le mur. Comme de l'eau absorbée par le plâtre.

CHAPITRE NEUF

J'ai rappelé Abner depuis le poste installé dans la cuisine ; il avait la voix empâtée mais a répondu à la première sonnerie.

« Mmouais ? Allô ? »

Je l'aurais tué.

« Putain de merde, Abner, dis-moi qui sont ces deux...

— Sam ? C'est toi ?

— Écoute, Abner... Je me suis réveillé... je me suis réveillé et quand j'ai allumé, il y avait deux pissouses dans ma chambre — deux gamines qui se foutaient de moi...

— Désolé, Sam, mais je t'avais prévenu...

— Attends, Abner, j'arrive... J'arrive tout de suite ! Il faut qu'on éclaircisse tout ça.

— Ici, tu veux dire ? Tu veux venir à Long Island ? »

Il semblait partagé entre la joie et l'incrédulité.

« Formidable, Sam. Vraiment. Je t'attends ; je vais préparer du café et nous parlerons. Nous causerons... Sam, c'est vraiment une bonne nouvelle, tu sais ? J'ai vraiment besoin de quelqu'un... »

Ma colère a commencé à fondre de le voir revenu à de si bons sentiments.

« D'accord Abner... Attends-moi, j'arrive aussi vite que possible.

— Extra... Euh, tu te rappelles la route jusqu'ici ? Tu sauras retrouver la maison ?

— Mais enfin, mon pauvre Abner, les doigts dans le nez, que je te la retrouve ! »

Là, j'aurais mieux fait de me taire.

« Bon. Je t'attends. »

J'étais dans le métro une heure plus tard. Il n'était pas tout à fait cinq heures du matin et la rame était vide, à l'exception d'un jeune couple portoricain qui se bécotait à qui mieux mieux, d'un vieil homme vêtu d'un costume gris rayé, occupant tous trois les deux banquettes à ma droite, et d'une femme rousse assise au fond de la voiture dans le sens contraire de la marche.

J'étais fatigué, j'avais faim et, à peine le nez mis dehors, la migraine s'était déclarée. (Je m'étais habillé à la va-vite et ne m'étais rendu compte qu'une fois dans la rue que ma veste était boutonnée de guingois et que je n'avais pas lacé mes chaussures. Sans compter mes sous-vêtements, que j'avais tout simplement oublié de mettre.) Pour m'occuper l'esprit, je me suis plongé dans le lecture des panneaux publicitaires : Le café, la boisson d'une génération ; Pepsi-Cola, une génération d'avance ; Lisez *La Génération du Moi*. Décidément, « génération » semblait être le mot d'ordre de tous les annonceurs. Le vieil homme en costume gris s'est inquiété de mes marmonnements.

« Pardon ? »

J'ai secoué la tête et lui ai expliqué que je parlais tout seul et qu'il ne fallait pas s'inquiéter.

Il a souri. Il avait de hautes pommettes et de grands yeux clairs, noisette ; très maigre, sa pomme d'Adam proéminente tressautait à chacune de ses paroles. Il avait une voix criarde et grasseyante.

« Et qu'est-ce que vous étiez donc en train de dire ? »

Une seconde, j'ai eu envie de lui répondre que cela ne le regardait pas, mais il n'avait pas l'air bien méchant. J'ai hoché le menton vers les panneaux accrochés au-dessus de sa tête.

« Génération, tout le monde n'a plus que ce mot-là à la bouche.

— Tiens donc ? Et pourquoi, d'après vous ? »

Il était gentil, mais lent. Derechef, je lui ai fait signe de lever le nez.

« Je voulais parler de toutes ces publicités, là, au-dessus de votre tête. »

Il a tordu le cou vers le plafond.

« Hiram Walker ? Je ne comprends pas. »

Que de patience ! Mon mal de crâne commençait à se préciser.

« Non, non, je veux parler de... Lisez toutes ces publicités, vous remarquerez que presque tous les slogans comportent le mot “génération”...

— Trente-huit ans, vous le saviez ? »

Il avait l'air tout content de lui.

« Une génération comporte trente-huit années. C'est une chose que la plupart des gens ne savent pas. Moi, si. Je dirais que nous avons... au moins une génération d'écart, non ?

— Euh... oui... »

Ma migraine empirait de seconde en seconde.

« ... sans doute.

— Mais je ne vois toujours pas le rapport avec ces publicités. »

Je me suis pris les tempes dans les mains.

« Vous semblez aimer parler tout seul, hein ? J'avais une tante qui parlait toute seule, elle aussi. Du matin au soir, sa goule n'arrêtait jamais. Elle parlait de sa vie, de ses enfants, de ses amants — je crois qu'elle a dû en avoir plus qu'un chien aura jamais de puces — et puis de tous les présidents qu'elle avait connus, surtout Hoover et Roosevelt, Teddy, pas Franklin Delano... »

Là, j'ai senti que j'allais devenir méchant.

« S'il vous plaît, j'ai vraiment un mal de crâne terrible, est-ce que ce serait trop vous demander...

— ... et de toutes les maisons où elle avait vécu, mais d'elle aussi, et ça, tout le temps... »

J'ai fermé les yeux. Maintenant qu'il était lancé, il n'allait pas s'arrêter de sitôt.

« ... elle parlait aussi de ses chats, elle a toujours adoré les chats, elle en avait des tas ; enfin, bref, de tout ce qui lui passait par la tête...

— Si cela ne vous fait rien... »

Autant se poignarder le cul avec une saucisse.

« ... Du mal, par exemple, et de Dieu, et aussi de... »

Tout de même, monsieur consentait enfin à la fermer ! Intrigué par une espèce de gargouillement rauque, j'ai rouvert les yeux. La femme rousse, celle qui était assise précédemment au fond de la voiture, se tenait à présent juste derrière lui, les yeux exorbités, les mains frénétiquement serrées autour de sa gorge. Le vieil homme se tortillait désespérément sur son siège, les yeux aussi exorbités que les siens.

« L'amour est un sacrifice. L'amour, c'est prendre, et donner. Et maintenant, dis ? Tu m'aimes, dis ? »

Elle avait une voix de crécelle. Le couple de Portoricains s'est levé, l'échine basse, et est allé se réfugier à l'avant de la voiture.

Le vieil homme s'est affaissé entre les mains d'acier de sa meurtrière.

C'est alors seulement que j'ai reconnu la femme que j'avais rencontrée sur le bac, la même qui était venue frapper à ma porte.

Je me suis jeté sur elle, mais, m'étant cogné l'aine au dossier de la banquette, je suis tombé à plat ventre à ses pieds. Je l'ai attrapée par une cheville et j'ai tiré de toutes mes forces. Sa tête a heurté la vitre de la fenêtre, et elle s'est effondrée sur moi comme un sac de son. Son estomac m'est rentré dans l'épaule et une bouffée d'air fétide s'est échappée de sa gorge.

Sous le coup de la frayeur, j'ai lâché un chapelet de jurons qui a bien dû durer une bonne minute avant de pouvoir me relever. À l'exception du corps de l'homme au complet gris, renversé en travers de la banquette, la bouche grande ouverte, les pieds traînant par terre, la voiture était complètement vide.

La rame s'est arrêtée quelques instants plus tard.

CHAPITRE DIX

Le vieil homme au complet gris était mort et bien mort.

Un homme noir d'une trentaine d'années très bien habillé est monté dans la voiture. Apercevant l'homme couché sur la banquette, il m'a lancé un regard interrogateur. J'ai haussé les épaules.

« Un clodo. Ivre mort. »

L'homme a haussé lui aussi les épaules, puis m'a tourné le dos et s'est choisi un des sièges du fond.

Quelques minutes plus tard, j'étais dans la 57e Rue Est, à la recherche d'une station me permettant de gagner Queens. Le ciel de Manhattan était d'un gris uniforme, un peu plus pâle que celui du costume du vieil homme, et il y avait dans l'air glacé du petit matin une âcre senteur de macadam et de gaz d'échappement.

J'ai entendu des voix dans mon dos, sur le trottoir d'en face.

« Bon, tu te grouilles, quoi, ou merde ? Tu la bouges, cette poubelle ? »

La réplique n'a pas tardé.

« C'est ça, oui ! Je vais encore me taper la plus lourde, c'est ça, oui ! Compte là-dessus ! »

Je me suis retourné. Deux éboueurs, un Blanc costaud et un grand Noir tout en muscles, étaient en train de s'engueuler copieusement pour savoir qui soulèverait quelle poubelle. Le moteur tournant au ralenti, une benne à ordures, toute jaune et ventrue, était garée le long du trottoir à quelques mètres de là, entourée d'un panache de fumée grise.

« Hé ! les gars ! Où y a-t-il une station de métro ? »

C'est le balaise qui m'a répondu.

« V'nez juste de sortir d'une !

— Oui, mais pour Queens, il faut changer. »

Il m'est tout à coup venu à l'idée qu'en réalité je n'avais que des notions rudimentaires sur la route menant à la maison de Long Island.

« Une qui ne sente pas trop mauvais. »

Les deux hommes ont éclaté d'un rire gras. Le grand Noir avait même l'air de trouver l'idée franchement désopilante.

« Pas de bol, mec. Toutes les stations sont aussi crades les unes que les autres. Pouvez toujours aller jusqu'à la 60e Rue Ouest, remarquez, p't-être que vous en trouverez une qui sera un peu plus à votre goût[1]...

— Euh... oui, merci. J'espère. »

Je commençais sérieusement à avoir l'air d'un con. Ils m'ont dévisagé un moment d'un regard dénué d'expression, puis ont repris leur querelle de chiffonniers. Le conducteur de la benne a klaxonné pour rappeler son monde à l'ordre, mais cela n'a pas calmé les deux hommes pour autant. Le chauffeur a klaxonné une nouvelle fois. En vain.

Cinquante mètres plus loin, ils n'avaient toujours pas décidé qui allait se charger de la plus grosse poubelle. Je me suis retourné, toujours prodigue de bons conseils.

« Dites donc les mecs, pourquoi vous ne la prendriez pas tous les deux, au lieu de nous faire ch... »

Ils se sont retournés d'un bloc et, la mine patibulaire, le pas lourd et traînant, ont abandonné leurs poubelles, apparemment décidés à me dire deux mots. Le camion est passé en première et s'est mis lentement en marche, entouré d'un nuage de fumée grise.

« Moi, ce que j'en disais, c'était pour vous aider ! »

Mais les deux éboueurs, précédant la benne de quelques mètres, ont continué à s'avancer lentement, métho-

1. La 60e Rue Ouest est évidemment totalement à l'opposé de la 57e Rue Est, où Sam Feary cherche désespérément une station pour Queens, l'un des cinq *boroughs* de New York. Comme ni l'éboueur ni Sam Feary ne l'ignorent, *queen*, en argot, signifie tante, chochotte. (*N.d.T.*)

diquement. J'ai filé sans demander mon reste. Je me suis retourné brièvement au coin de la 57e Rue et de la 5e Avenue et les ai aperçus, manifestement résolus à ne pas me lâcher. J'ai poussé un soupir de soulagement en voyant un taxi surgir de la 5e Avenue.

« Queens !

— C'est pas spécialement petit, Queens.

— Bah ! c'est comme la lune, à peine à un jet de fusil.

— C'est plutôt vous qui me faites l'effet d'un drôle de fusil.

— Je cherche une maison sur la côte. Juste à la sortie de la ville. Sur le front de mer.

— C'est vous qui voyez. »

Le taxi s'est arrêté trois quarts d'heure plus tard sur la place d'un petit centre commercial.

« Ça ira, comme ça ? »

Se payait-il ma tête ?

« Non, désolé, mais je cherche une maison isolée en bord de mer. On n'y est pas encore ! »

Le chauffeur a hoché la tête en direction du compteur, qui, de 22, 70$ est passé à 22, 90$.

« Vous avez de quoi payer, monsieur ?

— Évidemment, que j'ai de quoi payer !

— Ce serait peut-être mieux de vérifier pour vous en assurer ?

— Mais je n'ai pas besoin de... »

Là, je m'avançais peut-être. J'avais reçu mon dernier bulletin de paye il y avait déjà trois semaines. J'avais déposé la plus grande partie de mon salaire sur mon compte-épargne et vécu des plus frugalement depuis.

« Combien ça fait, maintenant ? 22, 90$?

— C'est ça ! »

L'homme commençait à perdre patience. J'ai sorti mon portefeuille et, ouf, y ai trouvé trois billets de dix dollars et deux coupures d'un. Soulagé, je lui ai tendu trente dollars, lui disant de m'en rendre cinq et de garder la monnaie.

« Dans quelle direction est la mer ?

— Par là, sur votre droite. Vous ne pouvez pas vous tromper.

— Merci. »

Que ce soient les routes, les rues, les maisons, je n'ai aucune mémoire visuelle. Une heure plus tard, complètement perdu, j'ai fini par échouer au bord d'une quatre voies en pleine zone industrielle. La rocade pouvait aussi bien mener à la maison d'Abner qu'à Pittsburgh.

Il était presque huit heures. Long Island commençait à s'éveiller et la circulation matinale à prendre son rythme de croisière ; les voitures étaient de plus en plus nombreuses, les ralentissements de plus en plus fréquents. Rien, dans le paysage, ne me rappelait quelque chose de connu, quelque chose que j'aurais pu remarquer dans la Chevrolet d'Abner. Je n'avais gardé que peu de souvenirs du trajet, à part l'altercation avec le motard. La seule chose à peu près sûre dont je me souvenais, c'était d'avoir aperçu derrière lui, quand je l'avais regardé par-dessus le toit de la voiture, quelque chose de rouge et d'imposant, pas des bâtiments, mais plutôt un grand panneau d'affichage. Mais j'avais beau écarquiller les yeux, il n'y avait rien qui y ressemblait, même de loin. Mon maudit orgueil m'avait empêché de laisser Abner m'indiquer la route.

J'en étais là de mes réflexions quand une voiture des forces de police du comté de Nassau s'est arrêtée juste devant moi. Un homme, grand et mince mais bâti tout en muscles, en est sorti et s'est avancé vers moi. Il a hoché la tête et m'a salué. Voilà au moins un comportement qui changeait agréablement des agissements de certains margoulins.

« Bonjour, monsieur.

— Bonjour.

— Pourrais-je voir vos papiers, monsieur ?

— Puis-je vous demander pourquoi ? »

Il n'a pas eu l'air d'aller contre.

« Tout à fait. Un homme correspondant en gros à votre signalement a été aperçu en train de rôder à quelques kilomètres de là.

— Eh bien, ce n'est pas moi, voyez.

— J'en suis sûr, monsieur, mais pouvez-vous me montrer vos papiers, s'il vous plaît ? »

J'ai sorti mon portefeuille et lui ai tendu mon permis de conduire. Il y a jeté un bref coup d'œil.

« Vous êtes Samuel L. Feary ?

— Oui.

— Pouvez-vous m'accompagner jusqu'à la voiture, monsieur Feary ?

— Je suis en état d'arrestation ?

— Non, monsieur. Voulez-vous m'accompagner jusqu'à la voiture ?

— Si je ne suis pas en état d'arrestation, alors pourquoi devrais-je vous suivre ? »

J'avais tout de même la voix un poil moins assurée qu'il eût été souhaitable, détail, je ne sais pourquoi, que les forces de l'ordre détectent en général immédiatement.

« Je vous demande pardon, mais je ne me sens pas très bien. »

Il s'agissait de rester sobre et de ne pas en faire trop.

« Oui, monsieur. Maintenant, si vous voulez bien venir avec moi jusqu'à la voiture.

— J'aimerais récupérer mon permis.

— Dans une minute. »

Il a tendu la main et m'a pris par le bras.

« S'il vous plaît, monsieur. »

Il a ouvert la portière arrière et m'a demandé de m'asseoir.

« Je ne peux pas m'asseoir à l'avant ?

— Non, monsieur.

— Je ne...

— S'il vous plaît, monsieur. »

Il me poussait doucement, mais fermement. Je me suis assis sur la banquette arrière, et il a refermé la portière. Pas la moindre poignée, ni pour les portières ni pour les fenêtres ; une cloison métallique isolait complètement le compartiment arrière de l'avant. Le flic s'est installé derrière son volant, laissant sa portière ouverte.

« Ça ne va prendre que quelques instants, monsieur. Ensuite je suis sûr que vous pourrez repartir. »

Il a communiqué mon nom et mon adresse au standard de Nassau. Il n'y avait plus qu'à attendre.

« Je cherche la mer, une maison en bordure de mer. Et comme je n'y suis déjà venu qu'une fois... »

Toujours ce chevrotement.
« Oui, monsieur, une petite minute. »
Ah ! on était renseigné, je vous jure !
« Vous étiez au Viêt-nam, dites-moi ?
— Non, monsieur. J'étais trop jeune.
— Eh bien, moi, j'y étais, et...
— Un peu de patience, monsieur. Calmez-vous, je ne voudrais pas être obligé de vous passer les menottes.
— Les menottes ? Et pourquoi vous me passeriez les menottes, nom de... »
Une voix féminine a éclaté sur la bande de fréquence.
« Samuel L. Feary... Rien, dossier négatif, Jack.
— Merci, Vera ! »
Le sourire impersonnel, il est venu me libérer de ma cage.
« Désolé de tous ces désagréments, monsieur Feary. Vous pouvez y aller. »
Je suis sorti en arborant mon air le plus offusqué. Il s'est à nouveau excusé et a eu la riche idée de disparaître.
M'étant retourné pour le regarder s'éloigner, j'ai vu lentement surgir, là où la quatre voies se fondait à l'horizon, une benne à ordures jaune enveloppée d'un nuage de fumée grise et précédée de deux petites silhouettes, la progression encore ralentie par la distance.

CHAPITRE ONZE

J'ai appelé Abner d'une cabine publique à environ un kilomètre et demi de l'endroit où le flic de Nassau m'avait contrôlé. En face de la cabine, de l'autre côté de la quatre voies, se dressaient les bâtiments de ce qui ressemblait à une installation militaire ; un bombardier du début des années cinquante peint en rouge trônait devant l'entrée, exposé sur un socle. J'avais parcouru la distance au trot mais n'avais plus mes poumons d'antan.

« Tu es tout essoufflé, Sam. Que se passe-t-il ?

— Abner, où est ta putain de baraque ?

— Tu t'es perdu ? D'où appelles-tu ? »

Je venais de dépasser une borne.

« Je suis sur la Route 14. Où va-t-elle ?

— Elle traverse le comté de Nassau.

— Abner, tu ne vas pas le croire, mais il y a une benne à ordures qui me poursuit !

— Une benne à ordures ? Sur la Route 14 ? Tu es en voiture, ou quoi ?

— Bon Dieu, Abner...

— C'est une benne du comté, Sam ? Est-ce qu'il y a la mention "Comté de Nassau" sur le côté ? D'abord, de quelle couleur est-elle ? Celles de Nassau sont bleues... De toute façon, pourquoi serais-tu poursuivi par une benne à ordures ? Les éboueurs ne traquent pas les gens...

— Tu parles, ils me suivent depuis Manhattan !

— Une benne de Manhattan ? Elle est jaune ?

— Putain, quelle importance, la couleur ?

— Aucune, aucune. J'essayais seulement de...

— Écoute, dis-moi simplement comment retrouver cette bicoque de merde, d'accord ?

— Dis-moi plutôt où tu es. Je viens te chercher, je crois que c'est la meilleure solution. Un coup de voiture et... Au fait, où est la tienne ? Tu n'as pas de bagnole ? »

La voix d'Abner a été remplacée par celle de l'opératrice.

« Insérez une autre pièce de vingt-cinq cents, s'il vous plaît, sinon la communication sera interrompue. »

Comme si j'avais le temps de penser à des choses pareilles ! Heureusement que j'avais un peu de monnaie. Abner était toujours en ligne.

« Où es-tu exactement sur la Route 14, Sam ? »

Je lui ai abondamment décrit le bombardier rouge devant le complexe militaire de l'autre côté des voies.

« Je vois où c'est. Ne bouge pas, je suis là-bas dans dix minutes. »

Il a tenu parole.

Avec un pull à col roulé blanc, un jean délavé, mais propre, et une paire de Hush Puppies, il avait l'air en meilleure forme que la veille. Plus propre, et plus détendu, aussi ; douché et rasé de frais, il semblait avoir passé une bonne nuit.

« C'étaient des conneries, tout à l'heure, à propos de la benne à ordures ?

— Non, il se passe vraiment des choses bizarres, Abner.

— Ça m'en a tout l'air... »

Au moins, monsieur prenait les choses avec philosophie.

« Tout de même... une *benne à ordures* !

— Abner, dans quoi t'es-tu fourré ? »

Sourire jusqu'aux oreilles.

« Tu te rappelles le caveau des Hammet, Sam ? À Bangor, dans le temps ? Tu te rappelles comme c'était amusant ?

— Amusant ! Nous étions des gosses, Abner. Des gosses stupides. C'est fini, tout ça, nous ne sommes plus des enfants.

— Oui, on grandit. Ah ! grandir, Sam, grandir, grandir... »

Il a bien vu le feu rouge qui venait de s'allumer mais ne s'est pas arrêté, malgré la voiture qui arrivait à toute allure sur notre droite.

« Nom de Dieu, Abner ! »

L'accélérateur au plancher, il est passé sous le nez de l'autre voiture, le chauffeur ayant eu le bon sens de freiner, voyant à quel fou furieux il avait affaire.

« Réaction disproportionnée, si tu veux mon avis. »

C'était le seul commentaire que lui inspiraient ses exploits.

« Non mais, putain ! Abner, tu as vu comme tu conduis ! Tu es un véritable danger public, ma parole ! »

À cent vingt qu'il était, cet abruti. Il a relâché un peu le pied et laissé l'aiguille redescendre à quatre-vingt-dix.

« Tu m'as demandé dans quoi j'étais fourré... Mais c'est simple, dans la réalité. La vie. »

Et tout cela avec le plus grand sérieux, le visage grave et l'œil solennel.

« Ça va ! Arrête un peu, tu veux ?

— Je sais, Sam, je sais, ça semble battu, rebattu, complètement con, mais, je t'en prie, écoute-moi... »

Il s'est arrêté au feu rouge suivant, mais uniquement pour me faire plaisir.

« ... Il m'est arrivé plus de choses au cours des six derniers mois qu'en trente-cinq années d'existence. Je n'exagère pas, je...

— Tu carbures à quoi, au juste ? Cocaïne, héroïne ?

— Allons, tu sais bien que je n'ai jamais touché à ça. »

Je ne croyais pas être si près de la maison, mais Abner a tourné tout à coup dans le sentier défoncé qui menait à la plage. Finalement, je ne m'étais pas si mal débrouillé que cela ; la mémoire fonctionnait encore.

Il s'est arrêté a mi-chemin pour laisser passer une fillette d'une dizaine d'années. La gamine a traversé la route, puis s'est retournée et nous a remerciés avant de disparaître derrière une dune. J'aurais bien aimé savoir qui elle était.

« Très polie, cette petite.

— Hon-hon. »

Lentement, il s'est contenté de rouler jusqu'à la maison.

« Sam, j'ai déjà essayé de te prévenir, mais je te mets de nouveau en garde, même si ça doit ne servir à rien. »

Il est descendu de la Chevrolet, puis a grimpé les marches de la véranda et s'est retourné vers moi avant de pousser la porte.

« Une benne à ordures ? Tu es sûr que c'était la même ? Il ne peut s'agir que de deux bennes différentes, l'une de Manhattan et l'autre de Long Island.

— Entrons, Abner, s'il te plaît. »

Il n'a pas bougé d'un pouce, la trogne illuminée de celui qui vient de trouver un billet de cinquante dollars par terre.

« Est-ce que je t'ai dit que j'étais follement amoureux ? Ça, c'est la bonne nouvelle.

— Parce qu'il y en a une mauvaise ? Entrons, Abner, s'il te plaît.

— La mauvaise, c'est qu'elle n'est pas *disponible* pour l'instant.

— Tu m'en vois navré.

— Car elle est morte, vois-tu ? »

Non, je ne voyais pas.

« Elle s'appelle Phyllis. Phyllis Pellaprat. C'est joli, comme nom, hein ? Le problème, c'est qu'elle est bien ici, ça j'en suis sûr, mais que je ne sais pas encore où. Ce n'est pourtant pas faute d'avoir cherché partout. Mais je vais chercher encore. Tu pourrais peut-être m'aider, qu'est-ce que tu en penses ?

— Bien sûr, Abner, bien sûr. On cherchera. Mais, pour l'instant, entrons, tu veux ? Il faut qu'on parle.

— Parce que, une fois que je l'aurais trouvée, figure-toi que je me suis dégotté une chouette petite baraque dans le Vermont. Un endroit tranquille, je le sais parce que j'y ai travaillé dans le temps, et...

— Abner, nom d'un chien ! On parlera après, entrons d'abord.

— Oh !... Excuse-moi. »

Nous sommes finalement entrés dans le salon. Toujours plongée dans une semi-obscurité, la pièce semblait bourdonner d'une activité invisible, comme si elle était habitée de milliers de moucherons.

Abner m'a emmené jusqu'à la cuisine, m'a fait signe de prendre place à la table et s'est assis en face de moi.

« Je ne sais pas ce que tu en penses, Sammy, mais j'ai toujours pensé que la cuisine était le meilleur endroit d'une maison...

— Je préfère qu'on m'appelle Sam, tu le sais, pourtant.

— Ah ? Il me semblait qu'au bahut je t'appelais Sammy. Je dois me tromper.

— Abner, écoute-moi.

— Oui ?

— Dis-moi une chose, Abner : il n'y a personne dans cette maison, mort ou vivant, à part toi, moi et... Quel est son nom, déjà ?

— Al ?

— Oui, Al.

— Il y a Madeline, aussi. N'oublie pas Madeline. »

Mon Dieu, ce qu'il me fatiguait.

« Oui. Et Madeline.

— Et Phyllis. Mais il y en a aussi plein d'autres. Je ne sais jamais au juste combien parce qu'ils vont et viennent, tu comprends. Mais ils sont là. Ils vivent dans les murs...

— Les morts ne vivent pas dans les murs, nom de Dieu ! »

Il m'a jeté un regard déconcerté.

« Mais je ne t'ai jamais dit qu'ils étaient morts, Sam. Ils ne le sont pas. Ils ne sont pas morts comme peuvent l'être, par exemple, un arbre, une feuille, un... Qu'est-ce que la mort, Sam ? Suis-je mort ? Ou bien vivant ? Pourrais-tu te prononcer simplement en me regardant ? Est-ce que je suis vivant uniquement parce que je suis assis en face de toi à la même table et en train de te parler ? Ce n'est pas aussi simple que ça, Sam. Rien n'est aussi simple.

— Abner, tu sais bien si tu es vivant ou non.

— Bien entendu. En ce moment, oui. Pendant que nous sommes assis là, à causer tous les deux, oui. Mais dans une demi-heure ? Une heure ? Rien n'est moins sûr, Sam ; les choses changent très vite. »

Je l'ai interrompu par un reniflement.

« Qu'est-ce que c'est que cette odeur, Abner ? On dirait que quelque chose est en train de brûler. »

Je me suis levé et j'ai passé la tête dans le couloir du salon, les narines en alerte.

« Sans rire, Abner, on dirait vraiment qu'il y a quelque chose en train de brûler ! »

Dans la faible lumière venue du salon, les photos accrochées aux murs — des portraits, surtout, des clichés pris sur le vif, certains en couleurs, d'autres en noir et blanc — tremblotaient comme les eaux d'un lac sous les rayons du soleil. Abner est venu me rejoindre et a posé une main sur mon épaule.

« Qu'est-ce qu'il y a qui cloche, ici, Abner ? Pour l'amour du ciel, dis-moi ce qui ne va pas dans cette maison ! »

Alors, les photos se sont mises à bouger. Le haut et le bas ont commencé par se décoller, puis se sont recroquevillés comme un vieux parchemin roussi sous l'effet de la chaleur, et, un à un, les clichés sont tombés par terre, ne laissant sur les murs que des taches de couleurs imprécises, des couleurs qui semblaient sourdre et suinter du plâtre.

J'ai senti les doigts d'Abner se resserrer sur mon épaule.

« Pardonne-moi, Sam ! »

CHAPITRE DOUZE

Les murs sont faits de plâtre, de lés de papier, de clous, de peinture. Seuls les rats et les souris vivent dans les murs.

Les murs ne peuvent se mettre à dégurgiter des gens comme une tunique de madras à dégorger ses couleurs.

Mais les murs de cette maison, si. Des flots de couleurs dégoulinaient du plâtre et formaient de grandes flaques sur le plancher. Puis, le salon s'est embrasé d'un seul coup, et ils sont tous sortis en même temps ; des bras, des pieds, des jambes, des visages, ont crevé les murs. Il y avait là des dizaines de personnes qui fuyaient les abris où elles étaient terrées. Tous ces gens-là coulaient et se reformaient sans cesse. Comme une tige de bambou, j'ai vu jaillir du plancher un homme en habit de noces. Il y avait aussi une grosse femme d'une quarantaine d'années qui pleurait sans bruit, les épaules secouées de sanglots silencieux, un petit garçon habillé de blanc et, se tenant toute seule dans l'entrée du salon, une fillette blonde d'une dizaine d'années, la même que celle qui avait traversé la route tout à l'heure devant nous.

« Pardonne-moi, mais ces phénomènes sont imprévisibles. Je ne sais jamais quand ça se produit. »

J'aurais voulu le secouer, lui hurler de déguerpir, que la maison était en feu, mais il était déjà trop tard. A-t-on le temps de crier, au moment de passer sous les roues d'un camion ? *Voyons, voyons, si je ne réfléchis pas très, très vite, dans deux secondes je passe dessous !*

Car j'étais persuadé qu'on ne pouvait rien faire et que la maison allait brûler de fond en comble avec nous tous à l'intérieur. Nous deux, Abner et moi, et tous ceux qui étaient sortis des murs.

« Tu as peur ? »

Cette question ! Et lui qui me demandait cela comme il m'aurait demandé si j'avais pris mon petit déjeuner !

« Il ne faut pas. Tu n'as pas à avoir peur. Réjouis-toi, au contraire. Ils font ça pour nous *amuser*, Sam. Ce sont des cabotins, de grands enfants. Ils *veulent* que tu t'amuses. Si tu ne t'amuses pas, ils ne vont pas aimer ça et risquent de se retourner contre nous. »

Par-dessus le grondement du brasier qui ravageait le salon, Abner parlait de la voix apaisante de celui qui sait qu'il est de son devoir d'aider les autres à progresser sur le dur chemin de la connaissance. Le sourire à la fois patelin et magnanime, il a posé les deux mains sur mes épaules, comme pour me forcer à rester là, à ne pas quitter la maison qui partait pourtant en flammes.

« Lâche-moi, Abner !

— Ils veulent nous distraire, Sam. Il faut que tu t'amuses. »

M'avait-il seulement entendu, par-dessus le ronflement des flammes ?

« Bordel, Abner, ôte tes sales pattes de moi ! »

Il m'a lâché.

Je l'ai planté dans le couloir et me suis précipité vers la porte de la cuisine, celle donnant sur la plage. Mais j'ai eu beau pousser, cogner, elle a refusé de s'ouvrir. Il fallait tirer, tout simplement. J'ai couru vers la mer et ne me suis arrêté que lorsque j'ai senti les vagues me lécher les pieds.

Au bout d'un moment, je me suis retourné vers la maison. Le côté exposé à la mer semblait avoir été récemment repeint en blanc et, à première vue, chaque fenêtre était munie de persiennes neuves. Il y avait six fenêtres au rez-de-chaussée, trois au premier étage, et deux autres, plus larges et hautes que les autres, au grenier, coiffé d'un toit en pente très accentuée. Un moment, j'ai cru m'être éloigné plus que je ne le pensais et contempler une autre maison. Puis Abner est apparu à la porte de la cuisine, cerné par les flammes qui faisaient rage, et m'a regardé de loin en silence, les mains dans les poches.

« Abner ! Mais arrache-toi de là bon Dieu ! »

L'incendie prenait de l'ampleur à chaque seconde.

« Arrête, Abner ! Ne fais pas ça ! Cours ! »

Un océan de flammes a crevé toutes les fenêtres. Je suis tombé à genoux, indifférent aux vagues qui mouillaient mon pantalon.

« Écoute-moi, Abner ! Je suis ton ami !

— Bien sûr que tu es mon ami, Sam. Et je suis le tien. Nous sommes deux amis, maintenant. Des amis pour la vie. Des amis inséparables ! »

Les mains autour de la bouche, il devait crier pour couvrir le grondement des flammes.

« Ouais ! Abner et Sam, des amis inséparables !

— Merci, Sam ! »

Il est rentré et a refermé la porte derrière lui. Il s'est peut-être écoulé une minute, puis le rougeoiement des flammes a commencé à décroître derrière les fenêtres.

Je me suis assis sur le sable, face à la maison, les jambes pliées et le front sur les bras, croisés sur les genoux. La migraine qui ne m'avait pas lâché de la matinée revenait en force. À quoi rimait tout ce que j'avais vu ? Était-ce une plaisanterie ? *Des amis inséparables !* Les ingrédients de base étaient bien là — des souvenirs en commun, une affection bourrue ; mais de là à devenir des « amis pour la vie », seul le temps en déciderait. Abner utilisait tout ce qu'il avait pu y avoir entre nous pour essayer de faire pression sur moi, de me retenir dans cette maison. La marée montait ; je n'allais pas pouvoir rester là. Je ne lui en voulais pas ; je comprenais son attitude. Il avait des ennuis, tout bêtement, et besoin d'un ami. Pour ma part, j'étais bien décidé à l'aider, mais, comme mon mal au crâne, je sentais la colère qui grondait en moi.

« Va te faire foutre, Abner ! »

Maladroitement, tel un vieux crabe, je me suis hissé plus haut sur la grève, toujours assis sur le derrière, pour échapper au flot qui montait.

« Tu entends, Abner ? Va te faire foutre ! »

Il est réapparu à la porte de la cuisine et s'est avancé à ma rencontre, les mains dans les poches, un sourire idiot aux lèvres. Il est resté debout à côté de moi un moment ; son sourire énervant s'est effacé, et il m'a glissé sur le ton de la confidence, tel un garde-côte qui s'épancherait auprès du contrebandier qu'il vient de pincer :

« La côte est claire, Sam. »

Il était juste à ma droite, les mains toujours dans les poches, un genou légèrement plié, la cheville bien à portée. L'idée était tentante et je n'y ai pas résisté : je lui ai cisaillé les pattes d'un magnifique croc-en-jambe. Il est tombé sur le côté, puis a roulé sur le ventre, le visage dans le sable.

C'était un acte impulsif et futile. Tout ce que je voulais, c'était savoir ce qui venait de se dérouler dans cette maison. Or, il paraissait incapable d'expliquer ce qui s'était passé, tout ce qu'il disait n'ayant apparemment aucun sens. Oh ! je sais, par énigmes, en restant soigneusement dans le vague et avec une pseudo-pensée profonde judicieusement glissée par ci par là, on peut tout expliquer, des origines de la vie aux moyens d'éviter le rhume des foins. J'aurais tout aussi bien pu lui filer une bonne baffe, histoire de lui remettre les yeux en face des trous et de lui donner un aperçu cinglant de ce que moi, Sam Feary, j'appelais la réalité. D'accord, ce croche-pied était un geste futile et stupide, mais, sur le coup, je me suis senti beaucoup mieux.

J'ai bondi sur mes pieds, l'ire au front et le bras accusateur, bien qu'il fût toujours en train d'avaler du sable.

« Alors, comme ça, la côte est claire, hein, espèce d'enfoiré ! C'est encore un de tes petits jeux idiots ? Tu te crois encore un gamin ? Comme quand tu grimpais au sommet d'un immeuble pour pisser du haut du toit ? »

Il a tourné la tête vers moi. La plage était humide et il avait la joue pleine de sable. Il a crachouillé ce qu'il avait dans la bouche et son espèce de sourire à bouffer du foin est réapparu sur ses lèvres.

« Mon pauvre Sam ! Tu ne peux plus retirer la main de la boîte. Je te l'ai dit : une fois la main prise, c'est tout le bras qui y passe. »

Il a voulu se relever mais je l'ai immobilisé d'un pied sur son dos, le forçant à rester allongé.

« Abner, tu ne te relèveras pas avant de m'avoir dit ce qui se passe dans cette maison. »

Il s'est laissé retomber sur le ventre et a soupiré. Il faisait moins le fanfaron, maintenant. Son sourire supérieur avait disparu, remplacé par un mélange d'impuissance et de supplication, tel le rictus douloureux de celui qui se vide lentement de son sang dans un autobus bondé.

« Ce qui se passe ? Mais… la réalité, la vie, Sam ! »

CHAPITRE TREIZE

J'ai ôté mon pied de son dos. Il a hésité puis s'est mis debout. Son putain de sourire était revenu.

« Je te préviens, Abner : je n'ai plus envie d'entendre tes conneries !

— Tu as toujours été beaucoup plus fort que moi, Sam.

— Désolé. Je ne voulais pas te faire mal. Je voulais simplement attirer ton attention. »

Il s'est brossé le devant du pantalon.

« Tu ne peux plus me faire mal. Autrefois, peut-être, il y a vingt ans. Ou même il y a encore six mois. Mais plus maintenant. »

Il a brossé son pull blanc ; il y avait une grosse tache sur une des manches.

« Putain, Sam, t'es chié ! Un pull que je viens juste de laver ! »

Oh ! pauvre petit chat !

« Sache que je me fous royalement de ton pull, abruti ! Je veux savoir *qui* sont ces gens dont tu parles et ce qui se passe ici !

— Mais je t'ai dit ce qui se passait. C'est la réalité, c'est tout... Il fait un froid de canard, rentrons.

— Je refuse de retourner dans cette maison. Tu me prends pour un con ? Pas question que je retourne là-dedans !

— Sam, je te l'ai déjà dit, ils ne te laisseront pas... »

Je l'ai arrêté d'un doigt, bien enfoncé dans la poitrine.

« Écoute-bien, mon p'tit pote. Tu vas réunir tout ton

petit monde et tu vas me foutre tout ça dehors, compris ? Tous autant qu'ils sont ! Tout de suite !

— Mais, Sam, ce ne sont pas des chiens, ce sont des gens. Ils font ce qu'ils veulent, ça ne me regarde pas.

— Je ne te crois pas, Abner. Je crois que, pour toi, tous ces gens-là sont des jouets, d'ignobles joujoux avec lesquels tu fais mu-muse. Ça te fait plaisir, hein, de les voir faire le beau ? Ça te plaît, hein, de les voir se rouler sur le dos ? Ça t'amuse de les voir faire le mort... »

Là, il a éclaté de rire.

« Je parie qu'ils t'obéissent au doigt et à l'œil. Je parie que c'est toi qui leur dis quand se lever, quand se coucher, quand se rouler par terre, quand rôder aux alentours et quand jouer les apparitions !

— Ça m'étonnerait beaucoup qu'ils apprécient ce genre de discours, Sam. À ta place, je ferais attention à ce que je dis. »

Il n'était pas facile de deviner s'il était sérieux ou s'il plaisantait.

« Des menaces, maintenant ? Des spectres qui guettent dans l'ombre ? Brrr, j'en tremble déjà ! Qu'est-ce qu'ils vont me faire ? Me jeter une poubelle à la tête ? M'envoyer deux petites filles mortes dans ma chambre pour me faire grimper aux murs ? Hein, dis-moi donc, Abner-le-montreur-de-spectres : qu'est-ce qu'ils vont me faire, exactement ?

— Tu ne sais pas ce que tu dis, Sam. Remarque, c'est compréhensible. Moi aussi, au début, je disais n'importe quoi. C'est une sorte de mécanisme d'autodéfense, tu comprends. Tu essayes de rejeter tout ce qui te paraît impossible par le biais de l'absurde, de la dérision, mais, petit à petit, au bout d'un moment, tu finis par l'accepter et tu ne te poses plus de questions...

— Tu devrais t'écouter, Abner. On croirait entendre un de ces fanatiques religieux.

— Sam, s'il te plaît, reviens avec moi à la maison. J'ai besoin de toi, là-bas.

— Renvoie tous ces gens qui sont chez toi, Abner.

— Je ne peux pas. Je ne sais même pas qui ils sont, au juste. Même Madeline ne pourrait pas les renvoyer d'où ils viennent. Ce serait vraiment *stupide*, Sam, injuste, aussi... »

Là, j'ai frappé. Mais la paume ouverte, pas avec le poing. Il est parti en arrière et en est tombé sur le cul. Il a poussé un juron, s'est massé la joue et m'a lancé un regard noir. Incrédule, j'étais stupéfait de me découvrir capable de tant de violence, même si c'était sous l'énervement du moment et l'empire de la peur.

Un bruit de moteur a éclaté de l'autre côté de la maison, un bruit sourd, monotone et oppressant, tel celui de la benne que j'avais entendu il y avait seulement quelques heures.

Je me suis assis à côté d'Abner, le dos tourné à la maison, et lui ai écarté la main pour examiner le bleu qui commençait à se former sur sa joue.

« Désolé, Abner, je ne voulais pas faire ça... Bon, c'est fait, d'accord, mais je ne recommencerai pas. »

Il a eu un sourire triste. Derrière nous, le bruit du moteur s'est amplifié.

« S'il te plaît, Abner, dis-moi ce qui se passe ici. C'est moi qui ai besoin de ton aide.

— Oui... Et moi, de la tienne.

— D'accord, on s'épaulera mutuellement. Comme quand on était gosses ; tu te souviens : quand l'un avait un problème, l'autre n'était jamais loin. Comme cette fois... »

Le bruit de moteur a cessé brusquement.

« ... où tu te languissais d'amour pour Mme Singer, la prof d'histoire, et que tu lui écrivais des lettres anonymes complètement débiles. Qui c'est qui a dit que c'était lui qui les avait écrites, ces putains de lettres d'amour ?

— Oui, je m'en souviens. Pourquoi t'es-tu accusé, au fait ?

— Pour que tu n'aies pas d'emmerdes, tiens ! »

Ce qui n'était pas tout à fait vrai ; j'avais moi aussi comme qui dirait le béguin pour l'excellente Mme Singer, mais mes lettres, des déclarations enflammées que je m'étais bien gardé d'envoyer, étaient beaucoup moins bien troussées que les poulets d'Abner.

« Maintenant, tu me dois la pareille, Abner. S'il te plaît, renvoie ces gens. »

Il a haussé les épaules.

« Je te l'ai dit, Sam, je ne peux pas les renvoyer. Tu n'as pas l'air de vouloir comprendre...

— Salut ! »

Nous nous sommes retournés comme un seul homme. Un employé des postes a surgi au coin de la maison, une grosse enveloppe à la main, et a levé le bras lorsqu'il nous a aperçus assis sur la plage.

« Hé ! là-bas ! Est-ce que l'un de vous s'appelle... Abner Cray ?

— Oui, c'est moi.

— Recommandé !

— J'arrive ! »

CHAPITRE QUATORZE

De loin, j'ai regardé Abner s'emparer du paquet. Il a brièvement tourné la tête vers moi et s'est engouffré dans la cuisine.

J'ai attendu longtemps, mais il n'est pas ressorti.

Des gens sont passés sur la plage : des joggers, le baladeur sur les oreilles, un vieil homme en pantalon lâche, chemise tire-bouchonnée et veston rouge vif, qui marchait très lentement, le détecteur de métal braqué devant lui. À un moment donné, il s'est arrêté à une cinquantaine de mètres et s'est mis à creuser frénétiquement dans le sable. Il a dû trouver son bonheur car je l'ai vu fourrer prestement dans sa poche ce qui, de loin, avait tout l'air d'être des pièces de monnaie. Non loin de là, un petit garçon d'une dizaine d'années déployait de louables efforts pour expédier en l'air un gigantesque cerf-volant frappé de l'inscription *Star Wars*. Le cerf-volant a refusé de s'élever et a piqué du nez dans une dune ; le petit garçon est allé récupérer son bien, l'a mis sous son bras et s'est éloigné, la tête basse et l'air déçu.

Il ne devait pas être loin de onze heures et cela devait faire au moins une heure que j'étais sur la plage, faisant un saut de puce de temps en temps à mesure que la marée montait. Je ne pouvais toujours pas me résoudre à regagner la maison. Le sillage plaqué sur le bleu du ciel par les avions semblait jaillir directement du toit. Un chat de gouttière gris tout pelé qui maraudait devant la maison s'est brusquement figé sur place, une patte levée, a regardé en l'air, la gueule ouverte, puis a détalé.

Qu'est-ce qui avait bien pu effrayer cette bête ? Je me suis levé.

« Abner ? »

Pas de réponse. J'ai brossé mes vêtements comme j'ai pu.

« Abner ? »

Toujours aucune réponse. J'ai fait quelques pas hésitants en direction de la maison et, sans plus de succès, l'ai appelé à nouveau. « Bon Dieu, il est assez grand pour s'occuper de lui-même ! » J'étais cependant loin d'en être persuadé.

Je n'avais toujours aucune envie de rentrer dans ce palais fantôme. Je n'avais qu'à marcher le long de la plage, peu importait la direction, et mettre le plus de distance possible entre la maison et moi.

« Abner, putain de merde !

— Faudrait voir à surveiller votre langage, jeune homme ! »

La voix venait de ma droite. D'une femme bien en chair d'une soixantaine d'années, les cheveux blancs et vêtue d'une robe de soie bleue et d'une cape de fourrure. Ses souliers noirs à hauts talons n'étaient absolument pas faits pour la plage et elle se déplaçait avec lenteur et difficulté. Heureusement que son chien, une énorme bête noire, une véritable montagne de graisse, la tirait par la laisse.

« Désolé.

— J'espère bien ! »

Mauvaise, avec cela. Laissant cette vieille bique à sa promenade, j'ai appelé Abner une nouvelle fois, mais il a continué à faire la sourde oreille. J'ai juré dans ma barbe, mais c'était compter sans l'autre vieille folle, avec son horrible chien-chien.

« Je vous ai entendu, vous savez ! »

C'est cela, oui. Je me suis éloigné d'une dizaine de mètres, voulant tout de même pouvoir respirer librement sans avoir continuellement cette amoureuse du beau langage sur le dos.

« Abner ! Sors, tu veux ? Il faut qu'on parle ! »

Silence.

« Tout va bien, Abner ? »

Silence.

Je me suis approché jusqu'à la limite de l'ombre portée de la maison. J'ai scruté les fenêtres mais n'y ai distingué aucun mouvement. La migraine qui ne cessait de m'élancer depuis le réveil me serrait à présent le crâne dans un étau.

Après bien des hésitations, j'ai fini par m'avancer jusqu'à la porte de la cuisine. Elle était fermée à clef.

« Ben, merde ! »

J'ai collé le visage à l'un des quatre carreaux. La cuisine était vide. Je me suis acharné sur la porte, mais en vain. Reculant de quelques pas, j'ai levé les yeux vers les fenêtres du premier, mais, aussi bien à droite qu'à gauche, rien.

« Abner ! Ouvre ! »

Passé le coin de la maison, une seule fenêtre perçait le mur latéral. Elle donnait sur une chambre. J'ai aperçu un grand lit recouvert d'une courtepointe bleue, une commode à quatre tiroirs, un lampadaire métallique qui montait la garde à côté du lit et une carpette ovale, mais, à part cela, la pièce était totalement vide.

J'ai eu beau toquer au carreau, Abner ne s'est pas montré. J'ai alors contourné la maison pour passer sur la façade, mais, las, me suis cassé le nez sur la porte d'entrée, fermée à clef elle aussi. J'ai frappé.

« Abner, ouvre ! Il faut qu'on parle. »

N'obtenant toujours aucune réponse, après avoir reculé de quelques pas pour prendre un peu d'élan, j'ai expédié un bon coup de pied contre la porte, juste sous la serrure, mais celle-ci n'a pas bougé d'un millimètre. J'ai procédé à un deuxième essai, tout aussi peu probant.

« 'fant de putain ! »

Cette porte n'allait pas me résister longtemps. Et de trois, et de quatre, et de cinq ! Enfin, j'ai entendu quelque chose craquer, et une petite fissure est apparue sur le chambranle.

« Excellent ! »

Ragaillardi, j'ai décoché ce que je croyais être l'assaut final mais la porte est restée obstinément close. Un peu de réflexion m'aurait épargné bien de la peine. Cette saloperie de porte s'ouvrait sur l'extérieur, contrairement à la plupart des portes honnêtes. Je pouvais toujours essayer de la démolir à coups de pied, autant cogner contre un mur.

Soudain, j'ai entendu le pêne tourner dans la gâche.

« Abner ? »

La porte s'est entrebâillée, retenue par une chaîne de sécurité, puis la chaîne a glissé hors de son encoche.

« Abner ? »

La porte s'est ouverte en grand. Abner est apparu, ayant l'air de tomber des nues.

« Ah ! ben tout de même ! Tu y a mis le temps ! »

Sans rien dire, il a passé le doigt le long de la fissure et a secoué la tête.

« Qu'est-ce qui te prend de vouloir tout casser, Sam ? Tu vas réveiller Madeline !

— Je ne veux réveiller personne, je veux juste parler...

— D'accord ! D'accord, on va parler ! Ce n'était pas la peine de t'exciter comme ça. »

Il s'est effacé de côté pour me laisser entrer.

Il m'a fait franchir le salon, étouffant comme une serre, puis le petit couloir aux murs couverts de photos, intactes, et m'a une nouvelle fois conduit à la cuisine où un bol, une cuillère et un verre traînaient sur la table. Il a ramassé le tout pour aller le laver dans l'évier.

« Abner, dis-moi que tout ça n'est qu'une histoire montée de toutes pièces, une mise en scène, et je rentrerai chez moi, je ne t'embêterai plus. C'est encore un de ces tours emberlificotés dont tu as le secret, hein ? »

Il me tournait le dos, penché au-dessus de l'évier. Aux bruits qu'il faisait, il devait gratter l'intérieur du verre avec une éponge.

« Je pourrais effectivement te dire que toute cette histoire est une fine plaisanterie que je t'ai mijotée en souvenir du bon vieux temps, te sachant à même de l'apprécier. »

Il s'est tourné de profil, a levé le verre dans la lumière, l'a examiné un instant, puis l'a posé sur l'égouttoir avant de s'attaquer au bol.

« Mais ce n'est pas vrai.
— Abner, il y a un vieil homme étendu raide mort sur une banquette de métro...
— Sur tout le réseau, il doit bien y en a avoir une centaine par jour. Ça fait partie des charmes de New York... Ça fait combien de temps que tu es à New York, Sam ? Deux semaines ? Un mois ?
— Un peu plus. Je sais tout ce qu'on dit sur New York. Je sais que certains disent que ce n'est qu'un cloaque. Mais je ne suis pas d'accord. J'aime cette ville.
— Bien. Content pour toi. Continue. Ouvre grands les yeux et continue à voir précisément ce que tu as envie de voir. Dis-toi que tout ce que tu vois est réel, que *ceci* est réel, que *cela* est réel, et que si quelque chose tombe d'un gratte-ciel — si une gargouille se détache d'un toit et fend le crâne d'un passant —, dis-toi que c'est réel, ça aussi. On ramasse la bidoche étalée sur le macadam et le tour est joué, hein ? C'est fini, on passe à autre chose. C'est du moins ce qu'on prétend, mais il n'y a personne pour venir dire le contraire, surtout pas le type aplati sur le trottoir. »

Son éternel sourire entendu l'avait enfin quitté, et, emporté par le feu de son monologue, il avait maintenant quelque chose de désabusé.

« Tu comprends ce que j'essaye de te dire, Sam ?
— Oui.
— Bien. Alors, dis-moi ce que tu as compris.
— D'accord, je vais te dire comment je vois les choses. »

J'ai tout de même ménagé une petite pause pour mieux souligner l'effet de mon propos.

« J'ai compris que tu avais toi aussi plongé la main dans cette putain de boîte. Jusqu'au cou, que tu y es, et bientôt même la tête va y passer. Tu es en train de te couper de tout, Abner. Un beau jour, plus personne ne voudra ou ne pourra t'aider. »

Il n'a rien dit pendant une longue minute.

« Je vais te montrer quelque chose, Sam. »

Il a ouvert un des placards, au-dessus de l'évier, en a sorti un épais cahier noir et me l'a tendu. Je l'ai ouvert à la page de titre. « Une version des événements » annonçait-elle, « par Abner Cray », indiquait la ligne au-dessous.

« Qu'est-ce que c'est ?

— Simplement ce que ça dit.

— Hum. Abner Cray... Tu as laissé tomber le W.

— C'est à cause de cette histoire de Doubleday. D'un autre côté, le W, c'était pour Wilson, à cause de mon oncle Wilson, que j'ai toujours cordialement détesté. »

Nerveux l'Abner, tout à coup : on aurait dit une jeune fille rougissante essayant une toute nouvelle robe.

« C'est... c'est le manuscrit d'un bouquin. Une sorte de... d'histoire de fantôme, pourrait-on dire. Je l'ai envoyé à un éditeur, celui pour lequel je devais faire cet album de photos. »

Il a haussé les épaules.

« Retour à l'envoyeur. C'est ce que le type des postes est venu m'apporter, tout à l'heure. Ils disent qu'ils ne peuvent en croire un traître mot... Ils croient que c'est de la fiction !

— Désolé.

— Ne te fatigue pas. De toute façon, je n'avais pas très envie qu'il soit publié. Et pour ne rien te cacher, je n'ai même pas envie que tu le lises. Un jour, peut-être, mais pas maintenant. Je voudrais simplement que tu lises le premier paragraphe, d'accord ?

— Euh... d'accord. »

« Une version des événements » — dont je n'ai pas lu, à ce jour, autre chose que le seul premier paragraphe — était une chose qui allait chercher dans les six cents pages manuscrites. Je me suis contenté de la première et mes yeux sont tombés sur ceci :

On sonne à la porte. Vous allez répondre. Vous regardez par l'œilleton pour savoir ce qu'on peut bien vous vouloir. Vous apercevez alors un visage. Deux yeux, un sourire. Bref, quelqu'un. Quelqu'un à qui vous avez envie d'ouvrir. Ou de ne pas ouvrir. Évidemment, si vous avez toujours eu des œillères, inutile de vous crever les yeux de votre côté du judas ; ne vous attendez pas à grand-chose — des banalités, tout au plus, jamais une parole au-dessus, jamais une parole au-dessous, jamais un mot de travers. En tout cas, rien qui aille au-delà de ce satané sourire.

« Bon. J'ai lu. Qu'est-ce que ça veut dire ? »

Il a tendu la main, m'a repris le cahier et l'a remis dans le placard.

« Ça veut dire que, pour la première fois de ta vie, tu viens de regarder à travers l'œilleton, Sam. Ça veut dire que la porte va enfin s'ouvrir pour toi et que tu vas commencer à voir ce qui se passe en réalité autour de toi. »

Leslie et moi ne l'admettrons sans doute jamais, mais je crois que nous jouons beaucoup au chat et à la souris, tous les deux. C'est quelque chose d'instinctif, une attitude dont personne, pratiquement, n'est à l'abri. Les gens s'abusent. Les gens s'épient. Chacun essaye de surveiller ses paroles, mais surtout d'analyser celles des autres, de supputer leurs intentions, les trois quarts de l'humanité y consacrant d'ailleurs une bonne partie de leur temps. Chacun essaye de donner le change à l'autre. De la sorte, tout le monde est persuadé d'avoir pris toutes les précautions et de ne pas s'être laissé avoir par les apparences.

Leslie et moi n'avons pas échappé à la règle. Il n'y avait pas encore une semaine que nous nous connaissions, que j'avais déjà pris l'habitude de lui dire, avec un mélange de spontanéité et de retenue : « Je t'aime à la folie. » C'était une boutade, bien sûr. En fait, je n'étais pas encore sûr de l'aimer vraiment — comment pourrait-on l'être, au bout de seulement une semaine ? C'est grotesque. Les choses n'arrivent pas de cette façon. Lui dire que je l'aimais aurait peut-être été une simple affirmation sans fondement, si tôt dans nos relations. Je préférais donc lui dire que je l'aimais « à la folie », ce qui ne signifiait pas, naturellement, que je l'aimais, du moins avec un grand A. Cela voulait simplement dire : « Je suis *fou* de toi ! » Mais dans l'expression « je t'aime à la folie », il y a le verbe aimer, ce mot magique. Je voulais dire que je l'aimais, puisque je sentais que c'était vrai, mais, lorsqu'on déclare qu'on l'aime à quelqu'un, c'est tout à fait le genre de formule qui exige une réponse. Malgré les moments intenses que nous avions déjà partagés au cours de notre brève idylle, je n'étais pas sûr de m'attirer autre chose qu'un : « Je crois surtout que tu es fou, mon lapin. » Pire, Leslie aurait pu me regarder avec des yeux ronds, se demandant ce qui pouvait bien me passer par la tête.

Mais mon petit jeu ne lui a pas échappé longtemps. Au bout de trois ou quatre fois à peine, elle a pris à son tour l'habitude de soupirer et de répondre : « Oui, je sais, mais ça ne veut pas dire que tu m'aimes ! » Ce qu'on peut se sentir con, dans ces moments-là.

CHAPITRE QUINZE

« J'aime une femme, Sam. Elle est quelque part dans cette maison. Dans les murs, peut-être, je ne sais pas. Il y a toute une humanité qui vit dans les murs, Sam, tout un monde. J'y ai parfois pénétré, pour chercher Phyllis, mais parfois, c'est ce monde lui-même, tout au moins une partie, qui envahit la maison. Comme ce matin. »

Il semblait attendre quelque commentaire de ma part. J'ai voulu répéter encore une fois, bien que n'y croyant pas tout à fait : « Mais il n'y a personne ici, Abner », mais il ne m'a pas laissé le temps d'ouvrir la bouche.

« Et ce monde, Sam, ce monde est partout où nous ne regardons pas, partout où nous ne pouvons pas voir, partout où nous préférons ne pas regarder. Ici, c'est dans les murs. »

Il avait l'air intarissable sur son sujet favori.

« Habituellement, on n'y pense jamais, mais, un beau jour, on fait tomber les murs, on regarde à certaines fenêtres, on pousse certaines portes. Et ce qu'on voit alors, ce qu'on découvre, dépend uniquement de la personnalité de chacun. »

Je me suis gaussé.

« Ça, que tu étais spécial, je m'en étais déjà aperçu, mais à ce point-là ! »

La pique ne l'a même pas ému.

« Oui... On peut dire que je suis spécial. Le 2 janvier de cette année, il y a eu deux ans que je... que j'ai été *initié*.

— Oh ! J'en suis très heureux pour toi.

— Tu sais, Sam, tu réagis remarquablement bien, compte tenu des circonstances... Je peux te demander un service ?

— Un service ? »

Il a haussé les épaules.

« Oh ! trois fois rien. J'aimerais que tu te lèves et que tu ailles jusqu'à cette porte. La porte de la plage, là. Tu l'ouvres et tu mets le nez dehors. Tu peux faire ça ? »

Mon regard est allé rapidement de la porte à Abner.

« Pourquoi ? »

Jésus a dû avoir le même sourire, sur sa croix, genre *Père, ils ne savent pas ce qu'ils font.*

« Sam, un jour ou l'autre, il faudra que tu passes par une de ces portes, alors, autant le faire tout de suite... »

J'ai longtemps hésité puis me suis levé.

« Je n'aime pas ça du tout, Abner. D'ailleurs je n'aime rien de ce que j'ai vu ou entendu dans cette maison. Tout ça ne me dit rien qui vaille. »

Arguments qu'il a balayés d'un haussement d'épaules.

« C'est normal, Sam. Tout le monde réagit ainsi, la première fois. L'esprit se rebiffe, c'est une sorte de mécanisme de défense. »

Ses explications me paraissaient un peu courtes.

« C'est un jeu, Sam.

— Oh ! alors dans ce cas, rions. Ha ! ha ! »

Rassemblant tout mon courage, je suis allé jusqu'à la porte, l'ai tirée à moi et suis sorti comme il me le demandait.

Plus tard, il m'a dit que j'avais hurlé, mais je ne m'en souviens pas. Une telle mésaventure ne m'était déjà arrivée qu'une seule fois, dans une rizière du Viêt-nam, lorsque le type qui marchait à deux mètres de moi avait posé le pied sur une mine Claymore. Là, oui, j'avais hurlé. Hurlé de désespoir, hurlé comme une bête à l'idée de vivre dans un monde où le sol pouvait à chaque instant se transformer en geyser sous les pieds.

Là, sur le pas de la porte de la maison d'Abner, en bordure de la plage, j'ai hurlé comme si on m'écorchait vif. Ce que j'avais jusqu'alors pris pour la réalité — même après tout ce qui s'était passé dans la maison — s'est effacé devant mes yeux comme un voile qui se déchire et j'ai plongé dans un univers étrange, terrifiant.

A priori, la plage, la mer, les dunes couvertes d'une maigre végétation, le soleil de midi dans le ciel d'un bleu immaculé, les piaillements des mouettes, le bourdonnement de la circulation, à quelque distance de là, l'odeur du sel venue du large, la légère odeur de fraîchin flottant sur la grève, tout semblait normal.

En fait, rien ne l'était. Tout avait l'air lointain, distant — j'avais l'impression d'être une chenille contemplant le monde du fond de son bocal. Un écran protégeait le monde, invisible, et cet écran avait sauté. Il y avait toujours des mouettes, des dunes et des voitures qui passaient en grondant, quelque part, mais le monde qui s'étalait sous mes yeux était un monde de cauchemar, un monde immobile, figé, horrible, avec des centaines, des milliers de personnes se déplaçant avec la plus extrême lenteur, comme si leurs pieds étaient pris dans la glèbe.

Des fantômes, des spectres, des apparitions ? Que non pas, ils étaient réels, bien réels. Pire, eux seuls étaient réels. Les dunes, les mouettes, le grondement de la circulation, tout cela n'avait aucune importance, ce n'était que le nappage sur le gâteau, le bâton de la sucette.

« Mon Dieu, Abner, mais c'est l'*enfer* !

— Allons, Sam, ne dis donc pas de conneries. Tu as trouvé Dieu au Viêt-nam, peut-être ? Ça n'a rien à voir avec l'enfer, le monde n'est pas autre chose que ce qu'il est, c'est tout. Je n'y peux rien si c'est la première fois que tu ouvres les yeux. »

CHAPITRE SEIZE

Imaginez que vous avez été avalé. Imaginez-vous dans le ventre de quelque gigantesque animal.

Et que vous n'êtes pas seul, mais qu'il y a aussi d'autres personnes. Des centaines, des milliers, des millions, peu importe. Imaginez simplement que vous êtes là, vous et des dizaines d'autres pauvres créatures impuissantes, la chair déjà à demi rongée par les sucs corrosifs suintant des parois de l'estomac de la bête.

Imaginez que l'air lui-même, les sucs digestifs, et jusqu'à l'estomac de la bête, imaginez que tout cela est animé, *vivant*. Imaginez que l'air est d'un jaune sombre, un jaune verdâtre, et qu'il a à peu près la même odeur que celle des toilettes de la gare de Grand Central.

« Voilà la réalité, Sam.

— Non...

— Et pourtant si. Regarde, regarde bien. Regarde de tous tes yeux.

— Regarder quoi ? Bon Dieu, je ne sais même pas ce que je suis en train de regarder. Dis-moi, qu'est-ce que je suis censé voir ?

— Tu vois ce qu'il y a à voir.

— Conneries, Abner ! Foutaises ! Qui sont ces gens ?

— Ces gens ? Mais je n'en sais rien, Sam. Je les découvre en même temps que toi. Des revenants, sans doute. Qu'est-ce qu'un revenant, sinon quelqu'un qui *revient* sur les lieux où il a toujours vécu ? »

J'ai senti sa main se poser sur mon épaule, comme pour me forcer à ne pas détourner les yeux.

« Nous vivons avec les morts, Sam, mais nous ne le savons pas. Et pourtant, *ils vivent*, je t'assure. Ils vivent dans nos maisons, dans les murs. Ils vivent dans l'air, Sam, comme les oiseaux, et ils volent, ils volent vraiment. »

J'avais l'impression que la foudre était tombée à mes pieds. Son emprise s'est resserrée sur mon épaule.

« Ils volent exactement comme les oiseaux, Sam, et ils se posent sur le toit des immeubles pour se reposer, dans les greniers, sur les statues, les capots des voitures. »

Très loin, au-delà du monde qui s'étendait sous mes yeux, le petit garçon au cerf-volant est apparu au sommet d'une dune, son engin voletant derrière lui. Il a dévalé le flanc de la dune en criant : « Que la Force soit avec toi ! »

« Tu as vu *La Guerre des étoiles*, Sam ? Moi, je l'ai vu trois fois. »

À mi-chemin du pied de la dune, le garçon a trébuché sur une pierre enfouie. Il est tombé en avant, les coudes dans le sable, puis s'est relevé d'un bond et s'est mis à se brosser avec frénésie, comme s'il était tombé dans un nid d'araignées.

Autour de lui grouillaient des dizaines de personnes, venues des quatre coins de l'horizon. Il n'en savait encore rien mais il venait de basculer dans un monde qui n'était plus le sien.

Et tous ces gens le touchaient, le palpaient. Une femme l'a même serré contre elle par-derrière. Il a continué à s'épousseter avec ardeur, puis, paniqué, s'est mis à *tirer* sur ses vêtements, comme s'ils étaient collés à sa peau et le brûlaient.

« Maman ? ! Maman ? ! Maman ! »

Puis il a tenté de ramener son cerf-volant à lui, dérisoire geste de protection. Il était seul, tout seul.

Abner a soupiré.

« Il n'a aucune idée de ce qui lui arrive. Pauvre gosse. Ils vont le noyer dans le sable. »

J'ai regardé autour de moi, bouche bée, incapable de prononcer un mot.

« Ils vont l'étouffer dans le sable et, demain, il fera partie de ceux portés disparus. »

Il fallait faire quelque chose, prévenir ce gosse du danger effroyable qui planait sur lui.

« Cours, petit ! Bon Dieu ! cours ! »

Le gamin a tourné la tête vers moi, les yeux agrandis par l'épouvante et par l'incrédulité, puis a agité les bras en tous sens, se débattant contre les êtres pour lui invisibles qui voulaient le noyer dans le sable. Ses mollets y sont d'abord passés, puis ses genoux, ses cuisses. Il ne cessait de hurler, d'appeler sa mère, et de tirer sur la corde de son cerf-volant. L'engin s'est déchiré sur une grosse pierre pointue, la même, je crois, que celle sur laquelle il avait trébuché.

« Maman ? ! Maman ? ! »

M'arrachant à l'emprise d'Abner, je me suis élancé à son secours et, quelques secondes plus tard, me suis retrouvé étendu sur le carrelage de la cuisine, Abner dressé au-dessus de moi.

« Non, mais, tu es complètement malade ! Ça ne va pas, la tête ? Ce n'est ni le lieu ni le moment de jouer les héros, je t'assure. Pauvre cinglé !

— Mais, Abner, ce gosse...

— Ce gosse est perdu ! Tu ne peux pas influer sur ce que font ces gens, Sam. Tu peux seulement regarder. Et je vais te dire une bonne chose : tu regardes parce que tu as *envie* de regarder, parce que, tout au fond de toi, quelque chose en a *envie*. Sans quoi, mon p'tit pote, tu ne verrais absolument rien. »

Me relevant maladroitement, je me suis rué vers la porte.

« Mon Dieu ! »

La plage était déserte. Plus de cerf-volant, plus de petit garçon, rien.

« Il peut seulement les sentir, Sam. Sans doute en ce moment sent-il leurs mains, leurs bouches, leurs cheveux. Et il sait ce qui est en train de lui arriver. Je crois qu'il sait qu'il est aspiré à l'intérieur de la dune, mais je doute qu'il sache pourquoi... Dieu sait pourtant que j'aurais aimé pouvoir faire quelque chose pour lui, Sam. Mais c'est impossible ; il n'y a rien à faire. Pas avec ces gens. Autant essayer de parler à un arbre que de raisonner avec eux. Ils ne sont pas comme ce flic qui nous a arrêtés hier ; ils ne sont pas comme Al, ou comme Phyllis. Ce sont des sortes de déchets. Des rebuts d'humanité... Madeline me tuerait, si jamais elle m'entendait dire des choses pareilles.

— Tu as tué ce garçon, Abner !

— Non, Sam. Il a disparu, simplement. Tous les jours, il y a des milliers de gens qui disparaissent. Certains, comme ce garçon, sont noyés dans les dunes. D'autres sont enlevés, emportés comme des lapins par des rapaces. D'autres, peu nombreux, se font piéger dans les murs... Ils se trouvent pris dans les murs et ne peuvent plus en sortir. Ils y restent. Avec les morts. Il n'y a aucun moyen de leur échapper. Avec les morts, ce n'est pas la peine de chercher à se réfugier dans la folie, ou dans le passé ; quelle que soit l'échappatoire que tu pourrais prendre, ils te poursuivraient et te retrouveraient.

— Écoute-moi bien, Abner. Je vais sortir et chercher ce garçon. Et je te garantis que ce n'est pas toi qui vas m'en empêcher !

— Bien sûr, Sam, je ne peux pas t'en empêcher. Mais je peux déjà te dire ce que tu vas trouver. Du sable, des puces de mer et quelques bouteilles de bière, voilà tout ce que tu vas trouver. Des emballages de chewing-gum, peut-être une capote ou deux. Mais tu ne retrouveras jamais ce garçon. Il fait partie des disparus et en fera toujours partie, éternellement. Rayé des cadres, porté disparu, tu comprends ? Comme Amelia Earhart, le juge Crater ou Jimmy Hoffa. Tous capturés par les morts. »

CHAPITRE DIX-SEPT

Il avait raison. Je n'ai rien trouvé. Frénétiquement, j'ai creusé le sable pendant plus d'une heure et demie. Et futilement, car il s'éboulait à mesure que je creusais. Finalement, découragé, je me suis laissé tomber au pied de la dune, les yeux fixés sur une mouette qui tournoyait dans le ciel au-dessus de la grève. À un moment donné, Abner est entré dans mon champ de vision.

« Où sont-ils ?

— Ces gens ? Mais ils n'ont pas bougé de place.

— Alors, pourquoi ne m'emportent-ils pas, moi aussi ? »

Il a haussé les épaules.

« Toi ou moi, ce serait la même chose. Ou cette vieille femme avec son infâme clébard. Elle vient chaque jour se promener sur la plage. Ou l'homme au détecteur de métal. »

Il s'est allongé à côté de moi et, appuyé sur les coudes, m'a regardé d'un air impuissant.

« Je ne sais pas, Sam. Pourquoi certaines personnes sont-elles piquées par les abeilles, alors que d'autres ne le sont jamais ? Je n'en sais strictement rien. Peut-être qu'un jour nous y passerons tous les deux, nous aussi.

— C'est réconfortant. »

Il a souri.

« Ce n'est que temporaire, tu sais. Ce... cette espèce de don de voyance que tu as acquis, ce n'est que temporaire... Peut-être que ce n'est pas le mot juste, épisodique serait meilleur. Cette faculté soudaine n'est qu'épisodique. Ça va, ça vient. Un jour tu l'as, le lendemain c'est parti. Un peu comme l'herpès. »

J'ai poussé un grognement d'incrédulité. Abner a continué, imperturbable, en se caressant pensivement les ailes du nez.

« Moi, c'est venu à cause d'une femme. Barbara W. Barber. Je l'ai rencontrée il y a deux ans, dans le train qui m'emmenait de Bangor à New York. Bon Dieu, Sam, elle m'a filé cette... *maladie* pendant le trajet. Je crois qu'elle a fait ça parce qu'elle ne m'aimait pas, parce que je l'avais offensée, peut-être. Et je t'ai transmis ce truc à mon tour. Comme ça, on en est au même point. »

Il s'est levé et m'a tendu la main, mais j'ai secoué la tête.

« Non. Je préfère rester seul.

— D'accord. Tu sais, Sam, ce qui nous arrive, c'est comme de pénétrer dans une pièce par erreur. En principe, ça ne pose pas de problèmes majeurs. Tu te rends compte que tu t'es trompé et tu sors. L'ennui, c'est qu'il y a des milliers de pièces où l'on peut entrer par erreur. »

Il s'est tu un moment, puis a lâché une de ses incongruités habituelles.

« Touche l'air, Sam.

— Hein ?

— Lève le bras et *touche* l'air. »

Je me suis assis sur le sable.

« L'air ? Pourquoi ?

— Fais-le, simplement. »

Je me suis exécuté.

« Bien. Qu'est-ce que tu sens ?

— Rien. L'air, simplement.

— Ferme les yeux. »

J'ai fermé les yeux.

« Et maintenant, qu'est-ce que tu sens ? »

J'ai agité la main, ouvert et refermé le poing.

« Doucement, Sam. »

J'ai donc caressé l'air. Tout doucement. S'il n'y avait que cela pour lui faire plaisir.

« Alors, qu'est-ce que tu sens ?

— Bon Dieu, je ne sais pas... Qu'est-ce que tu veux

que je te dise ? L'air, quoi... On dirait une peau, ou de l'eau... de l'eau froide.

— Qu'est-ce que je te disais ? Ils n'ont pas bougé, ils sont toujours là. Tous ces fous meurtriers ont toujours été là, dans l'air qui nous entoure. La seule différence est que tu peux maintenant les voir, de temps en temps, les toucher. Tu peux aussi... »

Je me suis brusquement mis debout et l'ai attrapé par le col. Il a eu l'air très surpris, ce qui n'a pas été pour me déplaire.

« Tu te dis mon ami, Abner, et tu voudrais me faire avaler de telles couleuvres ? Pourquoi est-ce que j'ai tellement de mal à te croire, dis-moi ? Quelle sorte d'ami es-tu pour m'entraîner dans une galère pareille ?

— Un ami désespéré, Sam.

— Un beau fumier, oui ! »

Il a hoché la tête.

« D'accord, je suis un fumier. Mais je suis coincé. Et je t'avais prévenu. Je t'avais prévenu, Sam, si tu veux bien te le rappeler...

— Où est ce gosse ?

— Quel gosse ? »

Je le tenais déjà bien, mais, là, j'ai serré d'un cran.

« Le gosse avec le cerf-volant, bordel ! Où est-il passé ? »

Il a haussé les épaules.

« Je n'en sais rien. C'est l'aiguille dans la botte de foin, la goutte d'eau dans l'océan. Je ne sais pas... Peut-être qu'un jour il réapparaîtra. À Schenectady, à Ottawa, ou là où le hasard voudra bien le faire réapparaître. Il n'y a rien que nous puissions faire. Il s'est trouvé au mauvais endroit au mauvais moment ; ça arrive tous les jours à des milliers de gens. »

J'ai levé une patte, la paume ouverte, pour bien lui montrer mes intentions.

« Tes clefs, Abner !

— Mes clefs de voiture ?

— Oui.

— Tu veux prendre ma tire ?

— Donne-moi ces putains de clefs !

— Mais j'en ai besoin ! »

Il a fouillé dans ses poches et en a sorti un trousseau d'une demi-douzaine de clefs qu'il m'a baladé sous le nez, le majeur passé dans l'anneau.

« Je te croyais intelligent, Sam, mais je constate que j'ai eu tort.

— Tu me les donnes ou...

— *Réfléchis*, Sam. *Réfléchis !* »

Il a laissé tomber les clefs dans ma main. Je l'ai lâché et me suis reculé d'un pas.

« Réfléchis à tout ce que tu as vu ici. Songe à ce qui m'est arrivé. Et surtout, essaye d'imaginer tout ce qui pourrait t'arriver à toi.

— Abner, tu es vraiment naze, tu sais ! »

Il a eu l'air de trouver cela amusant.

« J'ai besoin de la clef de la maison.

— Parce que tu as fermé ?

— Évidemment. Qu'est-ce que tu crois, tu voudrais que n'importe qui entre ici comme un âne dans un moulin ? Figure-toi qu'il y a des... des choses auxquelles je tiens, dans cette maison, des choses de valeur... »

Je lui ai tendu son trousseau ; il en a retiré une clef et me l'a redonné.

« Il faut laisser chauffer le moteur trois ou quatre minutes. Le carburateur est baisé.

— Ouais ! »

J'étais déjà au coin de la maison.

« S'il y a quelque chose qui ne me tracasse pas en ce moment, c'est bien ta saloperie de carburateur !

— Et évite de la laisser dans les petites rues, si possible. Ne laisse pas les portes fermées, non plus. Ça ne sert à rien, tu te retrouverais avec une vitre cassée ou la serrure forcée... »

Je n'ai pas saisi la suite, avalée par le vent.

J'ai garé la Malibu, portes fermées, dans une des traverses de la 3e Avenue, non loin de la 10e Rue. C'était le milieu de l'après-midi. Le bleu du ciel avait laissé la place à un morne dais gris et la ruelle ressemblait au fond d'un puits.

Regagner Manhattan avait été une épreuve. Tout le long du trajet, j'avais tremblé comme une feuille, tel le type arrosé d'essence poursuivi par une meute de bonnes âmes armées de torches.

Un peu comme l'herpès. Ça va, ça vient. Un jour tu l'as, le lendemain c'est parti.

Quel con, cet Abner !

Une canne à la main droite, un grand bonhomme vêtu d'un pardessus et d'un costume sombre est apparu à l'autre bout de la ruelle, me barrant le passage. À cette distance, ses traits n'étaient qu'indistincts : des cheveux légèrement dégarnis, des yeux profondément enfoncés, des lèvres minces, un long nez droit.

« Qu'est-ce que vous voulez ? »

De sa canne, il a désigné la Malibu.

« Si vous la laissez là, jeune homme, vous allez la retrouver en morceaux. Vous êtes nouveau, à New York, sans doute ? »

Il avait une voix profonde et sonore d'où émanait une autorité naturelle et qui, d'emblée, imposait le respect, tous sentiments que je n'étais pas d'humeur à supporter.

« T'as qu'ça à foutre, sans doute, pour jouer les concierges ? Va donc voir ailleurs si j'y suis, pépé ! »

Il a poussé une sorte de gloussement amusé.

« Jouer les concierges ? Grands dieux non ? Excusez-moi. »

Il a pris à droite et a disparu. Bon vent !

Il me semblait sentir dans l'air une odeur d'essence ; déjà, j'entendais le crépitement des torches.

J'ai préféré remonter en voiture. J'ai posé le front sur le volant et, là, bêtement, me suis mis à chialer.

CHAPITRE DIX-HUIT

J'ai laissé la Malibu dans un parking, près de la 4e Avenue et de la 3e Rue, trouvé une cabine téléphonique et appelé Leslie.

C'est son père qui a répondu. La tuile. S'il y avait quelqu'un à qui je n'avais pas envie de parler, c'était bien Frank Wirth. Je n'étais même pas tout à fait sûr d'avoir envie de parler à Leslie. Disons plutôt que je ne savais pas si c'était une bonne idée, car il était à peu près certain que nous allions nous chamailler. C'était ainsi que les choses avaient tendance à tourner, ces derniers temps, depuis que j'avais eu le malheur de suggérer que son père « serait peut-être mieux dans un endroit où on pourrait s'occuper de lui ». Mais elle était, après tout, la personne que j'aimais le plus au monde ; elle était ma réalité et j'avais besoin d'elle.

« Bonjour, monsieur Wirth. Est-ce que je pourrais parler à Leslie ?

— Qui est à l'appareil ?

— Sam Feary, monsieur Wirth. Leslie est là ?

— Je ne connais aucun Sam Fury.

— Feary. Sam *Feary*, monsieur Wirth. Le... fiancé de Leslie. »

C'était à moitié vrai. Je lui avais posé la question, qu'elle avait soigneusement éludée.

Silence.

« Monsieur Wirth, vous êtes toujours là ?

— Vous êtes celui qu'elle fréquente ?

— Oui, monsieur. Pourrais-je lui parler, s'il vous plaît ?

— Peut-on savoir ce que vous avez fait, à disparaître comme ça pendant une semaine ?

— Vous comprendrez que c'est là une question qui ne regarde que Leslie et moi. Pourrais-je lui parler, s'il vous plaît ?

— Non ! »

Et sans bégayer. Non, carrément.

« Et pourquoi, je vous prie ?

— Parce qu'elle n'est pas là.

— Dans ce cas, pourrais-je savoir où elle est ?

— Sûr, mon gars, suffit de demander ! »

Il devait en pisser dans son pantalon, le cher homme.

« D'accord. Je vous le demande donc, monsieur Wirth : où est-elle ?

— Ailleurs ! »

Là, se tenir carrément les côtes :

« Si elle n'est pas là, c'est qu'elle est ailleurs ! S'pas, Sam Fury ? *Gggjjjrrriii !... gggjjjrrriii !* »

Ce n'était pas *ouarf-ouarf-ouarf*, mais presque : s'il avait un dentier, il venait de l'avaler. Il a tout de même fini par se calmer.

« Monsieur Wirth, s'il vous plaît, dites-moi simplement où elle est.

— Allez, je suis bon : je vais vous donner un indice.

— Un indice ? »

Le soupir que j'ai poussé a dû s'entendre à l'autre bout de Manhattan. Parler avec Frank Wirth était toujours très éprouvant pour les nerfs.

« D'accord, monsieur Wirth. Allez-y.

— Attention, Sam Fury, écoutez-bien ! Comment appelle-t-on des femmes qui ne changent jamais de fringues ? »

C'est moi qui devenais gaga, ou lui ?

« Je ne vois pas, monsieur Wirth. Pourquoi ne pas me dire simplement où elle est ? »

Pour toute réponse, il a raccroché.

J'ai rappelé immédiatement.

Mais il avait encore envie de plaisanter, le vieux chameau.

« Ici Chez Sam ! Envers de terre et contre tout, les meilleurs appâts de Manhattan s'achètent chez Sam ! »

Il a gloussé. Et raccroché.

J'ai rappelé une troisième fois, mais la sonnerie a retenti dans le vide. Des femmes qui ne changent jamais de fringues ? *Des sœurs !* Des femmes qui portent l'habit. Leslie était chez sa sœur. Ah ! que j'étais bon ! *Baisé, Frank Wirth !* J'ai cependant tempéré ma jubilation assez vite ; je n'avais été qu'une seule fois chez sa sœur (et encore, sans y entrer), quand nous avions lié connaissance dans le taxi. *Merde !* J'ai feuilleté l'annuaire de la cabine, mais n'y ai trouvé qu'un seul « Wirth, Orlando A., chirurgien dentiste ». Je ne savais pas grand-chose de la sœur de Leslie, mais elle n'était pas dentiste et ne se prénommait pas Orlando.

J'ai récupéré la Malibu au parking et roulé jusqu'à Jackson Heights. Où j'ai tourné en rond pendant deux heures, complètement perdu.

Finalement, je me suis garé le long d'un trottoir et j'ai hélé une femme d'une quarantaine d'années qui promenait son chat au bout d'une laisse.

« Bonjour madame. Je suis perdu, pourriez-vous m'aider ? »

Elle s'est approchée de la voiture et a jeté un coup d'œil soupçonneux à travers la fenêtre du passager, d'abord vers moi, puis vers la banquette arrière, comme s'il pouvait y avoir quelqu'un de caché.

« Perdu ? Qu'est-ce que vous cherchez ?... Non Poupoune, non, on ne fait pas ça ! C'est très vilain ! »

D'où j'étais, je ne pouvais malheureusement pas voir ce que Poupoune était en train de faire.

« Qu'est-ce que vous cherchiez déjà, vous m'avez dit ?

— Eh bien, à vrai dire, je ne sais pas. Une rue. Comme celle-ci... »

À savoir une rue calme et tranquille, bordée d'arbres, avec des maisons d'un seul étage serrées les unes contre les autres.

« ... mais avec une église au bout. Une synagogue, peut-être.

— Oh ! Une église russe orthodoxe ?

— Non. Une syna...

— Non ! Une église russe orthodoxe. Bolosco Street. Troisième rue à droite et deuxième ensuite... Je ne te le répéterai pas une nouvelle fois, Poupoune ! »

Il était temps d'intervenir, cordial.

« Que fait-elle donc, cette charmante petite bête ?

— Il faut toujours qu'elle s'arrange pour faire son pipi *sur* le trottoir au lieu du caniveau, vous avouerez que c'est un comble ! Troisième à droite et deuxième ensuite. Bolosco Street.

— Oui, mais vers où, ensuite ? »

Elle a agité la main en l'air.

« Vers *là* ! Troisième à droite, je vous dis. Vous ne pouvez pas vous tromper. »

Traînant après elle une Poupoune rétive, elle s'est éloignée lentement le long du trottoir, mettant pesamment un pied devant l'autre.

« Hé ! madame ! Madame ! »

Elle s'est retournée vers moi.

« Oui ?

— Vers la droite, ou la gauche ? Troisième à droite, mais ensuite, deuxième à droite ou à gauche ?

— À droite. Deuxième à droite ! Qu'est-ce que je vous ai donc dit ?

— Euh... je ne sais plus. Merci ! »

J'ai démarré aussitôt.

Bolosco Street semblait bien la rue où le taxi avait déposé Leslie le jour de notre rencontre. Les maisons étaient toutes des demeures d'un étage, bien entretenues et dans des tons gris, marron ou beige, chacune avec une petite allée et une haie savamment taillée. Il y avait effectivement une église russe orthodoxe au bout de la rue.

Je me suis arrêté au milieu de la rue et j'ai observé les alentours. Il n'y avait que peu de monde sur les trottoirs : venant vers moi, une jeune femme qui peinait sous le poids de deux gros sacs à provisions ; de l'autre côté, un vieux couple qui marchait l'un tout contre l'autre. À intervalles réguliers, le vieil homme s'arrêtait et tendait le doigt vers le ciel, vers un oiseau, sans doute ; la vieille femme regardait dans la direction indiquée et son visage s'éclairait d'un sourire lumineux. Lorsqu'ils sont passés à ma hauteur, j'ai pu saisir un bref instant de leur dialogue :

« Tiens, Emma, tu vois ? Je ne te l'avais pas dit ?
— Si, Robert. Tu avais raison, comme toujours. »

Puis, à quatre ou cinq maisons de là, j'ai aperçu, se tenant sous un porche et attendant apparemment quelqu'un, une femme qui avait tout l'air d'être Leslie. Je me suis avancé et garé devant la maison. C'était bien Leslie.

« Hé ! là-bas ! madame ! Vous vous souvenez de moi ?
— Sam ! Qu'est-ce que tu fais ici ? »

Par-dessus une robe rouge de saison, elle avait passé un manteau foncé, ouvert, qui lui caressait les genoux.

« Je crois que je me suis perdu. Je voulais rapporter cette voiture à celui à qui je l'ai empruntée et... »

Je m'enferrais.

« Non, il ne s'agit pas de ça.
— Je me disais...
— C'est toi que je cherchais.
— Tiens donc ? Et pourquoi ?
— Pour parler.
— À quel sujet ? »

Je ne sais pas si vous avez remarqué comme les femmes ont le génie de marquer une pause infinitésimale quand elles ont quelque chose sur le cœur, histoire de vous laisser croire que vous allez avoir le temps d'en placer une, juste avant de vous couper l'herbe sous le pied. La première question lâchée, c'est la salve.

« Qui t'a dit où j'étais ? Mon père ?
— Disons qu'il ne l'a pas fait exprès. »

Allait-on continuer longtemps à nous parler comme cela, elle sous son porche, moi le cou passé à la portière ? Je suis sorti de voiture.

« J'aurais préféré ne pas te voir. Il y a des choses que je n'admets pas. »

Les bras écartés, je me suis planté sur le trottoir, symbole de l'innocence accablée.

« Je ne vois pas pourquoi tu te butes comme ça. Si j'ai dit quelque chose qui t'a déplu, je le retire, ça va ?
— Non, pas du tout, désolée ! Ce ne sont pas tellement les mots, mais plutôt le genre d'esprit qu'ils révèlent. Tous ces gens qui veulent se débarrasser de leurs parents et les expédier dans une de ces *épouvan-*

tables maisons de retraite dès qu'il y a quelque chose qui ne va pas...

— Attends une minute ! Tu veux que je te dise comment j'ai pu savoir que tu étais ici ?

— Tu viens de me dire que c'était mon père qui...

— Ouais, c'est lui qui me l'a dit. Ou plutôt, il a fallu que je le devine. Car il n'a rien trouvé de mieux que de me poser une devinette...

— D'accord, d'accord, il aime jouer. Quoi ? il est facétieux ! C'est ce que j'aime en lui, c'est ce que j'ai *toujours* aimé — il a su garder un esprit d'enfant. C'est merveilleux. La plupart des gens devraient être comme lui. Mais pour toi, tout ça, c'est de la sénilité... de la... du... »

J'ai pris une profonde inspiration et, après m'être avancé jusqu'au bas des marches, lui ai lancé un regard suppliant.

« Écoute, je viens de connaître quelques jours difficiles. Si je suis venu jusqu'ici, c'est uniquement parce que je voulais être avec toi, pour que nous soyons ensemble. Est-ce qu'on ne pourrait pas oublier un peu ton père... laisser la question en jachère pour le moment ?

— En *jachère* ? De quoi est-ce que tu parles ?

— Euh... je ne sais pas. Je suis crevé et ne sais plus très bien où j'en suis, mais j'ai besoin de toi, chérie...

— Ne m'appelle pas chérie ! Et puis, tu m'excuseras, mais j'attends quelqu'un. »

Les bras m'en sont tombés.

« Quoi ? !

— Parfaitement... Mon frère.

— Je ne savais pas que tu avais un frère.

— Il y a beaucoup de choses que tu ignores complètement. »

J'ai hoché la tête, faisant acte de contrition.

« Euh... oui, sans doute, Leslie, mais... »

Je savais les mouettes audacieuses, mais à ce point-là... Levant les yeux vers le toit, j'ai aperçu ce que j'ai pris tout d'abord pour un de ces volatiles faisant du rase-mottes au-dessus des maisons, le corps aux trois quarts caché par la perspective.

« ... comme je te le disais...

— Non, Sam. Je n'ai pas envie de continuer à te parler dans la rue. Désolée, mais je t'en veux encore beaucoup... J'ai énormément réfléchi et... Sam, est-ce que tu m'écoutes ?

— Oui... oui. »

C'était vrai, j'écoutais, mais ce qui se passait derrière moi. Cette mouette faisait vraiment un vacarme infernal. Comment un oiseau pouvait-il brasser autant d'air ? Je me suis retourné.

Et j'ai vu une femme voler à un mètre cinquante à peine au-dessus de ma tête, le pantalon et le chemisier, rouges, plaqués au corps, les bras écartés, la tête tournée de côté, nichée contre l'épaule, les yeux fermés. De ses lèvres légèrement entrouvertes, dardait un petit bout de langue rose. C'était une jeune femme. Sa peau semblait très douce, très blanche. Elle était nu-pieds ; ses ongles étaient laqués de noir.

« Sam ? Qu'est-ce qu'il y a ? »

Lentement, j'ai battu en retraite vers la Malibu. Les yeux de la femme se sont ouverts brusquement ; sa tête s'est redressée et sa bouche s'est arrondie, révélant la totalité de la langue.

« Sam ? Qu'est-ce que tu fais ? »

J'ai secoué la tête.

« Allez-vous-en ! Allez-vous-en ! S'il vous plaît, allez-vous-en !

— Mais... Sam, qu'est-ce qui te prend ? »

Cette femme volait, mais elle parlait, également.

« Je t'aime... Aime-moi, s'il te plaît. Aime-moi !

— Allez-vous-en !

— Sam ! ? Pour l'amour du ciel...

— Allez-vous-en ! Allez-vous-en ! »

Cette harpie était maintenant juste au-dessus de ma tête ; j'ai battu l'air de mes bras, comme pour chasser un gros insecte.

« Sam ! Tu me fais peur...

— Foutez le camp ! »

J'ai heurté rudement la Malibu, des fesses d'abord, des omoplates ensuite, puis, lorsque j'ai voulu me retourner et me baisser pour ouvrir la portière, de la mâchoire, je me suis cognée contre l'arête du toit.

CHAPITRE DIX-NEUF

Répétant toujours la même litanie, le chemisier et le pantalon claquant au vent comme du linge mis à sécher sur une corde, la femme n'était qu'à quelques centimètres au-dessus de ma tête.

« Aime-moi ! Aime-moi ! Aime-moi ! »

J'ai senti des mains se poser sur mon dos. J'ai sursauté, mais ce n'était que Leslie.

« Aime-moi ! Tu vas m'aimer, dis ?

— Leslie... tu entends ça ?

— Sam ? Est-ce que ça va bien ? »

Leslie m'a forcé à me tourner vers elle et, voyant l'état de ma mâchoire, a poussé un de ces petits rires feints destinés à rassurer.

« Ce que tu peux être maladroit, mon pauvre Sam.

— Aime-moi ! Aime-moi ! Ai-me-moi ! Ai-me-moi ! Aim'-moi ! Aim'-moi !

— Mais tu entends ça, nom de Dieu ? »

Elle ne m'a pas répondu mais s'est adressée à quelqu'un d'autre dans la rue.

« Je suis à toi tout de suite, Orrin. »

Mais à qui parlait-elle ?

« Est-ce que ça va, Sam ? Tu t'es blessé ?

— Leslie, est-ce que tu l'as vue ? »

Un homme s'est approché de nous ; il a posé la main sur le bras de Leslie et m'a inspecté de la tête aux pieds. Grand, l'air athlétique et habillé de façon sobre, il devait approcher de la quarantaine.

« Tu as un problème, Leslie ?

— Orrin, je te présente Sam Feary, un ami. Sam, mon frère, Orrin. »

Orrin m'a tendu la main.

« Salut ! Cette jeune fille m'a beaucoup parlé de vous. Enchanté de faire votre connaissance. »

Leslie, gênée, s'est crue obligée d'expliquer la grossièreté de ma conduite.

« Je crois que Sam vient de se blesser.

— Aime-moi, t'entends ? Tu vas m'aimer, oui ?

— Mais fermez-la, pour l'amour du ciel ! »

Orrin et Leslie m'ont regardé comme une poule qui vient de trouver un couteau.

« Putain ! vous n'entendez donc pas ?

— Mais tu vas m'aimer, dis ? Puisque je te dis de m'aimer ! »

Leslie a secoué la tête, ne comprenant manifestement pas ce qui se passait. Orrin a posé la main sur mon poignet, comme pour m'empêcher de tomber.

« Dites donc Sam, vous n'auriez pas bu un petit coup de trop ?

— Non Orrin, je ne crois pas qu'il soit ivre. »

La main tendue derrière moi à la recherche de la poignée, je n'étais plus capable de la moindre pensée rationnelle. J'ai fini par la sentir sous mes doigts et, sans quitter la femme en rouge des yeux, me suis engouffré dans la Chevrolet.

« Il ne devrait pas prendre le volant dans cet état.

— Mais puisque je te dis qu'il n'a pas bu. Il s'est blessé !

— Aime-moi ! Aime-moi ! Ai-me-moi ! ! »

J'ai claqué la portière, mis le contact, passé la première et enfoncé l'accélérateur. La voiture s'est arrachée du trottoir. J'ai juste eu le temps d'apercevoir le visage de Leslie, à la fois éberlué et déçu.

« Sam, je... »

Le hurlement des pneus arrière sur l'asphalte a emporté la fin de sa phrase. Quelques secondes plus tard, à cinquante mètres de là, j'ai jeté un coup d'œil dans le rétroviseur. La femme en rouge était là, collée contre la lunette arrière, sa bouche s'ouvrant et se fermant sans arrêt.

« Aime-moi ! Aime-moi ! Aime-moi ! »

Elle s'est envolée aux abords du tunnel de Queens.

Pendant trois jours, rideaux et verrous tirés, toutes les lumières allumées, évitant soigneusement de mettre les pieds dans ma chambre, je ne suis pas sorti de chez moi et n'ai pas répondu au téléphone, bien qu'il n'ait pas cessé de sonner. J'avais laissé la télé branchée, le volume au maximum de sa puissance, mais, à la fin de la deuxième journée, soûlé de jeux télévisés plus ineptes les uns que les autres où c'était à qui ferait surenchère de débilité, de feuilletons à l'eau de rose et de publicités vantant *ad nauseam* la banque, la bagnole, les fringues, l'eau de toilette ou la mousse à raser de « l'homme moderne », c'est-à-dire du décideur et du fonceur, les deux critères à quoi l'on reconnaît aujourd'hui l'*homo superior*, bref déprimé et le moral complètement à zéro, j'ai baissé le son jusqu'à obtenir un murmure indistinct, à peine supérieur au vrombissement d'un insecte.

Les paroles d'Abner ne cessaient de me trotter dans la tête. *Cette... maladie n'est qu'épisodique. Ça va, ça vient. Un jour tu l'as, le lendemain c'est parti. Un peu comme l'herpès.*

J'avais l'impression d'être un gosse de huit ans persuadé qu'un ogre vit sous son lit. Gare à lui s'il laisse traîner par terre une main ou un pied ; le lit étant le seul endroit de la maison où il se trouve en sécurité. Les deux gamines gloussantes et ricanantes en robe de taffetas rose vivaient dans les murs de la chambre, mais le reste de l'appartement était sûr. Je savais que si je sortais de ce sanctuaire, si j'ouvrais ne serait-ce que les rideaux, je risquais de perdre quelque chose de beaucoup plus important que la main ou un pied : je perdrais la raison.

Mais, au bout de trois jours d'isolement, après un régime de sandwichs au beurre de cacahouète et de biscottes rassises, les yeux agressés par trop de lumière artificielle et les oreilles rebattues par trop de charabia télévisé, même la raison peut perdre de son charme et de son attrait.

Aussi, quand le téléphone a sonné pour ce qui était peut-être la centième fois, j'ai décroché.

C'était Abner, et il l'avait mauvaise.

« Putain, Sam, ça ne te ferait pas trop chier de me ramener ma bagnole ? Faut que je me tape plus d'une borne à pince rien que pour aller acheter un litre de lait et de la bouffe pour le chat ! J'ai *besoin* de ma voiture, merde ! »

Je l'ai ignoré.

« Abner, comment fais-tu ?

— Comment je fais quoi ?

— Pour supporter… tout ça, ce truc que tu m'as filé. Comment peux-tu vivre avec *ça*, bon Dieu ?

— Qu'est-ce que ça a à voir avec ma voiture ? Je te rappelle que tu me l'as empruntée et que tu ne l'as toujours pas ramenée, au contraire de ta grande gueule ! »

J'ai pris une profonde inspiration pour rester maître de moi.

« Je vais te la ramener, ta saloperie de tire, pleure pas ! Dis-moi simplement comment tu fais pour vivre avec ça chaque jour que Dieu fait, heure après heure ? Tu marches sur un terrain miné, Abner ! Tu es un aveugle qui joue avec des explosifs.

— Oui, c'est tout à fait ça. »

La moutarde commençait à me monter au nez ; j'ai éloigné le combiné une seconde pour lâcher un juron bien senti.

« Je vais faire un marché avec toi, Abner. Promets-moi de me dire comment tu fais et je te promets de ne pas venir te faire éclater ton putain de sale crâne de piaf ! »

Il n'a pas répondu.

« Tu as entendu ce que je viens de te dire, Abner ? Tu m'écoutes ou quoi ?

— Je t'écoute, oui. Avec le barouf que tu fais, ça serait difficile ! Bon, dis donc, Sam, tu ne crois pas que… que ce que tu me demandes est précisément ce que j'aurais voulu demander à cette femme dans le train, il y a deux ans ? Comment faites-vous ? Comment diable pouvez-vous faire ? Tu crois que j'ai voulu cent fois la retrouver pour le lui demander ? Tu ne crois pas que je ne lui aurais pas fait péter le crâne, à elle aussi, pour qu'elle me réponde ? Il n'y a pas de réponse, Sam. Je suis désolé, mais il n'y en a pas. Tu parviens à vivre avec ça comme tu... de la même façon qu'un tétraplégique se débrouille pour vivre sans bras et sans jambes. Tu l'acceptes, tu t'y fais. Tu vis avec. Ou alors tu te flingues. »

Je suis resté silencieux un long moment.

« Et toi, Abner, quelle solution as-tu choisie ?

— Je ne sais pas. Je vis avec mes souvenirs, au jour le jour. D'autre part, tu vas me faire le plaisir de le prendre de moins haut et de baisser un peu le ton. Rappelle-toi simplement une chose, s'il te plaît : c'est toi qui es venu me chercher. Pas le contraire. Tu m'as suivi. J'ai essayé de t'en empêcher et je t'ai mis plusieurs fois en garde. Aussi, dis-toi bien que je ne suis absolument pas responsable du merdier dans lequel tu te trouves. J'ai bien assez de mes problèmes, alors les tiens... Bon, maintenant, tu me la ramènes, cette bagnole, oui ou merde ? Je suis coincé ici, moi.

— Oui, je te la ramène. Euh... dis donc, Abner, c'est toi qui n'as pas arrêté d'appeler, ces deux derniers jours ?

— J'ai appelé trois, quatre fois, c'est tout. Je ne voulais pas te pousser dans les reins, mais je ne te cache pas qu'à présent, je m'en fous complètement. Je suis coincé ici et je n'aime pas ça du tout !

— Abner, pour l'amour du ciel, je vais te la ramener, ta putain de voiture. C'est un tas de boue, de toute façon.

— Peut-être. Fais tout de même en sorte que le réservoir soit plein, je te prie.

— T'inquiète, il sera plein à ras bord. »

Le téléphone a sonné une demi-heure plus tard. J'ai répondu aussitôt.

« Bonjour, Sam... »

C'était Leslie.

« Bonjour, Leslie. Euh... désolé de ne pas avoir répondu plus tôt, mais...

— C'était la dernière tentative. Je n'aurais pas rappelé une autre fois.

— Alors, je suis content d'avoir décroché. Je...

— Pourrions-nous dîner ensemble ? Je connais une petite pizzeria, dans la 60e Rue Ouest.

— Ah ! oui ! là où nous sommes allés lors de notre première sortie.

— Non, ça, c'était dans la 81e Rue Ouest. L'endroit dont je te parle s'appelle chez *Isadore's* et nous n'y sommes jamais allés. »

Elle s'est tue.

« Leslie ? Il y a quelque chose qui ne va pas ?

— Non. Pas vraiment. J'aimerais simplement que nous ayons une conversation tous les deux... J'ai certaines choses à te dire...

— Tu commences à me faire peur.

— Il n'y a pas de quoi, rassure-toi. Il ne s'agit pas d'un dîner d'adieu... enfin, j'espère. Alors, qu'est-ce que tu en dis, c'est bon, chez *Isadore's*, à sept heures ? »

Deux heures, encore ? Je ne pouvais pas attendre jusque-là.

« Si ce n'est pas une mauvaise nouvelle, alors dis-moi tout de suite ce que c'est.

— J'aimerais mieux en discuter au...

— Est-ce que c'est oui ? »

Silence.

« Leslie ? C'est oui ?

— C'est oui. Du moins, je crois que c'est oui. Mais il faut tout de même que l'on en parle.

— Bien sûr, bien sûr. Tout ce que tu veux. Chez *Isadore's*. J'y serai à sept heures tapantes. »

Les choses s'arrangeaient on ne peut mieux.

Après avoir pris une douche et m'être rasé de près, j'ai mis une veste en tweed à chevrons et un pantalon de soirée noir que je n'avais pas mis depuis des années, depuis le mariage de mon cousin, pour être précis. Une petite musique ne cessait de me courir par la tête, et, pour un peu, j'en aurais poussé la chansonnette.

Seulement voilà, peu avant dix-huit heures (il fallait bien une heure de battement si je ne voulais pas être en retard), je me suis trouvé dans l'impossibilité absolue d'ouvrir la porte. Et quand j'ai enfin réussi à m'en approcher, quand j'ai tendu une main tremblante vers la poignée, j'ai eu l'impression de toucher un serpent.

La trouille, mais bleue. Le petit garçon qui était en moi avait pris le dessus et avait peur des petites filles en taffetas rose qui vivaient dans les murs, peur de la femme en rouge qui volait dans les airs, peur des morts qui noyaient les petits enfants dans les dunes avec leurs cerfs-volants. Prisonnier de son sanctuaire, il était incapable de quitter l'appartement. Et je ne pouvais absolument rien y faire.

Au bout d'un quart d'heure, ayant renoncé à sortir, j'ai trouvé refuge dans mon vieux fauteuil à bascule.

À huit heures, j'ai entendu la porte de l'ascenseur s'ouvrir et des pas retentir dans le couloir. Des pas qui se sont arrêtés juste devant chez moi. Il y a eu un moment de silence absolu, puis quelqu'un a frappé. Fort.

Je n'ai pas bougé.

« Sam ? »

C'était Leslie.

Je n'ai pas répondu.

« Sam ? Tu es là ? Tout va bien ? »

Les poings serrés, bercé par le balancement du fauteuil, j'ai ouvert la bouche, mais l'ai refermée aussitôt.

« Sam ! On dîne ensemble, tu t'en souviens, au moins ? »

Cette fois, je n'ai pas refermé la bouche, mais suis resté tout aussi muet.

« Sam, ça va ? Tu es là ? »

J'ai émis une sorte de croassement censé vouloir dire que j'étais bien là et que tout allait pour le mieux, mais qui n'était qu'un bêlement apeuré.

Un autre coup a retenti contre la porte. Plus fort. Plus insistant.

« Sam... tu veux que j'envoie quelqu'un ? Tu as besoin d'aide ?

— Nn-non...

— Non ? Je crois pourtant que si.

— Va-t'en, Leslie, s'il te plaît. »

J'étais tout surpris d'avoir retrouvé l'usage de la parole. J'ai réussi à me lever, mais il m'a été impossible de m'approcher de la porte à moins de cinquante centimètres.

« Leslie, tout va bien. Peut-être que... peut-être que

tu pourrais me passer un mot sous la porte ? Qu'est-ce que tu en dis ? Et demain, nous pourrons aller dîner tous les deux. Nous pourrons parler...

— Mais qu'est-ce que tu racontes, Sam ? C'est complètement idiot !

« Oui.... Je sais que ça peut paraître idiot, mais... mais je dois être sûr que tu es bien celle que tu prétends être. »

Complètement dépassée par la tournure des événements, je l'ai entendue marmonner, se parlant à elle-même : « Seigneur, mais qu'est-ce qu'il a ? »

« Rien, je t'assure. »

Pour me le prouver, j'ai fait un pas vers la porte, tendu le bras et, passé un mouvement de recul, mis la main sur la poignée.

« Je suis juste un peu... nerveux. Oui, nerveux...

— Mais enfin, Sam, ouvre cette porte !

— Oui. »

J'ai abaissé la poignée et, après une ultime hésitation, tiré la porte autant que le permettait la chaîne. C'était bien Leslie. J'ai ôté la chaîne et enfin ouvert en grand.

Leslie a secoué lentement la tête, un petit sourire aux lèvres, plus amusée que contrariée.

« Bonsoir, Leslie. Excuse-moi de t'avoir fait attendre. »

Veste de tweed gris en écharpe sur le bras, elle s'était mise sur son trente et un : pull beige à col cagoule et longue jupe terre de Sienne. La tenue même qu'elle portait lors de notre première rencontre.

« J'aurais bien grignoté une pizza, mais je crois qu'on va devoir se contenter d'un Big Mac. Tant pis, ça se passe comme ça, chez Sam Feary ! »

J'ai souri nerveusement, ne m'attendant pas à une réaction aussi enjouée.

« J'ai mieux que ça à te proposer. Mais, je t'en prie, entre. »

Elle m'a lancé un sourire charmant, a hoché la tête et est entrée.

« Pourquoi ne pas manger ici, hein ? J'ai quelques trucs au frigo... et on peut se faire livrer une pizza. »

Comme par un fait exprès, le téléphone a sonné juste à ce moment-là. Je n'ai pas bronché.

« D'accord... Ça semble tentant.
— Donne-moi ta veste, tu veux ? »

Ce putain de téléphone pouvait bien continuer à sonner toute la nuit, je ne répondrais pas.

« Tu ne réponds pas, Sam ?
— Non, non... Faux numéro. »

M'appliquant à prendre tout mon temps, démultipliant chacun de mes gestes, j'ai accroché sa veste dans la penderie.

« Un faux numéro ? Comment le sais-tu ?
— Je t'en prie, entre dans le salon.
— Oh ! Superbe, ce fauteuil à bascule ! Il a de la valeur ?
— Non, je doute qu'il en ait beaucoup. Il était déjà là (putain, ce téléphone !) quand j'ai emménagé. Mais je ne vois pas pourquoi tu me poses cette question ; ce n'est pas la première fois que tu le vois. »

Elle y a pris place, heureuse comme une gamine, s'est balancée quelques instants, puis s'est levée, un peu nerveuse. Le téléphone sonnait toujours.

« Fais-moi plaisir, Sam, va répondre. Je déteste entendre sonner le téléphone. Ça me rend nerveuse, tu comprends ?
— Oui, bien sûr. Mais c'est un faux numéro. Depuis une semaine, ça n'arrête pas de sonner à n'importe quelle heure du jour ou de la nuit. »

L'air déconcerté, elle s'est rassise et, la tête contre le dossier, s'est mise à se balancer doucement.

« Peut-être que c'est pour un jeu... Tu sais, ces concours ? Décroche, tu verras bien. Tu es peut-être milliardaire, à l'heure qu'il est, et tu ne le sais même pas ! »

Ce téléphone ne s'arrêterait donc jamais ?

« Ou alors, c'est ton notaire qui t'appelle. Ta vieille tante restée célibataire t'a peut-être légué tous ses biens — ses trois chats et son philodendron. Ou bien la compagnie du téléphone qui voudrait s'assurer que tu es bien celui que tu prétends être... Au fait, Sam, es-tu bien celui que tu prétends être ? »

Bien assise au creux du fauteuil, la tête contre le dossier, les mains sur les accoudoirs, elle semblait prendre un plaisir extrême à se balancer.

« Mais non, c'est un faux numéro.
— D'accord, Sam, c'est un faux numéro. Mais si tu savais comme ça m'énerve, je te jure que tu irais répondre. J'ai l'impression que ça me résonne dans la tête. »
Et la mienne, de tête, alors ?
« D'un autre côté, tu ne meurs pas d'envie de savoir si tu as décroché la timbale ? Tu es peut-être devenu une célébrité. Sam Feary, l'homme du jour, celui qui a gagné un million de dollars ! »
La scène avait quelque chose de crispant. Continuant à se balancer au même rythme, Leslie lâchait un petit rire nerveux presque à chaque sonnerie ; rires et sonneries avaient quelque chose de lancinant, de métronomique.
« Décroche, Sam, putain ! Qu'est-ce que t'as à rester planté là comme un con, au lieu de répondre ? T'attends quoi, le déluge ?
— Mais... Qui... qui êtes-vous ? »
Elle n'a pas répondu mais a continué à se balancer. Lentement.
Un mètre et demi à peine me séparait d'elle. Le téléphone était juste à ma droite ; j'ai brusquement tendu la main.
« Allô ?
— Sam ? C'est moi, Leslie. Qu'est-ce qui se passe, Sam ? »
Là, sous mes yeux, la femme assise dans le fauteuil a commencé à changer d'apparence. Un changement subtil, tout d'abord, imperceptible, comme du lait qui commence à cailler. Puis elle s'est mise à ricaner, un ricanement qui s'est mué en éclat de rire tonitruant, une sorte de beuglement éraillé qui s'est cassé net avec la soudaineté d'un miroir qui se brise.
« Sam ? Que se passe-t-il, Sam ? Tu es là ? »
Les mains plaquées comme des serres sur les bras du fauteuil, la femme a été saisie d'une brusque convulsion. Sa bouche, grande ouverte, s'est figée sur un hurlement silencieux, et ses yeux, fixes comme ceux d'un pantin, sont devenus vitreux.
« Sam ! Réponds ! »

Une violente odeur de bois pourri, une odeur de cave humide restée trop longtemps close, a envahi le salon. Sur le point de vomir, j'ai dû porter la main à ma bouche. Comme de la gelée, la femme s'est alors mise à couler à travers les barreaux du dossier.

J'ai laissé tomber le combiné et, avec dans les oreilles les clapotements de l'ignoble charogne qui continuait à se désagréger par paquets, telle une méduse géante éventrée sur un rocher, me suis précipité à la porte.

L'odeur de bois pourri était insoutenable.

J'ai fait sauter la chaîne de sécurité et me suis enfui en courant.

CHAPITRE VINGT

« Elle a cru que ça allait t'amuser. Que ça te plairait. Je te l'ai dit, tous ces gens sont des comédiens. »

J'avais suivi Abner à la cuisine où je m'étais effondré sur une chaise. Il était en train de farfouiller dans ses placards — aussi garnis que si la nourriture allait être rationnée à la fin du mois —, à la recherche d'une douceur à prendre avec son café.

« Je crois que je deviens gourmand, sur mes vieux jours. Tu veux un peu de café ?

— Non ! Comment ça, des "comédiens" ? Qu'est-ce que tu veux dire par là ? Explique-toi. »

Ayant sans succès exploré le contenu d'un placard, il est passé au suivant et s'est tourné vers moi avec un sourire apitoyé. Les pommettes remontées, ses yeux semblaient encore plus profondément enfoncés dans leurs orbites que d'habitude.

« On dirait que ça t'a drôlement secoué, hein ? »

Il avait le sens de l'euphémisme.

« Tu m'as plongé jusqu'au cou dans cet enfer, et tu as le toupet de me demander si ça m'a secoué !

— Mais non, ce n'est pas l'enfer. Je crois d'ailleurs que l'enfer n'existe pas. Je peux me tromper, bien entendu. »

Allait-il continuer longtemps à farfouiller dans ses placards ?

« Quoique... Chaque fois que j'ai cru me tromper, c'était toujours une erreur.

— Seigneur, Abner ! Tu la faisais déjà au lycée, celle-là ! »

Il a eu l'air de tomber des nues.

« Ah bon ? En tout cas, je ne m'en souviens pas.

— Dis-moi plutôt ce que tu sais au sujet de cette femme. »

Ayant trouvé une boîte de macarons au chocolat, il l'a reniflée un instant, mais, peu satisfait, l'a remise en place.

« Mais rien du tout. Je ne la connais pas. Je ne faisais que des suppositions. Toutefois, je suis presque sûr qu'il s'agit de la même femme que celle qui était avec toi sur le bac...

— Impossible. »

Il m'a regardé d'un air surpris.

« Pourquoi ?

— Parce qu'elles ne se ressemblent pas du tout ! L'une est le sosie de Leslie, je te l'ai dit. Elle ressemble à Leslie à s'y méprendre. »

J'ai cru qu'il allait jeter son dévolu sur une boîte de barquettes à la fraise, mais il a humé la chose et l'a reposée sur son étagère.

« Si elle a pu prendre les traits de Leslie, elle peut prendre ceux de n'importe qui. Même les miens, pourquoi pas ?

— Ne joue pas avec mes nerfs, Abner.

— Je ne cherche pas à jouer avec tes nerfs. Je veux simplement t'ouvrir les yeux. C'est la seule façon d'affronter le problème, la seule façon de... de continuer à exister. Il faut toujours garder les yeux ouverts et ne jamais se fier aux apparences. »

Déclaration mélodramatique qu'il a ponctuée en se frappant la poitrine.

« À moins d'être sûr de toi, d'avoir l'intime conviction de ne pas te tromper. Tu découvriras alors qu'il n'y a vraiment pas grand-chose dont tu puisses être sûr. C'était un jeu, Sam. Vivants ou morts, le monde est plein de comédiens, excepté qu'avec les morts, les... les effets spéciaux sont beaucoup plus saisissants. Tiens, je me souviens d'être un jour entré dans un bar de la 79e Rue...

— Et si je n'ai pas envie de supporter tout ça ? Si je n'ai pas envie de passer le restant de mes jours à sursauter chaque fois que je vois une ombre...

— Mais tu ne vas pas y passer le reste de ta vie. Cette faculté que tu as de les voir n'est que temporaire, je te l'ai dit. Temporaire. En tout cas, c'est ce que dit Madeline. Quoi qu'on puisse dire sur elle, elle connaît son affaire. »

J'étais prêt à lui demander qui diable était cette Madeline dont ce n'était pas la première fois qu'il me parlait, mais il m'a coupé la parole.

« Et puis d'abord, Sam, ce ne sont pas des ombres. Ils sont malheureusement beaucoup plus substantiels que ça.

— Bon, je rectifie : si jamais je n'avais pas envie de passer le reste de ma vie à avoir peur des revenants ? »

J'allais lui en foutre, moi, des *et puis d'abord, Sam*. J'ai voulu me lever, le sang à la tête, mais, saisi de vertige, il a fallu que je me raccroche à la table pour ne pas chanceler. Inquiet, Abner est accouru à la rescousse.

« Tu te sens bien, Sam ? »

Je n'avais pas besoin de son aide.

« Si je n'ai pas envie de supporter tout ça ? Si je veux rester *en dehors* ? Si j'ai seulement envie de voir ce que tout le monde voit ? Qu'est-ce que tu as à répondre à ça, hein ? »

Il a posé un emballage de cake sur la table, l'a tapoté de l'index et a secoué lentement la tête.

« Je me suis moi aussi posé les mêmes questions que toi. Des millions de fois. Au début, je me contentais de suppositions, je n'y croyais pas vraiment. Mais, d'un autre côté, j'étais très curieux d'essayer d'en savoir un peu plus sur ce véritable monde que j'avais découvert par hasard. Je suis amoureux, j'aime quelqu'un ; je crois que c'est ça qui m'aide à vivre. »

— Réponds simplement à ma question, Abner. Plus tard, si tu veux me parler de ta vie amoureuse, alors on en parlera, mais pour l'instant, réponds à ma question. »

Il a changé d'avis et remis le cake où il l'avait pris.

« Je te l'ai déjà dit. Tu vois ce que tu vois pour la bonne et simple raison que tu as envie de le voir. D'une certaine façon, je suppose que tu le provoques. Comme moi. Peut-être n'en as-tu pas conscience. Je sais que tu n'es pas prêt à l'admettre, mais c'est pourtant ainsi.

Dis-toi bien que cette femme est entrée chez toi parce que tu en avais envie. Même chose pour ces deux gamines, dans ta chambre.

— Foutaises ! Pourquoi aurais-je envie d'être réveillé au beau milieu de la nuit par deux mômes en taffetas rose incapables d'aligner trois mots ?

— Ça, ce n'est pas moi qui pourrais te le dire. Si quelqu'un doit le savoir, c'est toi, tu ne crois pas ? »

Je n'ai pas répondu. J'étais toujours dans une colère noire, mais je n'étais pas sûr de savoir pourquoi, ni contre qui. Je suis allé jusqu'à la porte de la plage et, après avoir écarté le store, ai contemplé un instant les dunes tapies dans la nuit. Le chant de l'océan, réconfortant, n'était qu'un grondement lointain.

« Et si je n'ai plus envie de les voir, qu'est-ce que je dois faire ?

— Comme je te l'ai déjà dit, c'est une faculté épisodique. Je ne peux pas te dire quand elle disparaîtra. Bientôt, sans doute. Alors, ta vie reprendra son cours normal, et tu ne verras que ce que les autres voient. Je te répète ce que m'a dit Madeline. »

Le grondement de l'océan est monté d'un cran, comme si, tout à coup, le vent se levait. Abner a paru inquiet.

« Qu'est-ce que ce bruit, Sam ?

— La mer. »

Il a refermé doucement la porte du placard qu'il était en train d'explorer et est venu me rejoindre à la porte.

« Le vent se lève, on dirait. »

Quelle sagacité !

« Ouais. On dirait.

— Peut-être devrais-tu t'en aller, Sam ? Je crois vraiment que tu ne devrais pas rester ici. »

Je l'ai regardé d'un air surpris.

« Tu n'aimerais pas ça, s'il y avait une tempête. Ce n'est pas un endroit très plaisant, en cas de gros grain.

— Tu m'excuseras, mais je ne m'étais pas encore rendu compte du charme des lieux. Même par calme plat. »

L'air offusqué, il a soulevé le store que je tenais à la main et collé un œil au carreau.

« Ça va souffler. Je suis sérieux, Sam. Tu n'as aucune raison de rester ici ; tu ferais mieux de rentrer. Tu peux prendre la voiture. Mais ramène-la moi sans faute demain. »

Derrière leurs lourds rideaux blancs, de chaque côté de la porte, les fenêtres ont commencé à gémir sous la poussée du vent. Abner a laissé le store retomber ; il avait l'air bien agité, subitement. Il est allé jusqu'à l'évier et m'a tourné le dos, les mains posées de chaque côté du bac, puis il s'est retourné, le sourire mal assuré.

« S'il te plaît, Sam, va-t'en. Rappelle-toi, j'ai déjà essayé plusieurs fois de t'empêcher de venir ici.

— Oui.

— Eh bien, je t'en conjure une nouvelle fois. La maison n'a rien d'agréable lorsqu'il y a une tempête. C'est même extrêmement déplaisant, en fait. Et je crois vraiment... »

Il s'est interrompu, tête baissée, comme saisi d'un vertige soudain, puis a redressé la nuque.

« Pour l'amour du ciel, Sam, fous le camp d'ici. Je t'en prie, fous le camp !

— Non ! »

Le cadre des fenêtres s'est mis à craquer, le tulle des rideaux à danser.

« Où est-ce que j'irais ? Je ne peux pas retourner chez moi, il n'en est pas question. Et c'est toi-même qui m'as dit que tu avais besoin de quelqu'un. Alors, je reste. »

Quelque chose semblait irrésistiblement attirer son regard vers les fenêtres.

« J'ai changé d'avis, Sam. Je n'ai besoin de personne. Sûr, c'est vrai. Va-t'en, il faut que tu t'en ailles. »

C'était maintenant toute la maison qui tremblait ; le mugissement du vent contre les fenêtres a enflé brusquement.

« Non ! Moi, les tempêtes, j'ai toujours adoré ça. »

Il m'a tourné le dos et, les bras appuyés de chaque côté de l'évier, s'est mis littéralement à hurler.

« Sam, va-t'en ! Tu ne peux pas rester ici ! Tu ne peux pas, bon Dieu, tu ne peux pas ! Va-t'en ! »

Le vent a perdu d'un coup les trois quarts de sa force. Abner s'est retourné brusquement, l'air à la fois incrédule et soulagé. Les gémissements du vent ont cessé, repris, puis cessé définitivement. Abner a poussé un long soupir.

« Merci, mon Dieu ! »

Après être restés sans nous voir quelques jours, Leslie et moi nous sommes retrouvés sans avoir l'air d'y croire, presque avec timidité. Je ne sais trop pourquoi. « C'est comme s'il nous fallait lever un voile pour mieux nous connaître, » lui avais-je dit un jour. Elle avait hoché la tête, pensant comme moi.

« Tout se passe comme si les gens, lui avais-je écrit, ne pouvaient pas vraiment croire à leur bonheur, comme s'ils avaient besoin de tourner autour un moment pour bien s'assurer de ne pas rêver. Quand enfin ils se rendent compte que ce qu'ils avaient cherché si longtemps est en fait juste à portée de leurs mains, alors ils se précipitent en riant dans les bras l'un de l'autre et s'embrassent. Comme nous. »

Comme dans un aéroport. Eh oui, prenez les aéroports, par exemple. Ce sont des endroits où les gens lâchent un peu la bride à leurs sentiments, des endroits où ils tombent le masque, fût-ce un court instant, pour laisser s'exprimer l'amour qu'ils ont en eux.

Tout le monde devrait se donner rendez-vous dans un aéroport.

CHAPITRE VINGT ET UN

Dans le monde réel — dans ce qui en tient lieu, en tout cas — les choses sont toujours ce qu'elles semblent être. Un facteur qui passe dans la rue, sa sacoche sous le bras, est presque toujours un facteur distribuant du courrier. Un laveur de carreaux perché au trentième étage d'un immeuble sur sa sellette n'est rien d'autre qu'un ouvrier d'entretien. Un homme en costume avec une canne qui vous indique que vous feriez mieux de ne pas garer là votre voiture est en général quelqu'un de serviable. Et une tempête qui s'annonce, qui montre un peu les dents avant de retomber, n'est habituellement qu'un coup de vent.

Tout cela est très proche du monde dans lequel Abner m'a attiré. La plupart du temps, les choses sont précisément ce qu'elles semblent être. On y trouve le ciel, le soleil, la terre, des réverbères, des poteaux téléphoniques et des bennes à ordures, des lettres de rupture et du gui sur les arbres. C'est un monde dans lequel les gens tombent amoureux ou bien se séparent, un monde où les gens se mentent, se murmurent des mots tendres ou se jettent des noms d'oiseaux à la tête. Un monde d'avions furtifs et de partis politiques, d'ordinateurs personnels et de week-ends à la campagne. Un monde avec des cimetières pour chiens ou pour chats, où les arbres perdent leurs feuilles et où le printemps cède la place à l'été. Mais c'est aussi un monde où les règles peuvent changer d'une minute à l'autre. Un monde dans lequel le facteur n'arrivera jamais jusqu'à votre boîte et où le gui peut se glisser sous les tuiles et coloniser le plafond, un monde dans lequel l'arbre qui est déjà tombé dans la forêt risque bien de s'abattre encore, encore et encore.

Je suis resté chez Abner, cette nuit-là, malgré ses demandes réitérées. Il m'a donné une petite chambre, face à la cuisine dont elle était séparée par un petit couloir. Une pièce aux murs peints en jaune vif et meublée en tout et pour tout d'un grand lit métallique flanqué d'une vieille table de nuit ovale. Au-dessus du lit, une applique lumineuse et une petite toile dans un cadre.

« C'est une couleur très reposante, une fois la lumière éteinte. Et puis on est bercé par l'océan. Si tu t'endors tout de suite, tu seras frais et dispos demain matin... Tu as besoin de quelque chose ? »

Je me suis assis sur le bord du lit. L'édredon, bleu foncé, semblait légèrement humide ; le matelas était doux et moelleux, comme s'il avait servi de longues années. Debout dans l'embrasure de la porte, Abner avait manifestement hâte de me laisser.

« Quelque chose ?

— Oui... Pour t'aider à dormir. Des somnifères, quoi. »

J'ai secoué la tête, m'apprêtant à refuser, mais il m'a arrêté d'un geste.

« Je te conseille vivement d'en prendre. Et même quelque chose de fort, qui pourra t'assommer. »

J'ai de nouveau secoué la tête et tapoté le bord du lit.

« Ça me semble bien assez confortable. »

Je ne sais pas pourquoi, mais quelque chose m'empêchait d'accepter l'offre d'Abner.

« Tu tiens à tout prix à jouer les durs, hein ?

— Non, mais je n'ai pas besoin de cachets pour dormir. Si j'ai pu le faire au Viêt-nam, je peux le faire ici.

— Comme tu veux. À demain.

— À demain. »

Il est parti en laissant la porte ouverte. J'ai éteint la lumière et me suis allongé à même l'édredon. Aussitôt, j'ai entendu une voix.

« Abner ? »

Une voix qui semblait venir de l'autre bout du couloir. Je me suis levé.

« Abner ? »

C'était une voix de femme, étouffée, assourdie, mais néanmoins extrêmement pressante. J'ai passé la tête dans le couloir, les yeux braqués vers la cuisine.

« Abner ? »

J'ai aperçu une ombre oblique, jetée en travers de la cuisinière et de l'évier ; Abner devait se tenir près de la porte de la plage.

« Abner ? »

L'ombre s'est rabougrie.

« Abner ? »

Il est apparu dans mon champ de vision, se tenant de profil par rapport à moi, les mains levées au niveau de la taille, comme s'il voulait serrer quelqu'un contre lui, et le coin des lèvres éclairé d'un sourire, un sourire de joie et d'incrédulité.

« Phyllis ? »

Sa voix était à peine un murmure. Il a levé les mains un peu plus haut.

« Phyllis ? »

Un bras est sorti du mur — la main, d'abord, puis le poignet, enfin l'avant-bras. La main s'est refermée comme une serre ; Abner l'a saisie et l'a serrée dans les siennes. Puis il a violemment tiré le poignet à lui, tel un pêcheur ayant du mal à ramener le poisson qu'il vient de ferrer ; un deuxième bras est sorti du mur, qu'il a saisi et serré contre sa poitrine, ne cessant de murmurer :

« Phyllis ! Phyllis ! »

Un buste féminin, nu, est apparu à son tour, puis des jambes, des pieds.

La tête est venue en dernier. Elle est sortie du mur selon un angle bizarre, comme si quelque chose la retenait par les cheveux, de longs cheveux noirs.

J'ai entendu un long gémissement étouffé, où se mêlaient douleur et plaisir, mais n'aurais su dire de quelle gorge il sortait, de celle de la femme ou bien de celle d'Abner. Puis ils se sont enlacés. C'était une étreinte qui avait quelque chose de désespéré, de merveilleux ; une étreinte qui, au-delà du simple contact physique de deux corps, était la fusion de deux âmes enfin réunies.

« Oh ! mon Dieu, Phyllis ! Phyllis !

— Abner, mon amour ! »

Après cela, le silence s'est établi et ils sont restés un long moment blottis l'un contre l'autre. La femme avait le visage tourné dans ma direction ; ses yeux clos se sont ouverts et elle a découvert ma présence. Sur ses lèvres, j'ai vu se former les mots : « S'il vous plaît. » Puis : « Laissez-nous. »

Je suis rentré lentement dans la chambre et j'ai refermé doucement la porte.

C'était une femme noire, très grande, presque aussi grande qu'Abner. Une femme avec des yeux immenses, un visage d'un ovale exquis et un corps parfait.

Je n'ai pratiquement pas dormi, cette nuit-là. Étendu sur le matelas souple et confortable, lumière éteinte, j'ai laissé les heures s'écouler une à une. De temps en temps, un cri de plaisir me parvenait de la cuisine. À l'approche de l'aube, après avoir souhaité à Abner tout le bonheur qu'il pouvait désirer, je me suis pelotonné sur le côté, frissonnant au souvenir de la scène dont j'avais été le témoin, et me suis endormi.

J'ai été réveillé au petit matin par un hurlement, un cri qui m'a fait me dresser en sursaut sur mon lit.

« Abner ? »

J'ai entendu quelqu'un s'exclamer :

« Non !

— Abner ? »

Silence.

« Abner ? »

Il est apparu dans l'encadrement de la porte. Son visage était rouge et bouffi, comme s'il avait pleuré.

« Rendors-toi, Sam. Tout va bien. »

À entendre sa voix, rien n'était pourtant moins certain.

« Tu en es sûr ? J'ai entendu quelqu'un crier. »

Il a hoché la tête.

« Oui, je sais. Désolé de t'avoir réveillé.

— Ne raconte donc pas de sottises. Dis-moi plutôt que tout va bien, si tu tiens à ce que je me rendorme.

— Ça va très bien, Sam. »

CHAPITRE VINGT-DEUX

J'ai dormi toute la matinée et une partie de l'après-midi. Après trois jours d'insomnie, j'aurais dormi sur une planche. C'est Abner qui est venu me réveiller à treize heures.

« Elle était là, Sam ! Phyllis était là. »

J'ai posé les pieds par terre et, les coudes sur les genoux, me suis pris la tête entre les mains, sentant venir un début de migraine.

« Oui, je sais. Je l'ai vue. »

Il s'est assis à côté de moi sur le lit ; il souriait, mais, lorsqu'il a vu que je le lorgnais du coin de l'œil, il a détourné la tête.

« Qu'est-ce que tu en dis ? »

Posée à voix basse, à peine audible, la question semblait le gêner, mais, comme je ne répondais pas, il l'a répétée une seconde fois, semblant guetter ma réponse.

« Qu'est-ce que tu en dis ?

— De quoi ?

— D'elle. Phyllis ! Est-ce qu'elle n'est pas belle ?

— Abner, j'ai encore la tête dans le cirage.

— Je n'avais encore jamais aimé quelqu'un comme je l'aime. Je sais combien ça peut paraître idiot... »

Je l'ai regardé droit dans les yeux.

« Putain, Abner, cette femme est morte ! Phyllis est *morte* ! »

Il m'a agrippé le genou.

« Mais Sam, on est tous morts, d'une manière ou d'une autre. Tu crois qu'on peut qualifier quelqu'un de vivant uniquement parce qu'il a du sang dans les veines ? Qu'un tas d'atomes à deux pattes puisse s'envoyer un Big Mac dans le cornet, et ça te suffit pour tracer la frontière entre ce qui est vivant et ce qui ne l'est pas ! Est-ce qu'être vivant, ce n'est pas quelque chose d'autre, quelque chose de plus profond, de moins grossier ? »

Il me faisait mal, tellement il me serrait le genou.

« Tu sens que c'est vrai, toi aussi, hein ?

— Abner, je suis désolé, mais tu débloques à plein tube ! Tu te fais du mal, avec ça. Tu te tortures inutilement et ça me désole. »

Mon mal au crâne empirait à chaque seconde qui passait.

« Non, c'est toi qui as tort. En ce moment, tu es probablement persuadé d'être en vie parce que, par exemple, tu peux sentir ma main sur ton genou, et que tu peux même ressentir de la douleur, si je serre assez fort. »

Sa démonstration faite, il a légèrement relâché son emprise.

« Phyllis ressent de la douleur, elle aussi, sans répit. Pour elle, chaque seconde passée dans cette maison est une véritable épreuve. »

Il me faisait pitié.

« Tu te souviens de Susan Burdorf, Abner ? Une fille du lycée. »

Il m'a enfin lâché le genou.

« Sam, tu ne veux tout simplement pas comprendre ce que j'essaye de te dire. Tu refuses de...

— Tu te rappelles que tu avais le béguin pour elle ? Tu te souviens de tous ces poèmes débiles que tu lui écrivais ? Tu as été intenable, cette année-là. Tu n'avais que son prénom à la bouche, Susan par ci, Susan par là, et la trique aussi raide qu'une batte de base-ball ! »

Il s'est levé brusquement et a piqué son fard.

« Ce n'était pas de l'amour, bordel ! C'étaient les glandes, rien d'autre ! N'essaye pas de salir ce qu'il y a entre Phyllis et moi, Sam, parce que c'est quelque chose de très, très, très spécial... »

Il me fatiguait, avec ses professions de foi. J'avais mal au crâne.

« Tu n'aurais pas un peu d'aspirine, des fois ? J'ai la tronche en compote.

— Tu crois que notre relation est quelque chose de... de *pervers*, hein, c'est ça ? Dis-le !

— Mais, enfin, Abner, reconnais toi-même que ça ne peut vous mener nulle part. »

Remarque pleine de bon sens qui n'a eu droit qu'à un éclat de rire méprisant.

« Tu n'en as pas marre d'enfiler les conneries sur les lieux communs, mon pauvre Sam ? Pourquoi les relations entre les gens devraient-elles "mener quelque part", je te le demande ? Fadaises, foutaises et trouducuteries, voilà ce que c'est, toutes tes belles phrases. Une relation est ou n'est pas, point final ! L'amour, c'est comme tout ce qui peut t'arriver de bon dans la vie : c'est là, tu l'as, tu es heureux et ça n'a surtout pas besoin de mener quelque part, pauvre branque ! »

Je me suis levé péniblement, le crâne vrillé par la douleur, et, ignorant Abner, ai gagné la porte.

« Dis-moi simplement où tu ranges l'aspirine, tu veux ?

— Sam, je l'aime. Je l'aime plus que je croyais pouvoir aimer quelqu'un.

— Ouais, très content pour toi. N'oublie pas de m'envoyer un faire-part pour le mariage. »

Nous avons pique-niqué sur la plage, ce jour-là. Dans le genre tartignolle, je doute qu'il y ait jamais eu mieux. Abner était « habillé » — pour marquer le coup, selon ses dires — d'un bermuda gris, d'une paire de tennis montants, d'une chemise rose et d'une vieille veste de sport rouge à carreaux. Pour notre petite sauterie, quelques méchants bouts de bois abandonnés par la mer et une grille de barbecue rouillée trouvée elle aussi sur la grève ont fait l'affaire. Abner a fait cuire des hot dogs au poulet et réchauffer des artichauts déjà bouillis. Il avait fait un saut jusqu'au patelin le plus proche, à plusieurs kilomètres de là, et en avait ramené un pack de six Michelob.

Nous étions assis l'un en face de l'autre, les jambes croisées, à mi-chemin de la mer et de la maison. La migraine me titillait encore le crâne, mais la nourriture — si infecte fût-elle — m'a fait du bien et en a eu finalement raison.

« Ce gosse est là... quelque part, hein, Abner ? »

Avec la bière, les hot dogs pouvaient passer. Une feuille d'artichaut entre les crocs, Abner n'a pas répondu.

« Le gosse au cerf-volant...

— J'essaye de ne pas y penser. »

Le temps n'avait rien de trop chaud. J'avais mis mon beau pantalon et ma veste de tweed, mais il y avait une petite brise à glacer les os. Heureusement qu'il y avait la bière ; Abner ne l'avait pas mise au frigo et elle était tiède.

« Comment ça, tu essayes de ne pas y penser ? »

Et d'une canette, une, que j'ai plantée dans le sable, la tête en bas. Revigoré, j'ai avalé la moitié de mon hot dog et nappé le reste d'un zeste de moutarde. Je n'en ai fait qu'une bouchée et me suis immédiatement attaqué à une deuxième Michelob. À ce train-là, je n'allais pas tarder à en avoir un coup dans le nez mais ne m'en souciais guère.

« Il faut que tu y penses, au contraire. Il avait des parents, ce petit. Je suis même surpris que personne ne soit venu poser des questions... Personne n'est venu, hein ? »

Il a secoué la tête, occupé à ronger une feuille d'artichaut.

« Non. Il ne vient jamais personne. »

J'ai hoché la tête en direction des quatre bouteilles survivantes.

« Tu ne prends pas de bière, Abner ?

— Je ne bois pas. Tu sais, Sam, il y a beaucoup d'injustice, dans le monde. Ce qui est arrivé à ce garçon est injuste... oui, injuste et ignoble. Mais, parfois, justice est faite. Il s'agit seulement de l'aider... de lui donner un petit coup de pouce...

— Si tu essayes de me dire quelque chose, Abner, vas-y, crache. »

Il a haussé les épaules.

« Je ne sais pas. Prends le meurtre, par exemple... »

Nouveau haussement d'épaules ; il essayait manifestement de parler d'un ton anodin.

« Je ne parle pas d'un meurtre commis sous le coup de certaines circonstances, un crime passionnel, par exemple. Ce genre de crime est... disons, accidentel. Ça peut arriver à tout le monde. Non, je veux parler des autres meurtres. De ceux commis sciemment par des âmes corrompues. Tu comprends ce que je suis en train de te dire, Sam ?

— Je n'en suis pas sûr.

— Mais si. Tu as été au Viêt-nam. Tu as probablement dû voir des tas de gens qui prenaient plaisir à massacrer leur prochain ?

— Pas des "tas", non. Quelques-uns, oui, mais pas beaucoup. Et puis, en général, ces gars-là finissent toujours par se faire prendre à leur propre jeu.

— Oui, sans doute... Délicieux, cet artichaut. Phyllis a été assassinée, Sam, je te l'ai sans doute déjà dit.

— Non. Tu ne m'en avais pas parlé.

— Eh bien, si. Elle a été assassinée. Battue à mort... par ce bon vieil Art DeGraff.

— Mon Dieu !

— Comme tu dis. Il est chouette, tiens, le Bon Dieu, pour avoir créé un monde où de telles choses sont possibles ! »

Au beau milieu de notre pique-nique improvisé, Abner m'a fait une confidence.

« Je te croyais mort, Sam. Je croyais que tu étais resté au Viêt-nam.

— Je sais, tu me l'as déjà dit.

— Vraiment ? Eh bien, excuse-moi. Je suppose que ça ne doit pas être très marrant de s'entendre répéter qu'on est... enfin qu'on passait pour mort. D'un autre côté, ça doit être aussi plutôt étrange de pouvoir dire à quelqu'un : "Oh ! vous savez, les bruits qui ont couru sur ma mort ont été très, très exagérés." »

J'ai avalé une longue gorgée de Michelob.

« Comment vis-tu, Abner ?

— Comment je vis ?

— De quoi vis-tu ? Avec quoi payes-tu la nourriture, les notes d'électricité, le chauffage, tout ça ? »

Il n'a pas répondu tout de suite et a plongé sa cuillère dans les poils de son cœur d'artichaut.

« J'ai un peu d'argent de côté.

— Ah ? Et pourrait-on savoir d'où il vient, cet argent ? »

Il a soigneusement débarrassé son cœur de tout poil intempestif, puis l'a englouti d'une bouchée, mastiqué avec délectation et avalé.

« De ce bouquin dont je t'ai parlé. L'album-photo.

— Mais... tu as été payé ? Je croyais que la chose en était restée au stade du projet ?

— Oui... mais j'ai été payé quand même. J'ai touché la totalité de ce qui était prévu au contrat. Le remords, sans doute.

— Tu mens, Abner. »

Il m'a regardé d'un air outré.

« Non, je ne mens pas ! J'ai été payé. Tout !

— Et tu vis sur tes réserves, depuis deux ans ? Tu diras ce que tu voudras, mais j'ai du mal à y croire. »

Il a laissé couler une poignée de sable sur le feu.

« Tu trouves ça difficile à croire, parce que tu penses que je mens, c'est ça ? Tu crois que je te mens sur ça, mais aussi sur la vie que je mène ici, dans cette maison, pas vrai ? »

J'ai lampé la moitié de ma bouteille.

« Tu as parfaitement résumé le fond de ma pensée. »

Je commençais à avoir la tête agréablement légère.

« Si je vis ici, c'est qu'il y a une raison. Je... je prends soin de... je veille sur quelqu'un. Quelqu'un qui a une dette à payer. »

Son air me faisait penser à la mine du chat voulant faire croire qu'il ne lui serait jamais venu à l'idée de passer la patte à travers les barreaux de la volière.

« Qui ?

— ... ?

— Sur qui veilles-tu ? De qui dois-tu prendre soin ? Un nom ! »

Mis au pied du mur, ce n'était plus la même chanson.

« Je ne peux pas te donner de nom. Ce serait trop...

— Écoute, Abner, veux-tu parler d'une autre personne que celles qui vivent dans les murs ? Est-ce que c'est ça que tu veux dire ?

— En quelque sorte.
— Je... je crois que je suis bourré, Abner.
— À la tienne ! Tu sais... il se pourrait que je ne reste pas longtemps ici.
— Ah ? Et où iras-tu ?
— Ça dépend...
— De quoi ?
— De... d'un certain nombre de facteurs. De la façon dont les choses se présenteront, je suppose. Je ne peux pas te dire où je compte aller. Je n'ai aucune envie de t'avoir pendu à mes basques... Il y a ce type, aussi, Whelan, qu'il s'appelle... Mais je ne devrais pas te dire tout ça, Sam. Je t'ai déjà assez fourré dans de sales draps comme ça.
— Tout à fait d'accord avec toi.
— Mais il paraît qu'on vit plus longtemps si on partage ses soucis avec quelqu'un au lieu de se ronger les sangs tout seul dans son coin. Ça soulage le cœur, je présume. Quoi qu'il en soit, cet homme, ce Whelan, me recherche. C'est un flic — enfin, c'en était un — et il aimerait bien me mettre la main au collet. C'est tout ce que je peux te dire. J'aimerais t'en dire plus, vraiment, mais... je ne te connais pas vraiment, tu comprends ? D'ailleurs, en fait, est-ce qu'on connaît jamais quelqu'un ?
— Bonne question. »
Je commençais à m'amuser et à me détendre, malgré le vent glacé et ces abominables hot dogs. J'avais l'élocution qui avait tendance à devenir pâteuse.
« Cette personne dont tu parles... Est-ce que c'est Al ? La jeune femme que j'ai vue l'autre jour ?
— Al ?
— Oui, Al. Est-ce que c'est sur elle que tu es censé veiller ? Est-ce que tu l'as planquée dans les murs, elle aussi ? »
Sacré Abner. *Attention, mon poussin, j'entends l'inspecteur Whelan dans l'escalier. Vite ! cache-toi dans le mur !*
« Tu remets ça sur le tapis, hein ? Laisse tomber, Sam, tu veux ? Je n'aurais pas dû aborder le sujet. »
Moi, tant qu'il restait un fond de Michelob...

« D'accord, laissons tomber, mon pote. Mais je te préviens que c'est uuu-niquement parce que je commence à avoir un pète au compteur. »

Il s'est levé brusquement et a fait trois pas vers la mer, les mains dans les poches de sa veste à carreaux. Une mouette est venue tournoyer un instant au-dessus de nous, a poussé un cri discordant, puis est repartie vers des cieux meilleurs.

« Al n'habite pas ici. Elle est seulement venue passer quelques jours pour le... »

Le vent a emporté la fin de sa phrase.

« Articule ! Je n'entends pas ce que tu dis !

— Je disais qu'elle n'était restée que quelques jours. Pour le passage, quoi, c'est tout.

— Le passage ? Ça y en a être quoi, le passage ? »

Il a souri et s'est contenté de détourner la tête.

« Abner ! 'Ssplique-moi un peu de quoi que tu causes, bon Dieu !

— Prends donc une autre bière, mon pauvre Sam. »

Il a regardé ce qui restait du pack, à savoir une malheureuse orpheline, et s'est tourné vers le large.

« Prends donc la dernière, allez. Pour la route !

— Mer-sssi du conseil ! »

CHAPITRE VINGT-TROIS

Lorsque je suis rentré à Manhattan, la veste à chevrons et le pantalon de soirée, initialement prévus pour aller dîner avec Leslie deux jours plus tôt, n'étaient plus que des hardes. La veste empestait la sueur et le fraîchin ramené de la plage ; le pantalon avait un trou à un genou (où diable avais-je bien pu me faire cela ?) et une belle tache de moutarde.

J'avais à peine fermé la porte que le téléphone s'est mis à sonner. Non sans quelque appréhension, j'ai décroché. C'était Leslie.

« Sam ? »

Rien qu'au son de sa voix, il était clair qu'elle faisait de gros efforts pour se maîtriser.

« Qu'est-ce qui se passe, nom d'un chien ?

— Oh ! Leslie... Désolé de t'avoir manquée, l'autre soir...

— Tu as exactement une minute pour t'expliquer. Top !

— Hé ! une seconde ! Je ne sais pas, moi, il y a tellement de choses à...

— Cinquante-cinq secondes !

— Arrête de compter, Leslie. Si tu veux compter...

— Ça, je sais, l'exemple est mal choisi : tu n'es effectivement pas quelqu'un sur qui on peut compter !

— Moi ? J'ai toujours cru être au contraire quelqu'un à qui on pouvait faire confiance. »

Elle a soupiré.

« Bon. Est-ce qu'on pourrait se voir ? Il faut absolument qu'on parle.

— De notre mariage, Leslie ? C'est de ça que tu veux qu'on parle ?

— Ça ou le dernier film à l'affiche, pour toi, ça a l'air d'être du pareil au même. »

Je me suis éclairci la gorge, ayant du mal à rassembler mes idées.

« Je sais que j'ai l'air de prendre ça à la légère, mais je t'assure qu'il n'en est rien. C'est beaucoup plus important que le dernier film sorti, je m'en rends parfaitement compte. C'est une étape très-très-très importante dans notre vie...

— Arrête de raconter des inepties.

— Mais je suis très sérieux, crois-moi.

— On se retrouve chez *Isadore's* ? Non ! attends. Pas là. C'est fermé jusqu'au cinq. Essayons plutôt chez *Jerry's*. Dans une heure, d'accord ? C'est au coin de Broadway et de la 65e Rue. Promets-moi d'être là. Parce que si tu ne viens pas, je suis désolée, mais...

— Je te le promets.

— Hum... bon, entendu. Tu as bien noté : dans une heure chez *Jerry's*, au coin de Broadway et de la 65e Rue.

— Oui, c'est noté. Merci, Leslie. J'y serai dans une heure tapante !

— J'ai déjà entendu ça. Sois là, c'est tout ce que je te demande. »

Chez *Jerry's* était un bar qui tenait à la fois du café et de l'épicerie. L'odeur de viande et de fromage chatouillait les narines dès l'entrée. Il y avait des salamis et des saucissons de Bologne pendus un peu partout, ainsi que des piles de *provolone* amoncelées sur le comptoir. Quatre ou cinq serveurs au poil brun, la trentaine passée, chemise blanche, pantalon blanc et tablier blanc taché, s'apostrophaient entre eux et prenaient bruyamment les commandes des dizaines de clients attablés là.

Leslie était assise au fond de la salle, à l'une des six tables rondes au plateau de verre, chacune munie d'un soliflore piqué d'une rose artificielle. Leslie m'attendait, un espresso posé devant elle. Lorsqu'elle m'a aperçu, son visage s'est éclairé et elle m'a fait signe de venir la rejoindre. Je l'ai embrassée — elle a bien essayé de l'éviter, mais j'ai été plus rapide qu'elle — et me suis assis en face d'elle. La table étant fort petite, nos genoux se touchaient. Une petite plaisanterie pour détendre l'atmosphère m'a paru de bon aloi.

« Hum, j'ai des fourmis dans les genoux !

— Dans la tête aussi, j'ai l'impression. »

Marche arrière, toute.

« Désolée, Leslie.

— Ah ? Pourquoi ?

— Pour... pour t'avoir posé un lapin. »

Elle s'est penchée vers moi pour être entendue par-dessus le bruit des conversations.

« Rengaine tes regrets. Nous devions parler d'un éventuel mariage. Mais peut-être penses-tu que ça n'a plus d'importance ?

— Oh ! si ! Je crois même que c'est la chose la plus importante au monde. Crois-moi. Mais, vois-tu, ces jours derniers...

— Oui ?

— J'ai un ami... Abner, un vieil ami que j'avais connu au lycée. Il vit à Long Island, dans une drôle de maison...

— Et ?

— Eh bien, il a comme qui dirait de sérieux problèmes. De très sérieux problèmes, même...

— Et tu as essayé de l'aider, c'est ça ? »

J'ai réfléchi une seconde.

« Euh... "aider" n'est peut-être pas le terme exact. Je crois que ce que j'ai voulu essayer de faire, c'est simplement d'être avec lui, d'être là.

— Dans quel genre d'ennuis se débat-il ? »

Elle semblait sincèrement touchée ; c'est l'une des choses que j'aime en elle, cette faculté de s'intéresser au sort d'autrui.

« Troubles émotionnels, disons. Il est vraiment très perturbé. Je crois qu'il pourrait même aller jusqu'à... jusqu'à se suicider. Je sais que ça peut sembler un rien mélodramatique.

— A-t-il parlé de suicide ? A-t-il dit, textuellement : "Je vais mettre fin à mes jours" ?

— Non, il n'en a pas parlé en ces termes, mais c'était ce que ça voulait dire. C'est à cause de ça que je n'ai pas été très... disponible, ces derniers temps. »

Un serveur est apparu dans mon dos, le bloc à la main, et a marmonné quelque chose qui s'est perdu dans le brouhaha général.

« Ça ira, merci. »

Il a haussé les épaules et s'est éloigné. Nous avons repris notre conversation en paix.

« Cet ami dont tu parles a réellement beaucoup d'ennuis, n'est-ce pas ? Tu es vraiment inquiet à son sujet, je le vois dans tes yeux.

— Oui, mais c'est beaucoup plus grave que ça... Il y a certaines choses dont je ne peux pas encore te parler... »

Elle m'a coupé la parole en posant sa main sur la mienne.

« Tu es quelqu'un de bien, Sam. »

J'aurais voulu rester comme cela toute la soirée, mais elle a retiré sa main.

« Quand tu auras résolu ce... ce problème, alors nous pourrons parler sérieusement.

— Leslie... »

Elle a secoué la tête.

« Je t'avais mal jugé... Je t'aime beaucoup, tu sais.

— Moi aussi, Leslie, je t'adore.

— Je sais. »

Elle s'est levée et a rapidement gagné la sortie. Au moment de sortir à mon tour, un serveur m'a mis l'addition sous le nez. J'ai fouillé dans mes poches et réglé la consommation. Dehors, Leslie était déjà à une dizaine de mètres.

« Leslie ! »

Elle a tourné la tête. « Appelle-moi », ai-je pu lire sur ses lèvres, puis elle a hélé un taxi qui passait.

« Oui, pas de problème ! »

J'ai regardé le taxi tourner dans Broadway, puis suis rentré chez moi.

J'ai appris au moins une chose. Pour les morts, il n'y a pas de futur. Pas de projets, pas d'avenir. Ils ne mettent pas d'argent de côté pour payer les études de leurs enfants. Ils ne prennent pas de photos, ne décorent pas leur maison, ne lisent pas l'horoscope, ne notent aucun événement sur le calendrier. Ils ne se brossent pas les dents, ne raccommodent pas leurs vêtements. Ils n'écrivent pas de lettres et ne font pas de chèques en bois, toutes choses dont ils étaient pourtant coutumiers lorsqu'ils étaient vivants. Ils ne peignent pas, ne font pas le ménage et ne briquent pas leur voiture. Ils vivent uniquement dans l'instant présent. Ou plutôt dans le passé, qui leur tient lieu d'éternel présent.

Ce sont là divers moyens de reconnaître les morts et les vivants.

Car les morts ne regardent pas où ils vont. Ils ne vont d'ailleurs nulle part ; ils se contentent de rester là où ils ont toujours vécu.

À peine rentré chez moi, j'ai reçu un coup de fil d'Abner.

« Sam ? C'est moi... Abner. »

Il avait une drôle de voix, chevrotante et hachée.

« Il vient de se produire quelque chose de terrible, Sam. Quelque chose d'atroce, d'abominable, de...de...

— Oui, vas-y.

— Vas-y ?

— Accouche. Dis-moi ce qui se passe.

— Oh... eh bien, quelque chose d'épouvantable... C'est Art.

— Art ? Art DeGraff ?

— Oui. Il... il est parti.

— Je ne te suis pas, Abner.

— Il était là ! Ici, dans la maison. Dans les murs. Je le retenais prisonnier.

— Prisonnier ? Là, je te suis encore moins.

— Mais si ! Art était mon prisonnier, je te dis. *Notre* prisonnier. À Phyllis et à moi. Il était là. Vivant ! Dans les murs ! Et maintenant, il est parti. Il est parti, Sam ! Quelqu'un... quelqu'un l'a fait sortir, l'a délivré.

— Tu réalises que ce que tu es en train de me dire n'a absolument aucun sens ?

— Évidemment, que je m'en rends compte. Mais c'est la vérité, Sam ! Il était là, mais il n'y est plus. Il est parti ! Inutile de te dire qu'il doit être fou furieux.

— On le serait à moins.
— Pardon ?
— Rien, je plaisantais.
— Art m'en veut, tu comprends ? Il n'y a qu'un seul endroit où je puisse me cacher, un seul endroit où je serais en sécurité...
— Abner, ne fais rien tant que je ne serai pas là. J'arrive. J'arrive tout de suite...
— Ma place est avec Phyllis. Je voulais te prévenir. Te dire adieu. Et aussi te remercier d'avoir été mon ami. »
J'ai retenu ma respiration, réfléchissant à toute vitesse. Peut-être bluffait-il ? Peut-être n'était-ce qu'un appel au secours, en définitive ?
« Abner, ta place est parmi les *vivants* !
— Oui, je sais. Fais bien attention à toi, Sam. »
Et il a raccroché.

CHAPITRE VINGT-QUATRE

Lorsque je suis arrivé à la maison de Long Island, plusieurs heures plus tard, je n'y ai trouvé personne, seulement un grand trou dans le mur du couloir et un mot sur la table, un mot qui disait :

Mon cher Sam,

Chacun dans la vie a droit à sa part de bonheur. Et quand on l'a trouvée, on essaye de la préserver. En ce qui me concerne, le choix était simple. C'était Phyllis ou rien.

Ce vieil Art est dans une rage folle. Il faut dire que je le comprends. Si j'étais resté enfermé dans un mur pendant un an, il est probable que je piquerais moi aussi ma grosse colère. Il veut se venger et je ne peux pas lui en vouloir. Mais j'aime autant ne pas m'éterniser dans les parages, tu comprendras aisément pourquoi.

Ne cherche pas à me suivre, s'il te plaît. Tu as déjà bien assez de soucis comme ça, et je t'assure que tu ne peux absolument rien faire pour moi, même si je te le demandais.

Tu peux prendre la Malibu. Là où nous allons, Phyllis et moi, nous n'en avons pas besoin. La clef est sous le paillasson. N'oublie pas de laisser le moteur chauffer cinq minutes avant de démarrer.

On se reverra peut-être un jour, mais je n'en sais vraiment rien.

Si j'ai le temps, j'essayerai de te passer un coup de fil.

Abner

« Nom de Dieu ! »

Le trou béant dans le mur du couloir était approximativement de la taille d'un homme. J'y ai passé la tête, et, derrière le lattis déchiqueté, ai découvert un espace où il était effectivement possible à un homme de se tenir ou de dormir. Un homme, mais pas deux. Le plafond du réduit était percé d'un trou de la taille d'un poing, ménagé dans le plancher du premier étage ; je suppose que le cher Art devait être nourri par là.

Je ne me suis pas attardé car l'odeur stagnant dans le réduit était véritablement pestilentielle.

« Vous cherchez Abner ? »

Je n'ai pu retenir un hoquet de surprise ; mon cœur s'est emballé et j'ai dû me forcer à respirer lentement, profondément, avant de me retourner. J'ai alors aperçu une jeune femme, une petite brune vêtue d'un jean et d'un chemisier vert. Il émanait d'elle un mélange d'innocence et de séduction, mais c'étaient surtout de la tristesse et du désarroi qui pouvaient se lire sur son visage d'ingénue. Il y avait un léger soupçon d'accent sudiste dans sa voix, grêle mais mélodieuse.

« Abner est pas là. Abner (elle prononçait presque Abnah) a dû s'en aller. Je sais pas où il est. C'est très embêtant, vous comprenez, parce qu'il nous a laissés tout seuls !

— Nous ? »

Le regard suppliant, elle semblait aussi désemparée qu'une enfant.

« Oui, tout seuls ! Il nous a laissés tout seuls. Qui êtes-vous ?

— Un ami d'Abner.

— Est-ce que vous allez... nous laisser, vous aussi ?

— Qui ça, nous ? »

Bien qu'elle fût à une cinquantaine de centimètres de moi, toute sa personne dégageait une intense sensation de froid ; j'avais l'impression de me tenir devant la porte ouverte d'un réfrigérateur.

« Nous quatre ! Moi, c'est Myrna. Et voici Stephanie, Jodie et Max. »

Et, à l'appel de leur nom, tels des enfants perdus, ils sont tous apparus un à un dans son dos. Stephanie, sensiblement du même âge que Myrna, mais beaucoup plus grande et plus maigre, au point de paraître anorexique. Jodie, elle, d'une taille intermédiaire, avait un visage rond et sans expression, tel celui d'un cochon, avec de petits yeux noirs, très rapprochés et affligés d'un léger strabisme. Max, un véritable géant, avait l'air de quelqu'un auquel il valait mieux ne pas se frotter ; il ressemblait à un videur de boîte de nuit où les clients auraient tout intérêt à ne pas trop broncher.

« Je ne peux rien pour vous. Croyez bien que j'en suis désolé.

— On vous demande pas votre aide. On veut simplement ne pas rester tout seuls. »

Seule Myrna parlait ; elle devait être leur porte-parole. Cependant, aussi immobile qu'un bloc de marbre, seules ses lèvres bougeaient. Figés devant moi tous les quatre, ils avaient quelque chose de glaçant.

« Je ne peux pas vous aider.

— On vous demande pas votre aide ; on veut simplement ne pas rester tout seuls. Nous laissez pas tout seuls ! »

Max a entonné le même refrain.

« Nous laissez pas tout seuls ! »

Puis, Stephanie s'y est mise elle aussi.

« Nous laissez pas tout seuls ! »

Ainsi que Jodie, qui avait quelque chose d'indéniablement porcin, mais dont la voix était douce, presque musicale.

« Nous laissez pas tout seuls ! »

Pas le moindre muscle de leurs corps ne bougeait, seulement leurs lèvres.

C'est devenu un chœur, une mélopée.

« Noulessépatousseuls ! Noulessépatousseuls ! »

Leurs voix mêlées formaient une sorte de comptine aigrelette, de supplique tour à tour câline, suppliante et horripilante.

« Noulessépatousseuls ! Noulessépatousseuls !

— Tout seuls ? Mais vous l'êtes ! »

J'ai regretté aussitôt mes paroles.

« Je suis désolé... »

Ils m'ont regardé, muets, bouche bée, le regard accusateur, blessé, puis, comme des gouttes de pluie absorbées par une terre desséchée, se sont dissipés et ont disparu.

Je suis allé me réfugier à la cuisine, tremblant de tous mes membres. J'avais bien envie de quitter définitivement New York et de retourner à Bangor. C'était une jolie ville. Et surtout on y trouvait des gens simples, sans histoires.

Leslie et moi pourrions nous marier et aller vivre là-bas. Nous aurions une petite maison, quelques gosses, des chats, des chiens, un puits dans le jardin, des problèmes de fourmis en été et des menus faits une semaine à l'avance — hachis le lundi, spaghettis le mardi, toasts au fromage le mercredi. Leslie et moi, rien que nous deux. Bangor semblait vraiment l'endroit idéal pour s'établir ; cette ville me convenait parfaitement, comme ces vieux pulls dont on ne se séparerait pour rien au monde. Mais, pour l'instant, il valait mieux ne pas trop tirer de plans sur la comète ; tout cela était encore aussi peu solide que glaces à l'approche du printemps, glaces qui pouvaient se briser à tout moment, révélant l'abîme où Abner avait coulé. Bientôt, j'en étais sûr, ayant enfin compris son erreur, il remonterait vers la surface, irrésistiblement attiré par la lumière du soleil.

C'était là que je devais l'attendre, au besoin en creusant la glace, pour lui tendre la main et le tirer hors de l'eau.

J'ai examiné une seconde fois le trou où Art DeGraff avait été enfermé. Je suis même entré dedans, essayant de faire abstraction de l'atroce sentiment de solitude et de claustrophobie qu'il avait dû éprouver, une année durant. Impossible. J'ai passé la main sur les bords déchiquetés de l'ouverture, me demandant s'il avait crevé le mur par ses propres moyens, tel Superman, ou si quelqu'un l'avait aidé. Je me suis alors rappelé les paroles d'Abner au téléphone : « Quelqu'un l'a fait sortir, l'a délivré. »

Je n'avais aucune envie de m'attarder ; j'allais prendre mes cliques et mes claques et rentrer chez moi. Mais, avant cela, il me fallait passer la maison au peigne fin. Je voulais savoir où Abner était allé ; c'était bien le diable s'il n'avait pas laissé derrière lui ne serait-ce qu'un indice.

J'ai commencé par la petite chambre chichement meublée où j'avais dormi une semaine plus tôt, avec le grand lit métallique et le tableau — une scène de campagne anonyme, passée, d'un rose verdâtre — accroché au-dessus. J'ai ouvert le tiroir de la table de nuit. Il avait l'air vide mais quelque chose forçait, empêchant de le tirer complètement. J'ai glissé la main à l'intérieur et senti sous mes doigts un petit cadre de bois, coincé tout au fond. J'ai réussi à le faire glisser et à ouvrir le tiroir en grand. Il s'agissait d'un cliché noir et blanc de format 5x7. Un cliché d'Art DeGraff — j'ai immédiatement reconnu son côté gravure de mode — et d'une femme noire à la beauté saisissante vêtue d'un minuscule bikini de couleur claire. Ils se tenaient côte à côte sur le pont d'un navire de croisière. La femme était Phyllis. J'ai sorti la photo du cadre et l'ai retournée. Outre le nom de la firme, *Eastman Kodak*, une date indiquait que le cliché avait été pris deux ans et demi plus tôt. Il faisait sombre dans la pièce, le rideau de la seule fenêtre étant tiré. Je l'ai ouvert et pu étudier la photo à la lumière du jour. Mon regard s'est attardé sur la poitrine de Phyllis, joliment comprimée par un petit bout de soutien-gorge étriqué, sur son ventre merveilleusement plat, sur la rondeur de ses cuisses et l'ombre de sa toison pubienne, visible sous le maillot, lui aussi des plus exigus. Art arborait un sourire à la *t'as vu, mec, le petit lot que j'ai là ?*

À y regarder de plus près, cependant, cette espèce de sourire à la beauf me paraissait bien jaune. En fait, Art semblait plutôt redouter quelque chose. J'ai essayé de me persuader que ce ne pouvait être qu'un effet de la lumière, même si je savais que j'avais tort et cherchais uniquement à me rassurer.

J'ai remis la photo dans son cadre et le cadre dans le tiroir. C'est alors que, pour la première fois, j'ai remarqué, sur le mur faisant face au lit, une porte de ce qui devait être un placard. Impossible de l'ouvrir : elle était fermée à clef. J'ai sorti ma carte Visa et l'ai glissée entre la porte et le chambranle pour essayer de pousser le pêne dans la serrure. En vain. J'ai rangé ma carte et essayé de faire jouer la poignée une nouvelle fois. Rien à faire. La seule solution était de faire sauter les charnières. Pour cela, il m'aurait fallu un tournevis ou quelque chose d'approchant. J'avais quelques pièces de monnaie dans mes poches ; j'en ai glissé une sous la fiche du gond supérieur, mais celle-ci n'a pas bougé d'un millimètre. Plutôt que de procéder de la sorte, pourquoi ne pas enfoncer tout bêtement la porte ? Personne n'y trouverait rien à redire. Et puis l'idée avait quelque chose de séduisant : si je voulais que cette maison me livre tous ses secrets, autant la violenter un poil, lui montrer qui était le maître.

Prenant mon élan, j'ai balancé un bon coup de pied contre l'huis. Rien, à part une vive douleur dans le gros orteil.

« Bordel de merde ! »

Pour un peu, je me cassais un orteil ; il n'aurait plus manqué que cela ! Ultime solution, le lit. Rageusement, j'ai renversé le matelas et le sommier, posé sur une demi-douzaine de traverses de bois. J'en ai retiré une et, ainsi armé, me suis tourné vers la porte. Que j'ai trouvée entrebâillée d'une dizaine de centimètres.

Je m'en suis approché et, après quelques secondes d'hésitation, l'ai ouverte d'un coup.

C'était un grand placard de plain-pied, complètement vide à l'exception de quelques moutons qui traînaient par terre et d'une page toute jaunie de la section Loisirs du *New York Times*, oubliée sur une des cinq étagères.

La fouille ne faisait que commencer, mais quelque chose me disait que la suite des opérations — quatorze pièces à fouiller — allait se révéler tout aussi futile et avare en résultats. Malgré l'ampleur de la tâche, je n'avais pas l'intention de renoncer avant d'avoir exploré les lieux à fond. Ce n'était d'ailleurs pas tellement la taille de la demeure qui m'effrayait, mais plutôt ce que je risquais d'y trouver, des choses, sans doute, auxquelles il valait mieux ne pas toucher — comme ces veuves noires qui font leurs toiles sous les porches, ou ces serpents à sonnette qui se dorent au soleil à flanc de coteau. « Ne les dérange pas, avait l'habitude de dire mon père, et ils ne te dérangeront pas. »

Abandonnant la chambre, j'ai gagné la raide volée de marches menant à l'étage. Abner m'avait parlé de cet escalier la veille, le jour de notre pique-nique. « Il n'y a rien là-haut, Sam. Seulement de grandes pièces froides et pleines de poussière. »

À son ton, volontairement banal et détaché, j'avais immédiatement deviné qu'il mentait. Il n'a jamais su mentir. À Bangor, au lycée, je savais qu'il mentait rien qu'à la façon dont ses yeux papillonnaient et dont il traînait les pieds. J'aime les gens incapables de mentir, je pense que c'est une des qualités qui font le charme d'une personnalité. C'était même cela qui nous avait rapprochés, tous les deux — le fait qu'il possédait une personnalité.

Mais je savais maintenant que les gens peuvent apprendre à mentir.

Curieusement, l'escalier sentait la sauce bolognaise ; il y avait donc quelqu'un, là-haut. Il y avait aussi des dizaines de noms écrits sur les murs beiges ternis par les ans, des noms tracés au feutre, au crayon, au stylo, à l'encre noire (un liquide très sombre, en tout cas, beaucoup trop sombre pour être du sang) : *Tammy, Fred-la-grenouille, Minerva G.*, les initiales *S.T.M.*, gribouillées d'une écriture infantile à l'aide de cette encre noire, *Victor Chéri*. (Ne pouvant être un patronyme, cette dernière mention n'avait pu être laissée là que par la petite amie du susnommé.)

J'avais laissé la porte ouverte, au pied de l'escalier, car l'interrupteur ne marchait pas ; la seule lumière était donc celle qui montait du rez-de-chaussée. Sous ce faible éclairage, d'un jaune verdâtre, d'autres noms, plus pâles que *Victor Chéri, Minerva G.* et les autres, étaient à peine visibles. Des noms si effacés que je ne les aurais pas remarqués si je ne m'étais pas arrêté pour prendre la peine de les déchiffrer : un *Ransom-machinchose*, un *Lord Ali*, ce qui m'a évidemment fait penser à Muhammad Ali, un *Rebecca*, un *Thomas Pillson*. Il devait y avoir, griffonnés sur les murs de cet escalier, au moins deux cents noms, sans doute ceux des gens qui avaient vécu là. Il y avait très longtemps, quelqu'un avait inscrit son nom et cela était devenu une sorte de tradition : tous ceux qui étaient passés là avaient tenu à y laisser le leur. Fouillant dans mes poches, j'ai sorti les clefs de mon appartement et gravé le mien à mi-hauteur, à côté de celui d'un certain *Eli Wallberger*, tracé en belles lettres moulées noires devenues presque invisibles.

Cela me plaisait de voir mon nom inscrit là, au milieu de tous les autres. C'était encore une manière de laisser ma marque.

L'ego satisfait, j'ai débouché sur le palier du premier.

CHAPITRE VINGT-CINQ

D'emblée, ce qui frappait, c'étaient les couleurs. Quelqu'un s'en était donné à cœur joie avec la peinture ; il y avait du rouge, du rose, du vert, du jaune, du violet, mais nulle part de noir, de blanc ou de beige, aucune couleur neutre.

Les marches donnaient sur un long couloir, très haut de plafond, percé de portes étroites n'ayant, elles, jamais connu le pinceau ou le rouleau. Les motifs formés par les différentes couleurs étalées sur les murs étaient manifestement d'inspiration hippie, psychédélique, aurait-on dit à une certaine époque ; d'ailleurs, on n'avait dû utiliser ni pinceau ni rouleau, ni même de pistolet, tellement les tons se mélangeaient, mais plutôt un grand ventilateur. Au milieu des années soixante, une de mes cousines qui avait peint les murs de sa chambre de cette façon, avait déclaré au béotien que j'étais, ajustant l'ourlet de sa robe de grand-mère, que c'était de l'*art vivant*. « Oui, de l'art vivant. Quand tu regardes ça, tu te dis que la personne qui vit là est *vivante*. C'est l'art de la vie. »

Abner avait raison, il faisait froid dans ce couloir. Une odeur indéfinissable flottait partout. Une odeur qui allait et venait, disparaissant au moment où j'allais mettre un nom dessus, pour revenir aussitôt. *Herbe tondue*, tels sont les mots qui ont fini par me venir à l'esprit.

Il y avait sept portes, trois à gauche et quatre à droite,

toutes de solides portes de chêne. En fait, ayant rassemblé assez de courage pour m'approcher de la première, je me suis rendu compte qu'il s'agissait de vulgaires panneaux de particules recouverts de papier imprimé imitation chêne, un papier aux bords décollés, plein de cloques et déchiré par endroits. Papier préencollé sur les portes et tachisme misérabiliste sur les murs, cela complétait le tableau.

Il régnait le plus complet silence. J'étais plutôt surpris ; je m'attendais à... à des démons, pourquoi pas ? Pour moi, le premier étage était une sorte d'antre de l'Au-delà, une porte des Enfers ne demandant qu'à être poussée pour vomir des hordes de monstres informes et gélatineux.

Car, si horribles soient-ils, des monstres ne sont que des monstres. Avec des monstres, au moins, on sait tout de suite à qui l'on a affaire ; l'imagination n'a pas le temps de travailler.

J'ai frappé à la porte mais n'ai pas obtenu de réponse. J'ai frappé une seconde fois et cette tentative est demeurée tout aussi vaine. J'ai abaissé la poignée par acquit de conscience, elle a joué librement. J'allais décidément de surprise en surprise : j'aurais juré trouver toutes les portes fermées à double tour.

« Il y a quelqu'un ?

— Qui est là ? »

Cette voix, celle d'une femme excédée et contrariée au plus haut point d'être dérangée, une voix humaine, en un mot, m'a glacé jusqu'au sang.

« Si vous avez quelque chose à vendre, passez votre chemin ! je n'ai besoin de rien !

— Euh... non.

— Quoi ?

— Je... je n'ai rien à vendre. »

Chevrotante, ma propre voix devait paraître pathétique. Je me suis raclé la gorge.

« Je... je ne suis pas représentant. Je cherche quelqu'un. »

J'ai entendu un juron, puis un bruit de chaise repoussée violemment, enfin un bruit de pas précipités. Quelques secondes plus tard, la porte s'est ouverte sur une grande et belle femme d'une soixantaine d'années vêtue d'une longue robe de satin vert. Une femme aux yeux de laquelle, je le voyais bien, je ne valais guère mieux qu'une crotte de chien.

« Qui êtes-vous ?

— Je m'appelle Sam Feary. »

Elle a hoché la tête d'un air entendu.

« Oui, l'ami d'Abner. Je me demandais quand vous alliez pointer le bout de votre nez. »

Sa contrariété semblait avoir cédé la place à la résignation. Elle avait un visage carré, de longs cheveux, poivre et sel, qui lui tombaient librement sur les épaules, de grands yeux châtains, vifs et expressifs — les yeux d'une femme sans illusions qui avait vu beaucoup de choses et savait qu'elle en verrait encore beaucoup d'autres. Elle pinçait continuellement les lèvres ; j'ai tout d'abord cru que c'était parce qu'elle était mécontente de me voir, mais, comme je n'ai pas tardé à le comprendre, il s'agissait en réalité d'une sorte de tic. D'un geste las, elle a tendu le bras vers l'intérieur de la pièce.

« Entrez, puisque vous êtes là.

— C'est là que vous vivez ? »

En d'autres circonstances, semblait dire son sourire désabusé, la question l'aurait amusée.

« Je vis là où je dois être. »

Très aristocratique dans sa robe de satin vert, apparemment soulagée de s'asseoir, comme si son bref aller et retour jusqu'à la porte l'avait fatiguée, elle s'est laissée choir dans un énorme fauteuil dans le style de la reine Anne et m'a fait signe de m'asseoir sur la causeuse placée à ma gauche, tout près de la porte, un siège protégé d'une garniture imprimée aux fleurs d'un blanc passé et aux bras noircis par l'usage. Je me suis exécuté, englobant la pièce d'un regard circulaire. Plusieurs centaines de livres garnissaient les rayons d'une grande bibliothèque en chêne massif encastrée entre deux fenêtres. À droite de la causeuse, quelques bibelots prenaient la poussière sur une étagère de plastique blanc. Une vieille balle de base-ball ayant visiblement beaucoup servi trônait sur une grande table basse en acajou, tout à côté de son fauteuil.

« Je m'appelle Madeline. »

On n'aurait pu décliner son identité sur un ton plus pénétré, comme si cette entrée en matière était quelque chose qui allait engager non seulement toute notre conversation, mais ma présence même dans la maison.

« Madeline... oui. J'ai entendu parler de vous. »

Elle s'est fendue d'une moue satisfaite.

« Abner, j'imagine ?

— Oui. »

Elle a hoché la tête.

« En fait, je ne suis personne. »

Au ton de sa voix, il était clair qu'elle en était intimement convaincue.

« Je ne suis qu'une vieille maman dont le petit garçon a... (un sourire tremblotant est rapidement passé sur ses lèvres) ... dont le petit garçon est mort. Oh ! nous nous retrouverons un jour, je le sais. J'en suis absolument certaine ; pour moi, il n'y a aucun doute là-dessus, aussi vrai que deux et deux font quatre. Mais, d'ici là, j'ai choisi de... »

Elle s'est tue un instant, perdue dans ses pensées.

« Non, ce n'est pas exact, monsieur Feary. Je n'ai rien choisi, disons que je suis *obligée* de rester assise ici sur ce... ce *trône* — vous ne trouvez pas que ça ressemble à un trône ? Un trône qui n'a rien de confortable, je vous le jure. Ça me casse le dos, et, quand je dois me lever, Seigneur, on dirait une paralytique. »

Elle s'est interrompue une nouvelle fois, ayant apparemment perdu le fil de ses pensées, mais a repris là où elle en était restée, les lèvres pincées selon son éternelle manie.

« Oui, obligée, forcée, monsieur Feary, condamnée, même, devrais-je dire. Condamnée à tout faire pour essayer d'empêcher les gens aussi sots que vous de commettre les incroyables stupidités qu'ils finissent cependant toujours par faire. »

Si ses paroles étaient définitives, il n'y avait cependant aucune agressivité en elle.

« Vous ne seriez pas aussi prévisible que vous me feriez rire, monsieur Feary. »

Tout cela était dit sans la moindre animosité, mais elle

n'y allait pas avec le dos de la cuillère. Elle ressemblait tout à fait à une précieuse ridicule qui aurait eu de la classe et du style, le genre de femme à l'entregent infernal qu'il est pratiquement impossible de contredire, icelle se considérant comme le dépositaire universel de la sagesse, les autres n'étant qu'une masse anonyme pataugeant dans l'ignorance la plus crasse. Mais il ne s'agissait pas tant chez elle de la manifestation d'un ego démesuré que du simple énoncé de la vérité, telle qu'elle la concevait.

J'ai commencé à parler de la maison, du froid et de la poussière qui y régnaient, des événements bizarres auxquels il m'avait été donné d'assister, mais elle a levé la main pour m'arrêter, la voix chargée de sarcasme.

« Laissez-moi d'abord vous dire deux mots, monsieur Feary. Quand j'en aurai terminé et que vous en aurez tiré la substantifique moelle, comme je suis certaine que vous ne manquerez pas de le faire, alors, vous pourrez dire tout ce que vous voudrez et chacun pourra retourner à ses petites affaires, tout comme si nous ne nous étions jamais rencontrés. »

Elle a marqué une légère pause, le temps de me signifier que les choses sérieuses allaient commencer.

« Bien ! Je ne vous cacherai pas qu'il est beaucoup plus agréable de discuter avec vous qu'avec votre ami. »

Elle a croisé les jambes et s'est penchée vers moi, les mains posées sur les genoux.

« Je n'ai qu'une seule chose à vous dire, monsieur Feary, alors écoutez bien : si vous voulez vous en sortir, faites très attention aux *p* et aux *q*. »

Déclaration des plus inopinées, assénée avec un sourire lapidaire.

« Euh... oui. Les... *p* et les *q* ?

— Je parie que vous allez me demander ce que tout ce charabia signifie ?

— Eh bien, je...

— Je vois que vous n'avez jamais travaillé dans l'imprimerie, monsieur Feary, sinon vous sauriez que les *p* et les *q* sont une seule et même lettre, seulement inversée, et qu'il est donc par conséquent très facile de les confondre.

— C'est là tout ce que vous aviez à me dire ?

— Une bonne maxime vaut mieux que cent discours, vous n'êtes pas d'accord ? Certes, je pourrais pérorer à n'en plus finir, si c'est ce que vous avez envie d'entendre. Je pourrais vous faire tout un discours sur *eux*. Et sur *nous*. Je pourrais vous dire que nous sommes absolument semblables à eux, même si nous en sommes très différents. Mais, écoutez plutôt ceci : la seule différence entre la vie et la mort est une modification d'ordre biologique. Ou bien préférez-vous ceci : tout comme l'homme n'est jamais que ce qu'il est, il ne sera jamais que ce qu'il a toujours été. Des perles dans ce genre-là, je pourrais vous en citer à profusion. Mais je n'ai plus le cœur à de tels enfantillages. Pourquoi faire des effets de style alors qu'au bout du compte tout peut se résumer en une seule phrase : Faites attention aux *p* et aux *q* ? Bien, toutes ces bonnes choses étant dites, vous pouvez maintenant disposer, je ne vous retiens plus.

— Mais il n'est pas question que je m'en aille ! »

Je ne mentais pas. Je ne voulais pas la quitter. J'aimais son personnage, l'image qui se dégageait d'elle. Elle était réelle, pleine de bon sens, même si ce dernier m'apparaissait des plus singuliers. La pièce pouvait soudain s'emplir de démons et de zombies ricanants, de monstres visqueux prêts à se jeter sur moi, elle saurait ce qu'il fallait faire pour les renvoyer au néant. Elle lèverait la main et s'écrierait, incarnation du courroux : « De quoi, de quoi ? Voulez-vous bien vous en aller ! » Et tout le monde s'en irait en s'excusant, la queue basse.

« Eh bien, restez, alors.

— Mais vous ne comprenez pas !

— Mais si, monsieur Feary, je vous comprends parfaitement. »

Elle a tendu brusquement la main vers la table basse, s'est emparée de la vieille balle de base-ball posée dessus, et, sans prévenir, me l'a lancée. J'ai réagi avec un temps de retard et la balle a failli m'échapper des mains.

« Qu'est-ce que c'est ?

— Une balle de base-ball.

— Je le vois bien, mais qu'est-ce que...

— Gerald est dedans. Gerald, c'est mon petit garçon.

— Pardon ? »

Une image absurde m'a traversé l'esprit, celle de Madeline pratiquant un trou dans la balle, injectant les cendres de son fils à l'intérieur et refermant soigneusement le trou.

« Vous voulez dire que c'est une urne ? Que ses cendres sont dedans ?

— Non. Il est dedans. À l'intérieur. Lancez-la moi, voulez-vous ? »

Une seconde, je me suis dit que nous allions jouer à nous faire des passes. Je lui ai renvoyé sa balle ; elle l'a récupérée et reposée violemment sur la table. Mon étonnement a dû se lire sur mon visage.

« Vous devez certainement penser que si Gerald était dedans, j'en prendrais autrement soin, je me trompe ?

— Nn-oon... Pas du tout. »

Mon mensonge a semblé la ravir.

« Je vous aime bien, monsieur Feary. Vous êtes poli, vous, au moins. Ce n'est pas le cas d'Abner. »

Elle a repris la balle et, sans me quitter des yeux, s'est mise à jongler avec, la faisant passer d'une main à l'autre.

« Oh ! quand Gerald était bébé, j'en prenais le plus grand soin, vous songez bien. Il m'arrivait de lui faire des chatouilles, ou de le lancer en l'air et de le rattraper dans mes bras. Mais, s'il tombait, naturellement, il se faisait mal, il était sujet à la douleur. Plus tard, j'ai dû plus d'une fois veiller sur lui, nuit et jour ; vous savez comme les enfants sont fragiles. Quand il a fait sa varicelle, j'ai bien cru que j'allais devenir folle. »

Elle a cessé de jongler avec la balle et l'a serrée dans sa main gauche.

« Mais il est mort, monsieur Feary, et je n'ai plus besoin de m'embarrasser de précautions. Ce n'est pas lorsqu'un homme est condamné à dix ans de prison qu'il faut se demander s'il va mal tourner. Il est trop tard ; les dés sont jetés. »

Elle a reposé la balle, plus doucement que la fois précédente.

« En d'autres termes, monsieur Feary, ce qui est fait est fait, il n'y a pas à y revenir. »

Je ne voyais pas où elle voulait en venir. Aussi intimidé qu'un gosse, je me suis entendu demander :

« Est-ce que je *dois* m'en aller ? »

Elle a hoché lentement la tête, s'excusant presque.

« À un moment ou un autre, il le faudra bien, de toute façon. Voyez-vous, je ne pourrais pas subvenir à vos besoins. Dites-moi si je me trompe, monsieur Feary, mais mon petit doigt me dit que vous ne seriez pas ennemi de rester dans mes jupes. »

J'ai rougi comme si elle m'avait surpris à voler.

« Non, non. Pas du tout. C'est juste que... que... »

Je ne savais plus où me mettre. Le sourire indulgent, Madeline semblait flattée d'une telle confusion.

« Vous pouvez rester aussi longtemps que vous le voudrez, monsieur Feary. Mais sachez que votre ami ne se trouve plus ici. Pas dans cette chambre, s'entend. »

Ramené brusquement à la réalité, je me suis rappelé la raison qui m'avait amené là.

« Oui... je le vois bien. »

De l'indulgence, son sourire est passé à la commisération, le genre de sourire qu'on lâche à l'écoute d'une plaisanterie éculée.

« Vous n'êtes pas aussi... intuitif que votre ami, monsieur Feary. Vous êtes plus courtois, c'est vrai. Mais loin d'être aussi intuitif. Vous ne voyez pas Gerald, n'est-ce pas ? Et pourtant, il est là... dans cette balle.

— Je suis censé vous croire sur parole, c'est ça ? »

Là, plus de commisération, mais de la condescendance, que dis-je, de la pitié.

« Oh ! que vous l'acceptiez ou non n'a réellement aucune importance, vous savez. »

Tout cela n'avait rien de la véhémence d'un article de foi, c'était simplement le fond de sa pensée.

« Il me semblait pourtant que vous en aviez assez vu, ces derniers jours, pour... comment disent les écrivains, déjà ? Ah ! oui, pour "suspendre au moins provisoirement vos sentiments bien naturels d'incrédulité".

— Je ne suis pas prêt à gober n'importe quelle ineptie, si c'est ce que vous voulez dire !

— Allons, allons, vous commencez à perdre votre sang-froid, monsieur Feary. Restez courtois : c'est là votre plus belle qualité. Pourquoi croyez-vous que les Japonais en sont là où ils sont aujourd'hui, sinon à cause de leur courtoisie ? Ne voilà-t-il pas en effet des gens qui poussent la courtoisie jusqu'à se supprimer eux-mêmes ? »

J'étais un véritable jouet entre ses mains.

« Bon, d'accord. Où est-il ? Où est Abner ?

— Monsieur Feary, vous savez aussi bien que moi qu'il est avec Phyllis. C'est ce qu'il a certainement dû vous dire. Non, il ne vous l'a pas dit ?

— Si !

— Vous savez donc où il est. Ou plutôt avec qui. Il ne vous reste plus qu'à trouver où est Phyllis. Si vous prenez soin de ne pas confondre les *p* et les *q*, ainsi que je vous l'ai déjà dit, en un mot si vous ne lâchez pas la proie pour l'ombre, alors, pour notre salut à tous, monsieur Feary, vous ne foncerez pas tête baissée sur le premier foulard rouge venu et ne détruirez pas l'équilibre extrêmement fragile qui existe entre leur monde et le nôtre. Je tremble encore de ce que vous avez fait à ces deux malheureux éboueurs, et mon cœur se serre à la pensée de cette pauvre femme en rouge qui a complètement perdu la tête pour vous. Peut-être vaudrait-il mieux que je vous dise tout de suite où se trouve Phyllis ? »

J'en étais sans voix.

« Comment savez-vous... Je veux dire, comment... ? »

Elle s'est laissée aller contre le dossier de son fauteuil, les mains à plat sur les accoudoirs, plus majestueuse qu'une reine.

« J'ai mes sources, monsieur Feary, j'ai mes sources. Voyez-vous, ces dernières dizaines d'années, j'ai bien peur qu'il n'y ait eu beaucoup trop de gens à pénétrer là où ils n'avaient rien à faire. Je ne sais d'ailleurs pas pourquoi ; peut-être le monde devient-il trop peuplé ? Trop de morts, monsieur Feary, trop de morts, mais aussi trop de vivants. »

J'ai voulu élever une objection, mais elle l'a balayée d'un geste.

« Quelle qu'en soit la raison, il existe d'autres personnes, des gens comme moi, des centaines, j'en suis sûre, qui se sont donné pour tâche de surveiller les allées et venues de... »

Pour la première fois depuis le début de notre entretien, elle a semblé chercher ses mots.

« ... J'allais dire de tout un chacun, mais ce n'est malheureusement pas le cas. Il y a encore des gens qui réussissent à passer au travers de... »

Les lèvres agitées de tics et son ample poitrine soulevée de bruyants soupirs, elle semblait de plus en plus nerveuse.

« Je suis désolée, monsieur Feary. Tout ça doit vous paraître bien embrouillé.

— Du tout. Je comprends parfaitement. »

Ce qui n'était évidemment qu'un pieux mensonge.

« Vous êtes si poli, monsieur Feary... (Chose qui à présent avait l'air de lui peser souverainement.) Je ne donne pas souvent de conseils, je me limite aux faits. Je dispense un enseignement, en quelque sorte, et je suppose que, parfois, je dois paraître terriblement pompeuse. Mais, moi qui ne donne jamais de conseils, je vais cependant vous en donner un. Oui, je vous conseille fortement de rester avec cette femme, comment s'appelle-t-elle, au juste ?

— Leslie ?

— Oui, Leslie. Épousez-la, ou vivez avec elle comme bon vous l'entendez ; je ne suis pas du genre à juger les gens sur leur façon de vivre. Achetez une maison, louez un appartement ou vivez sous une tente, peu importe. Soyez heureux, monsieur Feary. Vivez ! Vous verrez, dans très peu de temps, quelques mois, un an tout au plus, vos visions disparaîtront et vous pourrez de nouveau être simplement Sam Feary. Tel est mon conseil. Alors, prenez-le et décampez. »

CHAPITRE VINGT-SIX

Le conseil était bon, même si, sur l'instant, je ne voulais — ni d'ailleurs ne le pouvais — le suivre, phénomène dont Madeline n'a d'ailleurs pas été dupe. Soupirant une nouvelle fois, elle s'est excusée pour ce qu'elle a appelé son « impardonnable grossièreté ». Je l'ai remerciée pour la forme.

« Merci du conseil, en tout cas.

— Vous trouverez Abner et Phyllis dans le Vermont, dans un village proche de Burlington. Vous savez où c'est ?

— Le Vermont ?

— Burlington. Pour l'amour du ciel, procurez-vous une carte ! »

Je ne m'attendais pas du tout à une telle nouvelle.

« Êtes-vous en train de me dire que Phyllis et Abner... vivent ensemble ? Qu'ils cohabitent ? »

Elle a eu un petit sourire en coin.

« Oui... ils cohabitent, comme vous dites. »

Déclaration faite d'un ton mélancolique, presque rêveur. Bien que conscient d'ânonner des platitudes, j'ai cru utile d'élever une objection.

« Mais Phyllis est morte. Cette femme est morte ! Comment diable Abner et elles pourraient-ils vivre ensemble puisqu'elle n'est plus de ce monde ? C'est grotesque... stupide... »

Il devait y avoir un adjectif qui aurait mieux traduit ma pensée, mais il m'échappait totalement.

Cette fois, Madeline m'a gratifié d'une grimace de mépris.

« Les gens ne meurent *pas*, monsieur Feary. C'est le *corps*, qui meurt !

— Épargnez-moi votre philosophie de bazar, vous voulez ? Vous n'êtes pas en train de parler à... »

Il en fallait plus pour la démonter.

« Je n'ai nulle envie d'argumenter avec vous, monsieur Feary. Sachez simplement que le village dont je vous parle s'appelle Brookfield. Ils y ont une petite maison. C'est là qu'ils vivent, qu'ils... cohabitent. Puisque vous n'êtes manifestement pas du genre à écouter les conseils, je vous suggère de vous y rendre et de constater par vous-même la situation. Profitez-en donc, par la même occasion, pour ramener ici cet imbécile que vous avez le malheur d'avoir pour ami. Mais ramenez-le seul ! À présent, s'il vous plaît, allez-vous-en ! »

Je ne me le suis pas fait dire deux fois. Elle m'a arrêté au moment où j'allais franchir la porte.

« Encore une chose, monsieur Feary.

— Oui ?

— Je pensais être de taille à pouvoir m'occuper de quelqu'un comme M. DeGraff. »

Elle semblait vouloir s'excuser d'avoir failli à sa tâche.

« Art ?

— Oui. Mais cela s'est révélé être une erreur. Il a... Ah ! quel est le meilleur moyen d'exprimer ça ? Il a échappé à ma sphère d'influence, j'en ai bien peur. Ce sont des choses qui arrivent.

— Ce qui veut dire ?

— Faites très attention à lui.

— Pourquoi m'en voudrait-il ? Certes, il ne m'a jamais porté dans son cœur, mais...

— Je doute qu'il ait quoi que ce soit contre vous, monsieur Feary. Son seul mobile est la haine, une haine immense. C'est là sa seule motivation. Uniquement gouverné par cette haine qu'il lui faut à tout prix assouvir, ce n'est plus qu'un mort vivant. »

Elle a ménagé une pause pour me laisser le temps de méditer ses paroles, mais je n'y ai guère prêté attention ; sur le moment, j'ai cru qu'il s'agissait d'une tournure de phrase.

« Vous pouvez y aller, maintenant. »

L'entretien était clos.

Je sais que la chose paraît incroyable, mais figurez-vous que Leslie *applaudit* aux concerts du New York Philharmonic. Quand la représentation lui a plu et qu'elle est particulièrement satisfaite du spectacle, elle applaudit des deux mains et crie bravo ; des supporters d'une équipe de football ne montreraient pas plus d'enthousiasme à l'issue d'une rencontre. Évidemment, on se retourne pour la regarder. Les gens ont tout d'abord un mouvement de recul, déroutés par cette espèce d'écervelée qui applaudit à tout rompre, la malheureuse, puis, le premier moment de stupeur passé, ils la voient telle qu'elle est. Et tout malaise se dissipe. J'aime à croire que certains d'entre eux, la prochaine fois qu'ils viendront au Philharmonic et auront été satisfaits de l'interprétation, applaudiront eux aussi et crieront bravo. Mais j'en doute. Ils sont ce qu'ils sont, et Leslie est ce qu'elle est.

Contrairement à Leslie, bien des gens, chacun d'eux enfermé dans sa petite existence cloisonnée, se tiennent farouchement en marge de la vie.

Elle a de petites mains, très fines, des mains d'artiste, bien qu'elle nie être une artiste ou même avoir le moindre tempérament artistique. Je crois toutefois qu'elle a tort et n'a pas su se donner la chance qu'elle méritait.

Je me surprends souvent à regarder ses mains, surtout quand je les prends dans les miennes, si menues, si fragiles. Cela éveille des sentiments protecteurs en moi, bien qu'elle soit tout à fait le genre de femme qui n'ait besoin de personne pour la protéger. Quand je lui serre la main, au concert, par exemple, envahi par le simple bonheur d'être à ses côtés, et qu'elle répond à mon étreinte, je suis toujours étonné de sa force. Mais cela ne fait rien, lorsque je prends ses mains dans les miennes, ou quand elle pose la tête sur mon épaule, les yeux clos, je ressens le besoin de la protéger. Ce doit être cela la tendresse.

Je ne me suis pas mis tout de suite en route en quittant

Long Island. Je suis d'abord rentré chez moi pour prendre une douche et me raser. En sortant de la salle de bains, une serviette nouée autour des hanches, j'ai entendu des gloussements en provenance de la chambre, mais ne me suis pas retourné. Pourquoi prêter attention à ce qui pour moi n'avait aucune réalité ? D'ailleurs, sur le moment, les faits ont semblé me donner raison et tout ricanement a cessé d'un seul coup, tel un disque interrompu net.

J'ai appelé Leslie.

C'est son père qui m'a répondu.

« Monsieur Wirth ?

— Oui, Frank Wirth à l'appareil. »

Le ton posé, voire compassé, que lui arrivait-il donc ?

« Bonjour. Ici, Sam Feary. Est-ce que Leslie est là, s'il vous plaît ?

— Oui, une seconde. »

Quelques instants plus tard, j'ai eu Leslie à l'autre bout de la ligne.

« Sam ? Je ne m'attendais pas à avoir de tes nouvelles aussi tôt.

— Leslie, je t'appelle pour te dire que je vais partir pour quelques jours... Ton père va bien ? Il n'a pas l'air... au mieux de sa forme...

— Il est malade.

— Oh ! désolé. C'est sérieux ? »

Je me sentais complètement idiot de poser des questions pareilles.

« Oui. Très sérieux... Tu disais que tu allais partir quelques jours ? »

J'avais peut-être eu tort d'appeler. Leslie semblait étrangement peu loquace et je ne savais pas pourquoi. Était-elle préoccupée par la santé de son père, ou n'avait-elle tout simplement aucune envie d'entendre le son de ma voix ?

« Oui, quelques jours. Dans un endroit appelé Brookfield...

— J'espère que tu feras bon voyage, Sam.

— Merci... En fait, si je t'appelais, c'était parce que je me demandais si... »

Je n'ai même pas eu besoin de proposer mes offres de service.

« Non, Sam, je ne peux pas t'accompagner. Désolée. Mon père est très malade, comme je viens de te le dire, et j'ai bien peur que... »

Elle a laissé sa phrase en suspens, mais j'ai bien cru l'entendre renifler.

« Est-ce que ça va, Leslie ? »

Silence.

« Leslie ? Tu es toujours là ?

— Oui, excuse-moi. C'est son asthme. Ça lui arrive de temps en temps, mais cette fois-ci la crise a été sévère... Sam, j'aimerais beaucoup venir avec toi... vraiment, mais je ne peux pas le laisser tout seul, tu comprends.

— Bien sûr, bien sûr. J'espère qu'il va se rétablir le plus vite possible. Je l'aime bien. Enfin, il est bizarre, c'est vrai, mais...

— Merci, Sam. Rappelle-moi dès que tu seras de retour, d'accord ? »

Lorsque ces espèces d'ignobles ricanements ont recommencé, sans y penser, l'esprit ailleurs, je me suis tourné vers la porte de la chambre, restée ouverte. Les deux fillettes en taffetas rose étaient là, debout dans l'encoignure qui semblait être leur repaire de prédilection et babillant comme des bébés. Songeant à Madeline, j'ai agité la main dans leur direction pour les chasser.

« Allez-vous-en ! »

Caquetant comme des pipelettes, elles se sont arrachées du mur, la démarche saccadée, mi-marionnettes mi-danseuses orientales.

« Allez-vous-en ! »

La voix étranglée, retenant ma serviette de la main gauche, telle une jeune vierge effarouchée, l'esprit traversé de folles images de malheureux dévorés par de mignonnes petites poupées tout de rose vêtues, je ne devais pas constituer un obstacle bien redoutable. Leurs gloussements ont d'ailleurs redoublé d'intensité et le rythme de leurs petits pas apprêtés s'est accéléré.

« Allez-vous-en ! »

Mais elles ont continué à s'approcher, imperturbables et jacassant maintenant comme des perruches.

Un coup violent a retenti à la porte.

« C'est pas bientôt fini, là-dedans ! »

C'était Steve Gresham, mon voisin de palier. Rien n'aurait pu me faire plus plaisir. *Il les entend, lui aussi ! Il peut les entendre !*

« Ça va durer longtemps ? »

Les deux fillettes, se rapprochant toujours en traînant les pieds, étaient maintenant tout près de moi. J'aurais presque pu les toucher en tendant la main.

« Allez-vous-en !

— Feary, je vous préviens que si ça continue, j'appelle les flics ! Je vous jure que je vais le faire !

— Foutez le camp !

— D'accord, mais vous l'aurez voulu ! »

Je me suis alors rendu compte que ces deux horreurs en taffetas rose ne gloussaient ni ne ricanaient. Non, c'étaient des pleurs qui sortaient de leurs gorges, de tout petits sanglots de souris apeurées.

J'ai alors essayé la manière douce :

« S'il vous plaît, allez-vous en ! »

En fait de manière douce, j'ai pris conscience que j'étais en train de hurler depuis déjà un bon moment, de hurler comme je suppose qu'un homme doit hurler en tombant du quinzième étage. *Je vais m'écraser, je vais m'écraser, je vais m'écraser !*

La peur révèle en nous des mécanismes insoupçonnés ; elle nous rend en quelque sorte à nous-mêmes pour nous empêcher de nous désagréger.

Les deux fillettes ont tendu les bras et j'ai senti leurs doigts glacés se poser sur moi.

« Nooon ! »

Sans cesser un seul instant de piailler, ces deux bougresses m'ont pincé l'estomac, la poitrine, le visage ; un doigt, dur et froid, s'est enfoncé dans mon oreille.

J'ai fermé les yeux. Adieu la maison de campagne, adieu le couple d'une quarantaine d'années taillant ses rosiers, adieu le petit garçon jouant dans le jardin et pointant une inoffensive paire de pistolets à amorces sur tout ce qui bougeait.

Ce petit garçon, c'était moi.

Il a disparu aussi rapidement qu'il était apparu. Ainsi

que l'homme et la femme qui taillaient leurs rosiers. Et que la grande maison blanche.

« Hé ! Feary ! Feary ! »

Je me suis relevé, ayant du mal à tenir sur mes jambes.

« Bon Dieu ! Feary, qu'est-ce qui vous est arrivé ? »

C'était la voix de Steve Gresham.

« Allons, monsieur, reprenez-vous ! »

Avant même d'ouvrir les yeux, j'ai su que cette voix là, autoritaire, lasse et ennuyée, était celle d'un flic.

J'ai ouvert les yeux. C'était bien un flic, brun, le visage émacié, aussi grand que moi. Son écusson indiquait qu'il s'agissait du brigadier A. Luciano. Steve Gresham se tenait juste derrière lui. Steve est petit, rondouillard, le teint très mat. Nous lampons de concert quelques bières de temps à autre mais n'avons en fait pas grand-chose à nous dire. Quant au brigadier Luciano, je lui trouvais le sourire bien primesautier, pour un agent de la force publique.

« Si on s'habillait un peu, monsieur Feary ? »

La serviette sur les chevilles, j'étais nu comme un ver. Moi qui croyais que pudeur et nudité étaient choses bien dissemblables, je me suis empressé, les jambes encore flageolantes, de ramasser ma serviette pour m'en ceindre les reins.

« Euh... désolé pour tout ce bruit.

— Qu'est-ce qui vous est arrivé ? Une crise d'épilepsie, quelque chose comme ça ? »

Je dois dire que tant de sollicitude de la part d'un policier était plutôt réconfortant.

« Non... je ne crois pas. »

Steve Gresham, lui, avait des préoccupations beaucoup plus prosaïques.

« Qu'est-ce qui vous a pris de vous mettre à brailler comme ça comme un âne ? »

Je me voyais mal lui expliquer la chose.

« Rien. Je... je n'avais pas du tout l'intention d'ameuter tout l'immeuble.

— Voulez-vous que j'appelle une ambulance ? »

Décidément, heureusement que ce brigadier était là ; seul avec Steve Gresham, j'aurais eu droit au questionnaire complet.

« Non, merci. Pas d'ambulance. Ça va déjà beaucoup mieux. J'ai simplement besoin d'un peu de repos. Je comptais d'ailleurs prendre quelques jours de congés... »

J'ai finalement réussi à persuader Steve Gresham et le brigadier Luciano que j'étais parfaitement remis de mes émotions et qu'ils pouvaient me laisser seul.

Une fois seul, j'ai enfilé un jean et une chemise chaude, fait ma valise et quitté l'appartement. J'ai retiré la quasi-totalité de mon compte en banque — soit 240$ — au premier guichet automatique venu et, une demi-heure plus tard, j'étais en route pour Brookfield, Vermont, au volant de la Malibu fatiguée d'Abner.

DEUXIÈME PARTIE

UNE VIRÉE À LA CAMPAGNE

CHAPITRE VINGT-SEPT

C'est bizarre, mais bien des gens, même en des circonstances parfaitement normales, sont parfois persuadés d'être suivis — qu'ils soient paranoïaques ou jouent simplement à se faire peur. Jetant un coup d'œil à leur rétroviseur, ils aperçoivent soudain une voiture qui semble les suivre d'un peu trop près, sa vitesse apparemment calquée sur la leur ; de là à penser qu'ils sont pris en chasse, il n'y a qu'un pas. Bien souvent, ce qu'ils prennent pour une filature dure, tout au plus, deux ou trois minutes ; d'autre part, il n'est pas rare que deux personnes se rendent, sinon au même endroit, du moins dans la même direction. Peu importe, rien n'y fait ; le malaise s'est créé. Le ver est dans le fruit et voilà notre conducteur qui se demande tout à coup, riant de sa propre couardise mais sans pour autant en écarter totalement l'idée : *Ne serais-je point suivi, par hasard ?* Bien entendu, neuf fois sur dix, ce n'est qu'un quelconque Dugenou en balade qui ne tarde d'ailleurs pas à passer son chemin, la plupart des gens, sauf dans les feuilletons télé, ayant autre chose à faire que suivre leur prochain. Mais l'homme est ainsi fait qu'il aime à frissonner de temps à autre.

Telles étaient les idées qui m'occupaient l'esprit sur la route de Brookfield en cet après-midi du début du mois d'avril. Le ciel était d'un bleu immaculé et la journée était splendide. Je commençais à renaître, heureux de me sentir libre ; aussi longtemps que je conduirais et que le paysage continuerait à défiler régulièrement de chaque côté de la route, rien ne pourrait m'arriver. J'avais abaissé ma vitre et, le coude négligemment passé dehors, écoutais une station de Manhattan qui diffusait des vieux standards rock des années soixante. Libre comme l'air, j'avais décidé de me payer une petite virée à la campagne.

Je m'étais arrêté dans une station Texaco, juste à la frontière du Connecticut, pour faire le plein et acheter une carte. Le meilleur moyen de rallier Brookfield consistait d'abord à traverser les petites cités-dortoirs de la grande banlieue new-yorkaise, telles que Glenville, Riversville, South Wilton, Cannondale ou Norwalk, confortables petites villes dont la seule raison d'existence était que leurs habitants pouvaient aller travailler à New York sans être obligés d'y résider.

C'est au moment où je quittais Riversville, justement, sur l'étroite route à deux voies, la nationale 15, qui filait, toute droite, entre des successions de champs et de pinèdes, que j'ai aperçu une vieille Ford bleu foncé qui me suivait à quelque distance. Ce n'était naturellement pas la seule ; un fou furieux au volant d'une Chevette Scooter gris métallisé, en particulier, m'avait collé au train pendant près de deux kilomètres avant de me dépasser en plein virage comme un boulet de canon, forçant une camionnette qui arrivait en sens inverse à se rabattre en catastrophe sur le bas-côté.

« T'as vraiment rien dans le cigare, pauvre mec ! »

Ce diagnostic bien senti m'avait calmé les nerfs. C'était quelques minutes plus tard que la Ford bleue était apparue dans mon rétroviseur et que je m'étais dit : *Ne serais-je point suivi, par hasard ?*

Lorsque j'ai pris la Merrit Parkway, une rocade à quatre voies, pour contourner Norwalk et gagner la Route 7, qui allait me conduire tout droit jusqu'à Brookfield, j'ai perdu la Ford de vue dans le flot des banlieusards qui rentraient chez eux, leur journée de travail accomplie, mais, à peine engagé sur la Route 7, me dirigeant vers South Wilton, je l'ai de nouveau aperçue, me suivant à environ deux cents mètres.

« Ah ! on veut jouer au plus fin ? »

Deux kilomètres plus loin, j'ai tourné à droite au premier carrefour qui s'est présenté.

La Ford est restée sur la Route 7.

J'étais légèrement désappointé ; un peu de course-poursuite ne m'aurait pas déplu. J'ai continué à rouler jusqu'à un petit centre commercial où j'ai fait demi-tour pour regagner la Route 7.

J'ai croisé la Ford presque aussitôt, lancée comme une flèche ; la violence du déplacement d'air a été telle, avec ma vitre ouverte, que je me suis retrouvé couvert de poussière et de gravillons.

Surveillant le rétroviseur, je m'attendais presque à voir la Ford piler dans un grand crissement de pneus, mais elle a disparu dans un nuage de poussière. Le chauffeur, un cinglé, de toute évidence, devait être le cousin du ravagé qui pilotait la Chevette métallisée. Tout bien réfléchi, en cette belle journée de printemps, il était peut-être préférable d'éviter les excités du volant.

Je n'ai pas revu la Ford avant la traversée de Kent Furnace, Connecticut. Cette fois, elle est venue se placer à seulement une cinquantaine de mètres derrière moi, de sorte que le capot emplissait toute la largeur de la lunette arrière, monstrueux museau peinturluré de bleu marine. Pour la première fois, j'ai également pu me faire une vague idée du conducteur, un homme légèrement voûté, quelqu'un de plus grand que la moyenne, en tout cas, car, même ainsi couché sur le volant, le haut de son crâne n'était pas visible, caché par le bord du pare-brise.

À South Canaan, à une quinzaine de kilomètres de la limite du Massachusetts, toujours sur la Route 7, j'ai perdu la Ford de vue. Il était un peu plus de dix-sept heures. J'ai décidé de m'arrêter là, ayant aperçu un petit restaurant typique, appelé, bizarrement, *La Bouillotte*, sans doute à cause de l'ambiance chaleureuse.

Inutile de dire que lorsque je suis entré, j'ai été dévisagé de la tête aux pieds par deux indigènes en vestons de chasse rouges à carreaux et casquettes de base-ball, apparemment installés à demeure dans un des boxes du fond de la salle. L'ameublement était des plus rustiques et ne comprenait, outre les trois boxes du fond, profonds comme des stalles d'église, qu'une demi-douzaine de petites tables rondes, dépourvues de nappes mais chacune munie de trois chaises campagnardes en pin, et un comptoir de bois noir flanqué, lui, de cinq ou six tabourets tournants à l'assise en rotin. Le tout semblait sortir tout droit d'un catalogue de vente par correspondance du milieu des années soixante.

Je me suis installé au comptoir. Les lieux étaient vides, à l'exception des deux chasseurs. Une serveuse, une fille solide au teint rubicond, frisée comme un mouton (ses boucles blond-roux emprisonnées dans un filet) et aux petits yeux verts, vifs et pétillants d'amabilité, s'est aussitôt présentée.

« Qu'é-t-ou qu'j'pourrions faire pour vous ? »

Je n'ai pu m'empêcher de sourire, n'ayant pas entendu une telle phrase (toutefois nettement moins écorchée) depuis ma jeunesse, à Bangor.

« J'aimerais voir la carte, s'il vous plaît. »

Elle a secoué la tête, l'œil radieux.

« O y aviant point d'carte, ici. »

Mais un tableau noir gribouillé à la craie verte, au-dessus de la machine à crèmes glacées.

« L'plat do jour, o l'étant d'la chaudrée, d'la chaudrée de palourdes, d'la vraie, comme on la faisant chez nous. J'vous z'en mettans-t-y une assiettée ? »

J'ai examiné le tableau, barbouillé de grandes lettres d'un vert agressif. *Véritable chaudrée. Palourdes du jour ! 1$ 5O la portion, 2$ 50 l'assiettée.*

« Sans vous offenser, la palourde, moi je la préfère avec une sauce épicée. »

Elle a sorti son bloc de sous le comptoir et, le crayon posé dessus, m'a regardé comme on fait les gros yeux à un enfant qui ne sait pas ce qu'il dit.

« O m'ferions mal qu'vous z'aimeriez point la véritab' chaudrée comme on la faisant chez nous. D'ailleurs, j'étions tranquille, si vous zou aimiez point, o serait pour la maison, j'pouvons point vous dire mieux.

— Pouvez z'y aller sans crainte. Florence zou a faite pas plus tard quess' matin. »

Je me suis retourné sur mon tabouret. L'un des chasseurs, hilare, me souriait de toutes ses gencives (Bah ! o y avant ben longtemps qu'j'avions perdu toutes nos dents.) Je lui ai rendu son sourire, puis, ayant émis sorte de vague grognement que j'espérais amical (l'amitié spontanément offerte étant une denrée des plus suspectes dans une ville comme New York), me suis résigné au diktat de l'accorte Florence.

« Allons-y pour la chaudrée, alors.

— Café, itou ?

— Lait.

— Café au lait. Un grand, un p'tit ?

— Grand, s'il vous plaît.

— Pouvez z'y aller sans crainte, l'avant été tiré pas plus tard quess' matin ! »

C'était encore mon chasseur, toujours aussi hilare et nullement gêné par l'absence complète de dentition. Son ami, le sourire tout aussi édenté, lui ressemblait de façon tellement frappante que je n'ai pu m'empêcher de demander à Florence :

« Jumeaux ? »

Vigoureux hochement de tête, l'œil plus brillant qu'une constellation par ciel dégagé. Florence n'aurait pas été plus heureuse si j'avais gagné le gros lot de la frairie locale.

« O l'étant les drôles à la Haislip. Trippe et Ryan. Faut vous dire que la drôlesse des Haislip, leur pauv' mère, a tenait bein mieux sur le dos qu'une bique sur ses cornes. Comme, à l'époque, a fricotait avec deux gendarmes, le drôle des Trippe et pis çui des Ryan, et qu'a l'auré été sérieusement en peine de dire qui c'est qu'étiant le père d'ses deux drôles, eh ben a leur a donné le nom de chacun comme prénom. O l'était pour éviter les jalousetés, vous zou comprenez. Et qu'é tou qu'vous prendrez avec c'te chaudrée ?

— Un croque-monsieur. Pain complet, si possible... C'est une histoire fascinante. »

Ses yeux ont pétillé de contentement.

« Oh ! mais, j'racontons qu'des histoires fascinantes. Pas vrai, les gars ? »

Trippe et Ryan, qui n'avaient pas perdu une miette de notre conversation, se sont esclaffés bruyamment.

« Ça, o l'étant bein vrai, la Florence ! »

Il y avait cependant une ombre au tableau.

« J'avions point d'pain complet, seulement d'l'honnête pain d'froment. Et pis du pain d'seigle. Du sarrasin, itou, si des fois o vous tentait.

— Allons-y pour le sarrasin. »

Réponse qui n'aurait pu mieux enchanter Florence.

« Z'étes un jeune homme bein poli, savez. »

Elle a disparu en direction de la cuisine.

Dans mon dos, un des fils Haislip a demandé :

« O l'étant t'ou pas à vous, quelle Malibu qu'étant garée la-bas ? »

Je me suis tourné vers l'entrée de l'établissement.

« Oui, oui, c'est la mienne.

— Ben, moi, à vot' piace, j'irions y faire un tour. Pass'qu'o y avait quéqu'un qu'aviant l'air d's'y intéresser rudement.

— Quelqu'un ? »

Les fils Haislip se sont mis en quatre pour me décrire le rôdeur.

« Un gros lard.

— Même que j'l'aurions ben échangé contre not'goret ! »

Putain, encore ce mec à la Ford ! Je me suis précipité à la porte, mais n'ai rien aperçu de suspect. Quelques véhicules passaient lentement dans l'étroite rue principale. Un vieux couple, main dans la main, entrait dans la droguerie, en face du restaurant. Une jeune femme, un sac plein de provisions dans les bras et son bébé arrimé sur le dos, sortait de la supérette qui jouxtait la droguerie. Mais il n'y avait pas d'individu suspect tournant autour de la Malibu, pas de Ford bleue non plus.

J'ai fait un pas au-dehors, retenant la porte du bras, et inspecté les deux côtés de la rue. Rien en vue. Un bien étrange discours s'est établi dans mon dos :

« Et c'te putain de drôlesse qu'avant foutu son chat dans le frigo pass'qu'y faisiant trop chaud, t'allans tout de même pas me dire ! Faut zou dire qu'y deviant pas faire loin de quarante, c'te journée-là. Évidemment, a z'y a plus pensé, à que chat. O l'étant la mère qui l'avant trouvé. J'l'avans vue l'aut'jour, a m'a dit qu'o l'étant épouvantab'. À bein z'y réfléchir, o devant faire l'effet d'être enterré vivant, tu zou croyans pas, Ryan ? Sauf qu'o devant être moins marrant. »

Les jumeaux Haislip étaient juste derrière moi, attendant apparemment que je veuille bien dégager le passage. Ils se sont extasiés sur la Chevrolet.

« Ah ! O l'étiant quand même de la jolie mécanique, qué les vieilles Malibu.

— Sûr. »

Je les ai observés s'éloigner un instant puis suis rentré déguster mon croque-monsieur et ma chaudrée.

Une demi-heure plus tard, je franchissais enfin les limites du Massachusetts, roulant en direction d'une ville appelée Ashley Falls. Une barre sur l'estomac, régulièrement secoué de haut-le-cœur, j'avais des renvois de « véritab' chaudrée comme on la faisant chez nous », chose fort désagréable. (La chaudrée semblait avoir été bien assaisonnée, la sauce n'était pas trop épaisse, les pommes de terre et les palourdes semblaient avoir été cuites à point, et je n'avais pas trouvé le brouet trop mauvais, y étant de toute façon bien obligé, avec Florence qui ne cessait de guetter ma réaction des yeux, attendant un compliment à la mesure de l'excellence de sa tambouille. Mais cette chaudrée éminemment régionale dégageait le même fumet de petite fille qui se néglige qui régnait sur la grève devant la maison d'Abner. Au bout d'un moment, force m'avait été de déclarer : « Mmmhuum, c'est très bon, Florence, délicieux ! » Charmée, elle m'avait chaudement remercié et était retournée vaquer en cuisine.)

La Route 7, de South Canaan à Ashley Falls, était assez agréable, mais très étroite et aussi tortueuse que la pensée d'un avocat. Il y avait en fait tellement de tournants et de virages que les autorités du Massachusetts, sans doute soucieuses des deniers publics, avaient apparemment depuis longtemps renoncé à planter des panneaux sur l'accotement pour les signaler tous. Peu à peu, les panneaux ont même fini par disparaître complètement ; il devenait de plus en plus hasardeux de prédire l'état de la route au-delà de cinq cents mètres et j'avais dû réduire ma vitesse de quatre-vingt-dix à un gros soixante.

Je venais juste de négocier un virage à gauche à la courbe extrêmement prononcée — et avais noté avec joie que la route semblait redevenir droite sur près d'un kilomètre — quand j'ai aperçu la Ford bleue dans mon rétroviseur, me suivant à une cinquantaine de mètres.

Les lueurs rasantes de la fin de l'après-midi rendaient son pare-brise opaque, mais, la route longeant à un moment donné une rangée de grands arbres qui a fait écran au soleil, j'ai pu me rendre compte qu'il y avait en réalité plusieurs occupants à l'intérieur — deux à l'avant et deux à l'arrière.

Puis les arbres ont disparu et le pare-brise est redevenu un miroir aveuglant.

CHAPITRE VINGT-HUIT

À peine passé le rideau d'arbres, à moins d'une dizaine de kilomètres d'Ashley Falls, la Malibu a commencé à faire des siennes. J'ai d'abord entendu un bruit dans le moteur ; toute notion de mécanique m'étant étrangère, je me suis dit aussitôt : « Merde ! j'ai coulé une bielle ! » Je ne savais évidemment ni ce qu'était une bielle, ni où une telle chose pouvait avoir l'outrecuidance de se loger, ni encore moins à quoi elle pouvait servir. Pour moi, l'expression « couler une bielle » était une de ces âneries dont se servent les imbéciles lorsqu'ils veulent paraître au parfum.

Le cliquetis est rapidement devenu un claquement de plus en plus asthmatique. La Malibu a commencé à brouter et à tousser, puis le régime s'est mis à baisser inexorablement, passant de cinquante à trente-cinq, puis à vingt-cinq, stade où il s'est définitivement bloqué, alors que j'appuyais pourtant comme un fou sur la pédale de l'accélérateur. La Ford était toujours derrière moi, à cinquante mètres très exactement.

Je me suis rangé sur le côté et j'ai coupé le contact. Que pouvais-je faire d'autre ?

La Ford m'a doublé en trombe, le moteur rugissant, comme si le conducteur était enfin heureux d'être débarrassé d'un escargot tel que moi. Je n'ai pas pu m'empêcher de lui faire un bras d'honneur. Si seulement il pouvait aller s'empaffer la Chevette Scooter gris métallisé !

Je me suis senti mieux, même si, emporté par mon

ardeur, quelques vieux relents de chaudrée mal digérée me sont remontés au fond de la gorge, ce qui m'a fait cracher un bon moment dans l'espoir de m'ôter ce goût infect de la bouche.

« O m'étonnerait qu'vous zou en pourlécheriez point les babines, m'avait dit Florence en me tendant sa spécialité régionale par-dessus le comptoir. Moi, o l'étant ben simple, j'en mangerions sur la tête d'un lépreux ! »

Je me suis résigné à ouvrir le capot de la Malibu et, dans la lumière faiblissante de la fin de l'après-midi, j'ai mentalement fait l'inventaire des merveilles rassemblées là en aussi peu d'espace : courroie du ventilateur, dynamo, carburateur, radiateur, petit bidule tubulaire noir dépassant du carter que je supposais être, très fier de moi, la valve de contrôle de pollution (sur une Malibu de 1968...) Renseignements pris, il s'agit d'une vulgaire soupape de vidange d'huile. J'avais arrêté le moteur, mais il valait peut-être mieux le laisser tourner pour essayer de déterminer d'où pouvait bien provenir cette panne. J'ai donc remis le contact, lancé le démarreur et suis revenu me pencher sur les entrailles de la voiture. Un grand bruit de marteau provenait du bloc-cylindres.

« Nom de Dieu, y a pas, c'est une bielle !

— Mais non ! O l'étant point une bielle, mon pauvre ami. O l'étant vot' convertisseur d'couple, tout simplement. »

Je me suis retourné d'un bond, le cœur battant. Un grand bonhomme mince, les yeux bleus, sourire épanoui et vêtu d'une salopette pleine de graisse et d'une chemise beige, la cinquantaine passée, se tenait juste derrière moi.

« O l'étant vot' convertisseur d'couple.

— Un convertisseur de couple ? Qu'est-ce que c'est que ça, grands dieux ?

— O l'aidant votre char à rouler, pardi ! Plus de convertisseur, plus de vilebrequin. O l'étant comme si vos roues pouviant pu rouler.

— Oh... »

J'étais dans de beaux draps. Une vieille camionnette Dodge était garée juste derrière lui sur l'accotement.

« C'est une grosse réparation ? »

Il s'est longuement frotté le menton, bleui de barbe, semblant se livrer à des calculs savants.

« Non, o l'étant trois fois reun... mais o l'étant pas donné.

— Ah ? Et ça irait chercher dans les combien ?

— M'est avis qu'vous avez envie de r'partir le plus vite possib', pas vrai ? J'm'appelons Anton Kenney. »

Prénom que ce brave homme ne prononçait pas Antonne, mais Antouane, comme Antoine à la française. Je lui ai serré la main avec effusion.

« Je m'appelle Sam Feary. Euh... à vrai dire, je suis plutôt désargenté, en ce moment, monsieur Kenney.

— Antoine. Laissez donc, j'allons m'occuper d'ça. D'main matin, j'vous zou garantis, votre voiture, a sera comme neuve. »

Comment aller contre tant d'assurance ?

Il a manœuvré sa camionnette, en fait une dépanneuse avec un timon de remorque, pour venir la placer juste devant la Malibu, et, dix minutes plus tard, toutes mes tentatives d'entamer la conversation ne s'étant soldées que par de vagues grognements, nous entrions dans Ashley Falls.

La ville ressemblait fort à South Canaan. Il y avait une droguerie — qui n'était pas la droguerie de South Canaan, mais la droguerie d'Ashley Falls —, flanquée d'une supérette à la même enseigne que celle de South Canaan, un salon de beauté, un hôtel — l'Hôtel d'Ashley Falls, installé dans une grande maison victorienne blanche — et une petite gargote pittoresque appelée, cette fois, *Le Pousse-Café*.

Anton s'est engagé dans le village, a tourné à gauche dans ce qui semblait apparemment être la seule rue transversale du bourg, la rue Gâte-Bourses (au pluriel, je m'y suis pris à deux fois pour bien regarder la plaque, ayant peur d'avoir eu la berlue), et s'est arrêté deux cents mètres plus loin devant un bâtiment de béton blanc avec une enseigne, *Chez Anton, Garage*, peinte à la main en grandes lettres noires. Il est allé ouvrir la porte, a repris sa place derrière le volant, puis, après une savante manœuvre pour présenter la dépanneuse par l'arrière, a reculé lentement jusqu'au fond du garage tout en sifflotant une petite chanson.

« Eh bien merci, Anton, voilà une bonne chose de faite.

— Antoine. Comme pour Antoinette, voyez, mais vous zou dites point jusqu'à la fin.

— Antoine.

— O l'étant ça même. »

Il a décroché la Malibu, refermé la porte et m'a conduit jusqu'à la maison, un bâtiment d'un étage se dressant tout à côté du garage. Les bardeaux de la façade, jadis blancs, auraient eu besoin d'un sérieux coup de peinture.

Nous sommes entrés par le côté dans une petite souillarde où il a ôté ses bottes maculées de terre, puis dans une cuisine, où une femme (qu'il m'a présentée comme : « O l'étant ma femme ») était en train d'éplucher des pommes de terre sous le robinet ouvert d'un évier de faïence blanc ébréché. Grande et mince, elle aussi, avec des cheveux bruns et des yeux bleus, elle aurait tout aussi bien pu être sa sœur jumelle que son épouse.

« Bonsoir, madame Kenney. »

Elle a hoché la tête et m'a rendu mon bonsoir d'une petite voix timide, comme si sa présence, si agaçante fût-elle, était néanmoins indispensable. Que je n'y prête surtout pas attention. Antoine n'a guère été très prolixe non plus pour expliquer ma présence.

« Voici Sam. Il avant eu un pépin avec sa Malibu.

— Un pépin avec sa Malibu, oh ! »

D'un geste, Antoine m'a désigné la table de bois peinte en blanc et les trois chaises qui occupaient le centre de la pièce.

« Prenez donc une chaise ; posez-y donc votre dârrière. »

Je me suis assis, imité par Antoine. Imperturbable, Mme Kenney a continué à éplucher ses pommes de terre au-dessus de son évier.

« Il me semble avoir aperçu un hôtel tout à... »

Antoine s'est offusqué.

« Z'allez rester là quelle nuit. O l'étant point question qu'vous couchiez ailleurs. »

Mme Kenney s'est montrée aussi catégorique.

« Oh ! là, non !

— Merci, Antoine. Comme je vous le disais, je ne suis pas très en fonds en ce moment, mais...

— D'l'argent ? Qui c'est-y qu'en avant, d'nos jours ? Et pis, d'tout' façon, j'attachons point grande importance à l'argent, nous z'autres. Pour ce qu'o nous z'avant rapporté de *bon*, les sous !

— Ah ? »

C'est Mme Kenney qui a répondu.

« O l'avant tout d'même permis d'acheter ma robe de mariée. O fallant tout de même dire ce qui étant, Antoine. »

À part la table et les trois chaises, branlantes, la cuisine était vide et nue. De chaque côté et au-dessus de l'évier où Mme Kenney épluchait inlassablement ses pommes de terre, il y avait un groupe de trois placards de bois peint en blanc. Comme la façade de la maison, tous auraient supporté un bon coup de pinceau ; en nombre d'endroits, la couche précédente, vert pâle, apparaissait nettement ; bizarrement, criblés de centaines de minuscules impacts, ils semblaient avoir servi de cibles à d'innombrables parties de fléchettes. Sous le plan de travail perpendiculaire à l'évier et recouvert, encore plus bizarrement, du même papier imitation chêne collé sur les portes de la maison de Long Island, une autre série de placards semblables était elle aussi criblée d'une myriade de petits trous.

Le sol était recouvert d'un vieux Balatum beige, rouge, vert et bleu.

« Miteux, hein ? »

J'ai regardé Antoine d'un air ahuri.

« Miteux ?

— Les placards. Dirait-on point qui z'avant l'air complètement détériorés ? »

Je ne comprenais vraiment pas où il voulait en venir, d'autant qu'il semblait positivement ravi de posséder un mobilier tout juste bon à jeter à la décharge.

« Euh, oui, mais...

— J'les avons faits nous-même. O suffit d'zou piquer avec une pointe et d'zou badigeonner d'un peu de peinture. »

J'ai examiné une nouvelle fois toute la série de placards.

« Une pointe et un peu de peinture, oui... je vois... Vous êtes un artiste dans votre genre, Antoine. »

Entre deux pommes de terre, les mains sous l'eau, Mme Kenney s'est tournée vers son mari, pas peu fière de son artiste d'Antoine, l'homme qui vous salopait un placard en deux temps trois mouvements pour lui donner cent ans d'âge.

« O leur donnant un p'tit air ancien, d'la *platine*, quoi. Pass'que la maison étant point si vieille qu'o zou paraissant. O l'étant-y point vrai, Antoine ?

— Tout à fait, ma bounne. »

Mais où étais-je tombé ?

« Oui, oui, oui... »

Combien de pommes de terre cette brave Mme Kenney, qui me souriait par-dessus son épaule, les mains sous le robinet qui ne cessait de couler, avait-elle déjà épluchées ?

Vous soupez avec nous, Sam, rein que pour goûter les patates, des vraies, comme on les faisant chez nous. »

Il était difficile, lorsqu'elle parlait, de se concentrer sur autre chose que sa bouche, une grande bouche aux lèvres charnues peintes d'un rouge vif orangé sur lequel se reflétait la lumière du néon allumé au-dessus de l'évier.

« Euh... merci. Ça me ferait très plaisir, mais... »

Antoine m'a alors posé une drôle de question :

« O l'étant-y que j'vous rendrions nerveux, Sam ?

— Pas du tout, pas du tout !

— O l'étant bizarre, pass'qu'en général, j'rendions tout le monde nerveux. O faut dire qu'des fois, o l'étant même nous z'autres qu'on se rendant nerveux. Incroyab', non ? »

D'ailleurs, pour me montrer qu'il ne plaisantait pas, il a pris sa femme à témoin :

« Hein qu'o l'étant vrai ? »

Mais on ne dérange pas la maîtresse de maison occupée à concocter le repas du soir, repas apparemment uniquement composé de pommes de terre qu'elle faisait tomber une à une dans l'énorme faitout plein d'eau posé à côté de l'évier.

« Avec dau chou, o serait tout de même bein meilleur. Un p'tit morceau de jambon, itou, p'têt' ? Qu'é tou qu't'en dirais, Antoine, o serait-y point mieux avec une p'tite tranche de jambon ? »

Anton a vigoureusement opiné du chef, alléché par la perspective.

« J'avons tué le goret pas plus tard que la semaine dernière. »

Comme les frères Haislip, détail que je n'avais pas encore remarqué, il n'avait plus une seule dent.

« J'l'avons tué nous-même, vouais. Lucille qu'a s'appelait. Vouais, o l'étant comme ça qu'elle s'appelait, quelle grosse treue. Lucille. J'l'avions... »

Il a lancé un regard interrogateur à sa femme.

« Combein de temps déjà que j'l'avons gardée, la Lucille ? Oh ! vingt bounnes années, pour sûr. »

Mme Kenney a eu un sourire attendri, presque aussi édenté que celui de son mari. Ses gencives chlorotiques paraissaient d'un blanc malsain, en comparaison avec ses lèvres barbouillées d'orange.

« Comment voulans-tu qu'jou sachions, Antoine ! O l'étiant *ta* treue. Comment voulans-tu qu'j'ou sachions soun âge, à *ta* putain de treue ? »

Ils étaient charmants, tous les deux.

« Lucille... Joli nom, pour une truie.

— Jolie treue, itou. »

Ce à quoi Mme Kenney a fait chorus.

« Oh ! ça, j'devons dire qu'a l'avé pas qu'la peau sur les os, c'te grosse fumelle.

— J'connaissons même rein de meilleur à se mettre sous les badigoinces, sauf bein sûr...

— Arrête donc, vieux goret ! »

Mme Kenney n'avait pas l'air de plaisanter sur le chapitre de la gaudriole. Je croyais moi aussi qu'Antoine avait voulu faire une allusion salace, mais j'avais tort. Il s'est levé brusquement.

« Bon, le Sam, si vous veniez m'aider à zou tuer ?

— Tuer ? Mais... vous aider à tuer quoi ?

— Bein, le goret, pardi ! Si vous en voulez, o faut m'aider à zou tuer ! O l'étant la façon dont j'avons toujours vu les choses.

— Vvouais, o l'étant sa devise, à l'Antoine. »

Saisie d'un doute quant à l'antiquité du phénomène, Mme Kenney en a même un instant cessé de « lever la piâ » de la pomme de terre qu'elle était en train d'éplucher.

« Depuis combein d'temps qu'o l'étant ta devise, Antoine ?

— Oh ! dau vivant d'mon défunt père, déjà...

— Voyez qu'o l'étant point de première jeunesse !

— Mais qu'est-ce que vous voulez faire avec ce cochon ? »

Antoine a eu un large sourire, savourant déjà les mille et une étapes de la mise à mort de la bête.

« Bein, zou tuer, tiens ! »

Une patate est tombée dans le faitout. *Plop !*

« Mais je croyais... Je croyais que vous l'aviez déjà tué ? »

Anton a eu l'air désarçonné, un court instant, et a frotté son menton rugueux avec sa grosse main calleuse, apparemment plongé dans des abîmes de perplexité. Mal à l'aise, je commençais néanmoins à reprendre espoir.

« J'vous zou avons dit ça ? P't-êt'bein, après tout, p't-êt'bein qu'vous avez raison.

— Alors, si vous avez déjà tué ce cochon... vous n'avez pas besoin de le faire une deuxième fois. »

Anton a lentement secoué la tête avec un petit sourire navré, un de ces sourires de commisération qu'ont les gens de la campagne pour ceux de la ville lorsqu'ils vont enfin leur révéler une de ces vérités éternelles qui ont tant de mal à se frayer un chemin dans le crâne obtus des citadins.

« Vous savez qué les gorets, o l'étant comme les jaux...

— Les poulets, Antoine, les poulets ! Tu savans bein qu'monsieur saviant point c'qu'étant un jau.

— Ouais, poules ou jaux, o l'étant do pareil au même, qué les bestiaux. Z'avez beau zou leur couper la tête, neuf fois sur dix, o continue à batifoler comme fumelle au printemps. Eh bein, la goraille, o l'étant pareil. Vous zou leur coupez la tête, mais o l'étant comme si vous z'aviez rein fait ; o l'avant un pirail pire que le Diab', qué les bestioles-là ; o l'étant plus vifs que des chevrettes. Même sans tête, faut voir comme o galopant jusqu'au tas de fumier pour z'y chercher leur pitance. Pouvez point savoir comme o l'étant vorace, surtout quand o l'avant plus de tête, d'ailleurs : à croire qu'a sentant qu'a z'en avant plus pour bein longtemps ! Pas vrai ?

— O y avant des fois où o l'étant *épouvantab' !* »

Plop ! Une autre patate.

« Vous êtes en train de me faire marcher, c'est ça ? »

« J'plaisantons jamais dès qu'o s'agit de ce qu'y avant dans l'assiette. Dau vivant d'mon défunt père, p'têt', mais plus maint'nant. »

Une espèce de ronflement bas et continu a retenti au-dehors. Se rapprochant de plus en plus, le bruit est rapidement devenu un grondement. Antoine a bondi brusquement sur ses pieds, s'est rué jusqu'à un placard et, les yeux chavirés, prêt pour l'hallali, en a sorti une hache à long manche.

« O l'étant quelle vieille Lucille ! Ah ! cré bon Dieu, j'sentons qu'j'allons point pleurer ! »

CHAPITRE VINGT-NEUF

Les yeux comme deux ronds de flanc, je me refusais encore à y croire.

« Vous plaisantez, j'espère ? »

Il a jeté sa gigantesque hache sur son épaule, tel le bûcheron allant abattre son chêne avec sa cognée, et a lâché un bon gros rire goguenard.

« J'avions-t-y l'air de piaisanter ? »

Pour preuve, Mme Kenney, la mine grave, les lèvres serrées, n'aurait pas fait une autre tête à un enterrement.

« Mon houmme piaisantant jamais.

— Sûr que j'piaisantons jamais ! »

Les grognements étaient maintenant tout proches, juste de l'autre côté de la porte de la souillarde. Une grêle de coups s'est abattue sur la porte. Là, j'avoue avoir connu la peur de ma vie.

« Mon Dieu ! »

Antoine m'a rassuré.

« O l'étant point la peine d'avoir peur ; a voulant juste s'amuser.

— Hein ? !

— Dau calme, Matthew ! »

Les coups et les grognements qui retentissaient de l'autre côté de la porte n'ont pas cessé pour autant.

« Il étant à nous, à c't'heure ! »

Avec le vacarme qui régnait au-dehors, il aurait fallu qu'il élève autrement la voix.

« Matthew ! Pisque je te disions qu'il étant à nous ! »

Coups et grognements ont continué de plus belle, ce qui a eu le don de mettre Antoine en colère.

« 'Fid' garce ! »

Même Mme Kenney semblait trouver que la mesure était comble.

« 'Fid' garce ! »

Plop ! Une autre patate est chue (pardon, a cheu) dans le faitout. Quant à moi, je ne savais vraiment plus à quel saint me vouer. Antoine est passé dans la souillarde.

« Matthew ! O l'étant pas bientôt fini, que raffut ? Je t'avons dit d'arrêter ! »

Plop ! L'enfer pouvait bien se déchaîner contre sa porte, Mme Kenney, elle, épluchait ses pommes de terre. Ce bruit continuel avait quelque chose d'incongru au milieu du concert de grognements et de couinements dont j'avais maintenant l'impression qu'il cernait la maison de tous côtés.

« Matthew, arrête, cré bordel ! Cré bon Dieu ! t'allans-t'y pas t'arrêter ? ! »

Un silence de plomb, irréel, s'est fait immédiatement.

Plop !

« O devant bein en faire une bounne douzaine. Z'aimez les patates, au moins ?

— Hein ? »

Une douzaine ? Comme les battements de mon cœur, je ne les avais pas comptées, mais il y avait longtemps que cette pauvre Mme Kenney avait déjà dû dépasser la douzaine.

Plop !

« Treize, qu'o nous z'en fait !

— *Suur-prise !* »

À la vue des trois visages surgis de la souillarde, l'un au-dessus de l'autre dans l'encadrement de la porte, j'ai fait un véritable bond sur ma chaise et dû me raccrocher en catastrophe au bord de la table pour ne pas tomber : tout en bas, la trogne hilare et bleuie de barbe d'Antoine ; au-dessus, un autre visage, masculin lui aussi, mince, brun et aux yeux bleus, sosie de celui d'Antoine, la seule différence étant un vieux bout de cigare que l'inconnu mâchonnait entre ses lèvres décolorées ; et, encore au-dessus, posé sur les deux autres, un énorme groin rose aux yeux torves, une monstrueuse tête de porc.

« Dieu tout-puissant ! »

L'ignoble hure verruqueuse a disparu dans la souillarde, puis est réapparue une seconde plus tard... dans les mains d'une femme d'une cinquantaine d'années vêtue d'une salopette et d'une chemise beige. Mince, les cheveux bruns, les yeux bleus, elle ressemblait étonnamment à Antoine et à sa femme, ainsi qu'à l'homme au cigare.

Antoine et l'homme au cigare sont venus se planter à côté de la femme, comme des acteurs de théâtre à la fin d'une pièce. Antoine ne se tenait plus de joie.

« J'vous avons-t-y fait peur ? »

— Euh... je crois que je vais m'en aller. J'ai encore beaucoup de route à faire et... »

Mais, pour Antoine, ulcéré, l'hospitalité était chose sacrée à laquelle il n'était pas question de déroger.

« Allons, allons. J'avons juste voulu s'amuser un peu, quoi ! O fallant point partir à cause d'une peccadille pareille ! »

Plop !

« J'en avons bein un cent, à c't'heure. »

Antoine n'avait pas lâché sa grande hache, dont il étreignait convulsivement le manche.

Plop !

« O devant bein y en avoir un millier, maint'nant ! »

— *Qui* êtes-vous ? »

Dire que j'avais peur n'aurait été qu'une infime parcelle de la vérité : je tremblais comme une feuille.

« J'étions daux braves paysans. »

Affirmation d'Antoine, le patriarche du lot, à laquelle ont fait écho son épouse, l'homme au cigare et la femme portant la tête de cochon, la voix de chacun reprenant celle des autres avec un léger décalage, comme une chanson reprise a cappella : *« J'étons d'bounnes gences j'étons d'la campagne d'bounnes gences j'étons d'la campagne. »*

Je me suis levé comme j'ai pu ; ma chaise a crissé désagréablement sur le Balatum.

« Il faut que j'y aille, maintenant. Vraiment. »

Antoine a été catégorique.

« Peuvez point partir... »

Plop !

... avec vot'voiture en panne.

— Je marcherai ! Ça ne me dérange pas de marcher. J'ai fait beaucoup de marche, vous savez.

— O l'étant-y qu'vous auriez peur, mon gars ? »

La question avait été posée par l'homme au cigare, la voix vibrante du même frisson que celle d'Antoine tout à l'heure.

« Non. Pas du tout. Pourquoi devrais-je avoir peur ? »

Cependant, mine de rien, j'ai commencé à reculer lentement vers une porte ouverte, à deux mètres environ de la table, qui devait mener à la salle de séjour, ce qui n'a pas eu l'heur de plaire à Antoine.

« O fallant point entrer là-dedans ! »

Les conseils d'Antoine... La pièce semblait sortie tout droit d'un catalogue de l'immédiat après-guerre : ici, un fauteuil capitonné de velours bleu, là, un autre, mais plus petit, pour « la commodité de la maîtresse de maison », là, une salamandre en fonte émaillée, plus loin, un canapé tendu de velours rouge aux bras protégés par des napperons blancs.

Par l'encadrement de la porte, d'où filtrait la lumière verdâtre de la cuisine, tout ce que je distinguais des occupants de la maison était un trio d'ombres filiformes qui prenait toute la pièce en travers. Anton sifflotait une chanson entre ses dents, la même que celle qu'il fredonnait lorsqu'il avait remorqué la Chevrolet, mais la mélodie, empâtée et à demi avalée, en était à peine reconnaissable, comme s'il avait de la vase dans la bouche. Détail bizarre, chacun semblait n'avoir aucune envie de quitter la cuisine.

« J'vous rendons nerveux, hein ? Z'avez peur, hein ? »

Cette question avait l'air de turlupiner l'homme au cigare au plus haut point.

Plop !

« O devant bein en faire des dizaines de milliers, c'que t'en pensans, Antoine ? »

La lumière verdâtre de la cuisine s'est éteinte.

Les ombres se sont évanouies.

Et la salle de séjour a commencé à changer. À vieillir.

Les fauteuils se sont ternis, tachés par des décennies d'usage. Le canapé s'est effondré en son milieu. Une puissante odeur de poussière et de renfermé a envahi la pièce.

J'ai éclaté de rire. Un rire aigu, hystérique. Je crois n'avoir déjà ri ainsi qu'une seule fois, au Viêt-nam, un jour que j'avais été séparé de mon unité lors d'une patrouille en pleine jungle. Il m'avait fallu trois heures pour retrouver mon chemin. Lorsque j'avais finalement pu recoller à mon groupe, j'avais éclaté d'un rire homérique, tellement j'étais heureux et soulagé. Mais, lorsque j'avais recouvré mon calme, je savais où j'étais ; je n'avais qu'à tendre le bras pour toucher des choses familières et bien réelles — ma couchette, ma pile de *Playboy*, ma boîte à cigares pleine de lettres du pays, mes copains, Stan, Frank, Herbie et les autres, qui m'avaient regardé rire et savaient pourquoi je riais, moi qui n'étais pas plus dégonflé qu'un autre, au contraire. Mais là, dans ce village d'Ashley Falls, non plus au Viêt-nam mais au fin fond du Massachusetts, dans la maison de bardeaux d'Anton Kenney, dans cette salle de séjour rétrograde, je savais que lorsque j'aurais cessé de rire, il n'y aurait rien de familier sur quoi poser la main, rien vers qui ou quoi me tourner. Pas de pile de *Playboy*. Pas de boîte à cigares pleine de lettres du pays. Seulement des fauteuils, un canapé et des murs que je n'avais jamais vus de ma vie.

Si j'ai cessé de rire, c'est uniquement parce que j'en avais mal à la gorge, au ventre, et que la tête commençait à me tourner. La tête bien calée contre le dossier, les mains sur les cuisses, je me suis assis au milieu du canapé, là où le cadre brisé touchait terre — de sorte que j'avais les genoux juste sous le menton. C'était une position agréable, confortable. Je me sentais bien. Au bout d'un moment, j'ai commencé à pousser des petits soupirs inarticulés, le genre de bruits que fait un chien, dit-on, lorsqu'il rêve. « Mon Dieu, mon Dieu, mon Dieu. » Être prisonnier dans cette maison, dans cette caricature d'Ashley Falls située dans un Massachusetts improbable, c'était comme se trouver enfermé dans une pièce pleine de frelons. La seule chose à faire était de rester immobile et de ne pas faire de bruit. De se lever en tapinois. Et de se ruer vers la sortie en cas d'attaque, si attaque il y avait.

Plop !

Je n'ai pas bougé du canapé et n'ai pas pris mes jambes à mon cou. Il importait seulement de réfléchir et de ne pas se laisser aller à la panique.

Plop !... Plop !... Plop !...

Ce n'était que de l'eau qui gouttait.

Plop !... Plop !

Que de l'eau.

Plop !

De l'eau, rien d'autre.

Plop !

C'était intenable !

Plop ! Plop ! Plop !

J'ai abandonné le canapé et, vacillant sur mes jambes, me suis avancé jusqu'à la porte d'entrée.

Le crépuscule était tombé. Une frange de nuages effilochés — des cirrostratus, tel est, je crois, le terme exact — diaprait le ciel d'un voile orangé. De l'autre côté de la rue, devant une maison identique à celle d'Anton Kenney, un petit garçon montait et descendait à cloche-pied l'escalier du perron, égrenant son alphabet à chaque marche. « A-B-C-D. » Retour en haut des marches. « E-F-G-H. » Retour au pied de l'escalier. J'ai observé son manège une minute ou deux, le temps de l'entendre finir puis recommencer son alphabet. De temps en temps, il levait les yeux vers moi et me souriait. Avec une tignasse de boucles brunes et ce qui semblait être, vu de l'autre côté de la rue peu à peu gagnée par la nuit, d'immenses yeux bruns dans un visage de chérubin, il avait l'air d'un brave petit.

De la lumière brillait dans quelques-unes des maisons voisines. De l'une d'elles, me parvenait même un morceau de musique classique, du violon (dont je n'aurais cependant pu préciser le compositeur, Mozart et mozzarelle étant pour moi à peu près synonymes.) Dans une autre maison, en revanche, se jouait une autre musique, tout aussi classique : deux personnes se querellant et chacune voulant avoir raison.

Mes craintes se sont apaisées. « Ça n'a rien d'un nid de frelons. C'est seulement une petite rue tranquille dans un petit village du sud du Massachusetts. » Il y a même eu un moment, un de ces moments magiques qui durent à peine le temps d'un battement de cœur, où je l'ai cru.

CHAPITRE TRENTE

Tout à coup, le petit garçon qui sautillait de marche en marche n'a plus rien eu à voir avec un petit garçon sautillant de marche en marche. Plus rien du tout.

Tout d'abord, ses genoux ont fléchi et, à deux marches du bas du perron, il est tombé comme une masse, face contre terre.

Les enfants tombent tout le temps. Ils se relèvent tout de suite. C'est du caoutchouc, les gosses.

Mais celui-ci avait vraiment fait une sale chute et dû se faire très mal sur le ciment de l'allée. Il a poussé un petit cri de surprise et de douleur, mais ne s'est pas relevé.

Non, il s'est mis à ramper à reculons sur le ventre, se halant en poussant sur ses bras, les jambes dirigées vers la maison. Ses os craquaient et grinçaient de façon audible tandis que son corps épousait la forme des marches et des contremarches, telle une énorme chenille gélatineuse en pantalon de velours côtelé et chemise rouge à carreaux.

Pendant tout ce temps-là, il n'a pas un seul instant cessé de réciter son alphabet, une lettre à chaque marche, jusqu'à être parvenu à la porte. Là, son corps produisant un bruit de papier froissé à mesure que ses os se remettaient en place, il s'est remis debout très lentement, une vertèbre après l'autre, comme un contorsionniste se livrant à quelque exercice acrobatique particulièrement compliqué.

Puis il a recommencé à descendre et à monter les marches comme si de rien n'était, simple petit garçon dévidant les lettres de son alphabet, me regardant de temps à autre avec un grand sourire.

Il s'amuse. En ce moment, il s'amuse. Ce n'est qu'un enfant.

Il n'était pas question que je reste là une minute de plus à le regarder tomber puis se relever comme un acrobate, pas question que j'entende à nouveau ce faible gémissement de douleur et de surprise. La seule chose à faire était de récupérer ma voiture, de mettre les gaz et de quitter aussi vite que possible ce village fantôme qui voulait se faire passer pour Ashley Falls. Même si la Malibu refusait de grimper au-dessus de vingt kilomètres à l'heure, j'irais encore plus vite qu'à pied. D'un autre côté, je m'étais bizarrement attaché à ce vieux tas de ferraille — c'était quelque chose d'ordinaire, de réel, quelque chose dont les seules altérations de comportement n'étaient que des pannes mécaniques, prévisibles, en tout cas explicables.

Je me suis précipité au coin de la maison et j'ai découvert... qu'il n'y avait pas de bâtiment de béton blanc, pas de garage à l'enseigne de *Chez Anton*, seulement une vieille camionnette Dodge à moitié rouillée, à côté de la Malibu d'Abner, et un terrain bourbeux là où aurait dû se trouver le garage.

Fébrilement, j'ai fouillé dans mes poches, à la recherche des clefs ; j'y ai bien trouvé mon portefeuille, un billet du New York Philharmonic, quelques pièces de monnaie, mais pas de clefs. Je suis allé jusqu'à la voiture ; les clefs étaient restées sur le contact. J'ai essayé d'ouvrir la portière, mais elle était fermée. « Merde ! » J'ai regardé autour de moi. Le crépuscule avait cédé la place à la nuit. De l'autre côté de la rue, dans la rangée de maisons de bardeaux blancs, une demi-douzaine de fenêtres étaient allumées ; le petit garçon en pantalon de velours côtelé, une nouvelle fois tombé par terre, remontait en rampant les marches de son perron. « A-B-C-D. » Le violon égrenait toujours ses accords dans l'air du soir ; un peu plus loin, la discussion s'envenimait, les épithètes fusaient et les portes claquaient. Une silhouette humaine est apparue à l'une des fenêtres allumées. Située à environ une soixantaine de mètres de distance, la fenêtre était éclairée à contre-jour, mais c'était indiscutablement la silhouette d'une jeune femme qui se tenait là, la tête tournée dans ma direction. « Merde ! » Une autre silhouette humaine a fait son apparition, derrière une autre fenêtre, dans une autre maison. Un enfant, cette fois. Qui, lui aussi, a tourné la tête dans ma direction.

La portière du côté passager était fermée elle aussi ; j'ai à nouveau essayé d'ouvrir celle du côté conducteur, mais, j'ai eu beau tirer sur la poignée comme un fou, rien à faire.

« Putain de bordel de merde ! »

De l'autre côté de la rue, tout bruit de querelle a cessé comme par enchantement. Le garçon en pantalon de velours côtelé — « D-E-F » — avait réussi à se hisser sur la dernière marche du perron. Il s'est relevé comme un serpent qui se déroule et m'a regardé, sourire aux lèvres. Ou plutôt, devrais-je dire, m'a gratifié de son éternel sourire, son visage n'étant apparemment capable d'exprimer aucune autre émotion.

Une autre fenêtre s'est éclairée et une autre forme est apparue derrière les carreaux, qui a elle aussi tourné la tête vers moi.

C'est parfait ! Me voilà coincé dans un patelin plein de morts vivants avec une voiture que je suis incapable de faire démarrer et tous les autochtones à leurs fenêtres pour jouir du spectacle !

Des morts vivants, comme les éboueurs de Manhattan, la femme en rouge et les deux fillettes en taffetas rose.

« Faites attention aux *p* et aux *q*, » m'avait prévenu Madeline. Je commençais enfin à comprendre ce qu'elle voulait dire.

Le terrain fangeux où avait échoué la Malibu était jonché de cailloux, pour la plupart ronds et plats, mais il y avait tout de même quelques pierres d'un volume plus respectable, et j'ai choisi la plus grosse que j'ai pu trouver. « Désolé, ma cocotte ! » J'ai brisé la vitre du conducteur, passé le bras à l'intérieur et enfin pu ouvrir la portière. J'ai rapidement balayé les éclats de verre tombés sur le siège et me suis glissé derrière le volant.

Ayant vu nombre de films d'horreur, un scénario bien connu s'est mis à défiler dans ma tête. J'allais tourner la clef de contact, mais, le scénariste ayant à peu près autant d'imagination qu'une courge, la voiture allait bien évidemment refuser de démarrer. Et tandis que je m'escrimerais, la sueur au front et la mort dans l'âme, sur cette putain de clef de contact, les morts accourraient de tous côtés, les bras tendus et la bave, verdâtre, aux lèvres. Puis, alors que l'armée des ombres ne serait plus qu'à cinq ou six mètres (autre idée géniale du cloporte qualifié de scénariste au générique), cette saloperie de mécanique consentirait enfin à faire entendre ce grondement pour lequel toutes les voitures sont construites (sauf, justement, dans les films d'horreur), et à bouger ses quatre putains de roues. Je pousserais un intense soupir de soulagement, les pneus chasseraient dans un crissement à déchirer les tympans et je pourrais enfin dire adieu aux macchabées qui peuplent les petits coins de campagne cinématographiques.

Tel était le scénario que je me faisais dans ma petite tête, scénario somme toute plutôt satisfaisant, et même réconfortant.

Au début, tout s'est bien passé.

La Malibu a démarré assez facilement. J'ai écouté le moteur ronfler un instant, si arythmique et peu harmonieux qu'il fût, puis ai regardé en direction des maisons alignées de l'autre côté de la rue. Il y avait maintenant du monde derrière chaque fenêtre, toutes allumées; toutes les têtes étaient braquées sur moi. Après avoir allumé les phares, penché sur le volant, j'ai tordu le cou vers la porte de la souillarde d'Anton Kenney, dont le haut, vitré, formait une sorte d'imposte. Il y avait de la lumière dans la cuisine, où plusieurs personnes étaient rassemblées.

J'ai embrayé et enfoncé la pédale de l'accélérateur.

Le moteur a calé.

« Merde ! »

J'ai remis au point mort et tourné la clef de contact. Le moteur a rugi avec un bruit sympathique. Il n'y avait plus de lumière chez Anton Kenney, mais toujours plusieurs personnes dans la cuisine. Première, accélérateur. Le moteur a calé encore une fois.

« Mais c'est pas vrai ! »

Cogner sur le tableau de bord ne sert strictement à rien mais soulage généralement les nerfs. Contact. Parfait. Le moteur a rugi. J'ai chatouillé l'accélérateur du bout de la semelle, écoutant le moteur monter en puissance, puis ai jeté un dernier coup d'œil vers la maison d'Anton. Il n'y avait plus personne dans la cuisine ; tout le monde avait gagné la souillarde. Ce n'était plus le moment de tergiverser et j'ai reporté mon attention droit devant moi. De tous côtés, partout, des gens sortaient des maisons, convergeant tous vers la Malibu.

Frénétiquement, j'ai enfoncé l'accélérateur ; la Malibu a bondi d'une vingtaine de centimètres en avant et le moteur a calé une nouvelle fois.

« O l'étant vot'convertisseur d'couple ! »

Hurlant, jurant, tellement nerveux que je n'arrivais plus à trouver la clef de contact, j'ai enfin senti sous mes doigts ce satané bout de ferraille, non sans m'être copieusement cogné les jointures contre la colonne de direction. Rien.

« Nom de Dieu de... nom de Dieu !

— O l'étant vot'convertisseur d'couple ! »

J'ai procédé à un nouvel essai. Toujours rien, à part un râle à fendre l'âme et un ridicule saut de puce.

« Bordel ! »

Quelle andouille : j'étais resté en première. J'ai remis au point mort et mis le contact. Le moteur a grondé.

« J'pouvons vous zou réparer, vous savez.

— Non ! vous ne pouvez pas ! »

Comme si j'avais besoin de répondre à cet imbécile !

« J'pouvons tout réparer, maint'nant. »

Plop !

« J'avons not'garage, maint'nant.

— Un garage fantôme, oui ! »

Plop !

« Z'avez la trouille, hein ? »

Plop !

« Allez, cocotte, fonce ! »

La Malibu a accompli quelques mètres et le moteur a calé.

« Z'avez les jetons, hein ?

— Oui ! merde ! là ! j'ai les jetons ! »

Point mort. Contact. Rugissement du moteur. Première. Cette fois, j'ai réussi à ne pas caler et, très lentement, laissé la Malibu s'avancer toute seule jusqu'à la rue.

Où le moteur a calé.

J'ai tapé comme un fou sur le volant ; l'avertisseur s'est déclenché. Contact. Rien. Contact. Toujours rien. J'ai poussé un long soupir d'exaspération.

« Du calme, mon p'tit Sam, du calme !

— Si vous zou foutiez au point mort, o serait-y point mieux ? »

Ah ! la sagesse populaire. J'ai mis au point mort.

« Merci !

— De reun, mon gars ! »

Le faciès hilare, mais la hache brandie au-dessus de la tête, Antoine avait tout l'air du bûcheron qui s'apprête à fendre son billot d'un seul coup bien placé.

CHAPITRE TRENTE ET UN

« Mais qu'est-ce que vous faites ?

— Mais qué tou qu'y faisant ?

— Mais qué tou qu'y faisant ? »

Homme, femme, chacun de s'interroger, intrigué par le comportement d'Anton.

La hache s'est abattue violemment sur le toit de la Malibu, a traversé la tôle et s'est arrêtée à quelques millimètres seulement de mon visage.

« J'préparons la becquetance, pardi ! J'allons enfin avoir quèque chose à nous mettre sous la dent ! »

Le coup avait été si violent qu'Anton avait fort à faire pour désengager le fer du toit de la Malibu.

« Qué que tu croyans, le Sam, même les zombies, y z'avant l'droit d'bouffer ! Et c'qui bouffant, les zombies, eh bein, o l'étant dau croquant d'vot'espèce !

— Zombies ? »

Le dos courbé sur le volant, j'ai réussi à tourner la clef de contact.

« Parfaitement ! Même les zombies y z'avant le droit de bouffer !

— Zombies ? »

Le dos rentré, essayant de me faire aussi petit que possible, à cheval sur mon siège et celui du passager, j'ai tendu la main vers le levier de vitesse. La hache s'est abattue une deuxième fois sur le toit de la Malibu.

« Vvouais, y croûtant ! Comme tout le monde !

— Zombies ? »

C'était une femme qui ne cessait de répéter le mot,

ayant apparemment beaucoup de peine à le relier à quelque chose de concret.

« Et les zombies, eh bein, y bouffant dau chrétien ! »

À force de contorsions, j'ai réussi à agripper le levier de vitesse et à enclencher la première, mais, trop loin des pédales, c'était à peine si je pouvais effleurer l'accélérateur. La Malibu s'est mise lentement en marche et a divagué jusqu'au milieu de la rue.

La hache s'est abattue une troisième fois, tout près du pare-brise qui s'est étoilé d'une grande lézarde.

« J'allons t'bouffer, le Sam ! J'te jurons qu'j'allons te bouffer !

— Zombies ? »

La femme, toujours la même, avait toujours autant de mal à se faire au mot, visiblement étranger à son univers.

« Zombies ? »

Et elle n'était apparemment pas la seule à connaître le même genre de problème.

La voiture a heurté le rebord du trottoir et s'est arrêtée, le moteur prêt à caler encore une fois. Il fallait que je tente ma chance, sinon Anton allait me fendre en deux d'un coup de hache. Seule façon de pouvoir diriger la voiture convenablement, j'ai réintégré ma place, donné un bon coup de volant à gauche et écrasé l'accélérateur. La voiture a bondi en avant, moteur cahotant.

« Zombies ? »

Les voix provenaient maintenant de toutes parts, hommes, femmes, enfants, tous sortis de chez eux pour voir le charivari dans la rue. Chacune de ces voix était voilée de tristesse et pleine de confusion, comme si elles émergeaient d'un long rêve, de sorte que, réunies, elles formaient une seule et même lamentation, une longue mélopée scandalisée.

« J'étions point daux zombies ! J'étions daux braves paysans ! »

La Malibu a fini par s'élancer dans la rue et, d'abord à vingt kilomètres à l'heure, puis à quarante, enfin à soixante, j'ai pu laisser loin derrière moi Anton Kenney et sa longue hache. Hormis l'étendue plate et noire de la route et les mauvaises herbes qui poussaient sur les bas-côtés, je ne pouvais absolument rien voir.

« Mon Dieu ! Je deviens aveugle ! »

Puis j'ai ri de ma propre stupidité et allumé mes phares.

J'ai fait une brève halte au carrefour de la rue Gâte-Bourses, me demandant quelle direction prendre, à droite ou à gauche ? « De la courtoisie en toutes choses », aurait dit Madeline. J'ai pris à gauche et suis passé comme une flèche devant l'hôtel d'Ashley Falls, où une silhouette humaine, le regard fixé sur la rue, se découpait à chaque fenêtre, puis devant la droguerie (roulant maintenant à un bon quatre-vingt-dix et me félicitant de la résurrection aussi soudaine que miraculeuse de la Malibu), où, là aussi, toutes les lumières brûlaient et devant laquelle une douzaine de personnes étaient attroupées, puis enfin devant le *Pousse-Café*, où un homme en salopette se tenait dans l'entrée de la porte, un bol dans une main et une cuillère à mi-chemin des lèvres. J'ai enfin quitté les limites d'Ashley Falls et me suis engagé sur cette petite étendue de route étroite et sinueuse où Anton m'avait trouvé, il y avait à peu près un million d'années.

Je croyais savoir ce qui s'était passé. À un moment donné, j'avais dû prendre une mauvaise direction à un croisement quelconque. Quelque part sur la route, j'avais dû manquer un embranchement et m'étais finalement retrouvé sur cette route qui menait à... South Canaan, Ashley Falls et Dieu seul savait encore quelles bourgades hors du temps. Mais ce n'étaient pas de vrais villages, seulement des endroits où les morts menaient un semblant d'existence, singeant les vivants.

Je me sentais tout requinqué sur ce bout de route solitaire, étroit et tortueux, qui menait à des South Canaan et à des Ashley Falls dans un Massachusetts factice. J'avais tout deviné ; il n'y avait plus de secrets, plus de zones d'ombre, plus de mystère nulle part. Plus personne ne pourrait désormais m'en faire accroire. J'avais ma voiture (je commençais à m'en considérer comme le propriétaire légitime) ; j'étais toujours en vie ; j'avais un but et n'ignorais plus rien du monde dans lequel Abner s'était aventuré.

Un panneau s'est brièvement dessiné dans la lueur des phares. *Route 7.* « Excellent, excellent. » Mais, une fois passé, je n'ai rien vu au bord de la route dans le rétroviseur. Pas de panneau, rien, comme si, à mesure que je dévorais les kilomètres, la route s'effaçait derrière moi, dévorée à son tour. Si je faisais demi-tour et regagnais Ashley Falls, il se passerait la même chose, mais dans l'autre sens. Je m'enfonçais dans un paysage, une réalité — une mascarade de réalité — qui s'évanouissait aussitôt traversée.

Tout à coup, j'ai vu miroiter deux points lumineux dans le rétroviseur. En raison de leur puissance, bien supérieure à la normale, même à cette distance, ce ne pouvaient être que les phares d'un camion.

Sans doute quelqu'un qui s'est trouvé lui aussi piégé dans ces parages, me suis-je d'abord dit, l'esprit toujours obnubilé par l'image d'une route qui se dissolvait dans le néant dès qu'elle n'était plus fréquentée. Puis, voyant la lueur des phares grandir de plus en plus, je n'ai pas tardé à changer d'avis. *Mais non, espèce d'andouille, c'est Anton Kenney qui est à tes trousses. Il va te passer sa hache à travers le corps !*

J'ai écrasé l'accélérateur à fond. Frémissant de toutes parts, la Malibu a pris peu à peu de la vitesse, grimpant de quatre-vingt-dix à cent, puis à cent dix, enfin à cent vingt, vitesse paroxysmique, compte tenu de son âge. Mais la dépanneuse d'Anton ne pouvait guère aller au-delà non plus.

« Si tu crois que tu vas me rattraper, Antoine de mes deux, tu te goures ! »

C'est alors qu'un gyrophare rouge a embrasé la lunette arrière, aussitôt suivi d'un mugissement de sirène. Ce n'était pas la vieille Dodge d'Anton qui me suivait, mais une de ces vieilles Plymouth Fury éléphantesques dont la gent policière semble particulièrement friande.

Seulement voilà, on ne me la faisait plus. « Des flics ? Et mon cul, c'est du poulet ? » Face à un tel monstre, cent vingt kilomètres à l'heure semblait un peu léger et j'ai encouragé de la voix cette bonne vieille Malibu qui n'en pouvait mais. « Allez, vas-y, cocotte, fonce ! » En réponse, le moteur s'est mis à tousser lamentablement et la vitesse à décroître inexorablement. De cent vingt, l'aiguille est redescendue à quatre-vingts, puis à quarante, puis à un gros vingt-cinq.

Tel le citoyen obéissant, je me suis rangé au bord de la route. Que faire d'autre ? La Plymouth en a fait autant ; la sirène s'est tue subitement et le gyrophare est devenu un œil sanglant. Dans une sorte de morne abattement, j'ai attendu la suite des événements. *Approche, poulet ! À malin, malin et demi !*

« Z'avez peut-être un permis ? »

J'ai poussé un petit couinement de surprise, curieux de voir comment était fait ce spécimen de la maréchaussée massachusettienne. Il était très beau, très bien fait, à la lueur des phares de sa Plymouth, et portait ce qui ressemblait ma foi à une tenue de shérif adjoint tout ce qu'il y avait de plus réglementaire : veston de cuir noir et écusson chromé, chemise et pantalon gris, bottes noires lustrées et revolver dans le genre maousse, un .45 pour être précis. Il avait également la tête du shérif-adjoint bon teint, c'est-à-dire absolument dénuée d'expression et dont pas un cheveu, court et brun, ne se serait avisé de dépasser sans demander la permission à l'autre, un coup de peigne étant un coup de peigne.

« Évidemment, que j'en ai un ! »

Je vous jure, il y en a qui ont de ces questions...

« Croyez peut-être que je m'amuserais à rouler sans ?

— Y en a que ce genre de détail n'a pourtant pas l'air de gêner beaucoup ! »

Sec, le mec. Agissant à peu près comme si je n'existais pas, il a exhibé une torche électrique et l'a braquée à l'intérieur de la Malibu.

« C'est avec *ça* que vous roulez ?

— Comme vous voyez ! »

Je ne sais si cela se sentait dans ma voix, mais il commençait à m'agacer un brin, le citoyen.

« On voit bien de tout ! »

Je ne savais pas ce qu'il cherchait avec sa torche, mais j'ai vu le moment où il allait me demander d'ouvrir la bouche pour m'examiner les amygdales.

« Transporteriez pas des substances prohibées, par hasard ? »

Là, je n'ai pas pu m'en empêcher :

« Gagné ! Regardez donc un peu dans le coffre : des amphés, en veux-tu en voilà, de la mescaline, huit kilos de jaja, une demi-tonne de blanche et à peu près autant de cheval.

— Vraiment ? »

Voilà un homme qui n'était pas regardant sur les quantités.

« Juré ! Je ne mens jamais ! »

J'étais persuadé que ce flicaillon de campagne n'était pas différent d'Anton, de sa femme et de toutes les bonnes âmes d'Ashley Falls. *Au moins*, me disais-je, *me faire alpaguer par un flic fantôme, je ne mourrais pas idiot*.

Il m'a braqué sa torche dans les yeux.

« Menteur, peut-être pas, mais dans le genre emmerdeur, on peut dire que vous vous posez là ! »

J'ai détourné les yeux du rayon lumineux, aveuglé.

« Je vous assure que ce n'est pourtant pas mon intention. D'ailleurs, je vais vous dire…

— … Eh ben, moi, je vais vous dire qu'il y en a marre des gugusses dans votre genre qui roulent à tombeau ouvert et qui se foutent de…

— Ha ! ha ! À tombeau ouvert ! Elle est bien bonne, celle-là !

— Elle est tellement bonne que vous allez avoir toute la nuit pour la savourer au poste !

— Oh ? Ashley Falls ?

— Ouais, Ashley Falls ! »

Il voulait rire, le camarade. J'ai passé la première.

« C'est ça, oui, on lui dira ! Allez, la poulaille, ciao ! »

J'ai enfoncé l'accélérateur, mais il n'y avait plus de jeu sur la pédale. Le moteur a calé.

« Merde ! »

Cela n'allait tout de même pas recommencer comme à Ashley Falls !

« Y a pas à dire, c'est fou ce que ça marche bien, ces antiquités ! »

Content de lui, il a remis sa torche électrique à sa ceinture, et, très Clint Eastwood, m'a pointé le canon de son arme entre les deux yeux.

« Oh ! arrêtez un peu votre ciné, vous voulez ?

— Ou vous sortez de là, ou je vous jure, n'en déplaise à la brigade d'inspection des services : je vous fait sauter la cervelle !

— Oh ! Il ferait ça, le gros vilain ?

— Je vous ai demandé de sortir, nom de Dieu ! Alors, sortez, et plus vite que ça ! »

La main posée sur la poignée de la portière, puisque force m'était d'obtempérer, j'ai entendu, quelque part au loin, le bruit d'un moteur qui se mettait en marche.

« Ça vient ? »

Le mystérieux grondement semblait se rapprocher à vive allure, mais, ayant regardé dans le rétroviseur, je n'y ai vu que la lueur des phares de la Plymouth.

« Je vous préviens que je vais tirer ! Ne me mettez pas au défi de le faire ! »

Le grondement est devenu une espèce de chuintement plaintif. En à peine le temps d'un clin d'œil, j'ai vu deux phares grandir démesurément dans le rétroviseur. Le flic me tenait toujours en joue, mais, les mâchoires pendantes, le visage à présent éclairé en plein — par les phares de la Plymouth et par ceux de la voiture qui approchait à fond de train —, il avait perdu toute superbe, le regard, incrédule, fixé sur le véhicule qui fonçait manifestement droit sur lui.

Puis il a disparu.

Et, à travers le pare-brise fendillé de la Malibu, j'ai vu l'arrière de la Ford se fondre dans la nuit.

J'en suis resté glacé. L'homme était vraiment ce qu'il prétendait être, un shérif adjoint, un vrai flic avec un vrai revolver et une tâche précise à accomplir : débarrasser les routes des maniaques qui les encombraient. Des maniaques qui, ainsi qu'il l'avait parfaitement résumé, roulaient à tombeau ouvert, et pour cause.

À ce moment-là, juste avant que la nuit ne l'engloutisse, je serais volontiers allé là où il aurait bien voulu m'emmener, fût-ce en prison : il était un lien avec la réalité. Mieux, il était la réalité.

Mais la Ford avait eu raison de lui.

Et m'avait laissé seul sur la Route 7, à quelques kilomètres au sud d'Ashley Falls.

Seul. Avec nulle part où aller et aucun moyen d'y arriver.

Si, j'avais une destination : Brookfield, Vermont. Et un moyen de locomotion : la grosse Plymouth Fury.

J'ai abandonné la Malibu sur le bord de la route, la remerciant pour ses bons et loyaux services, puis, après avoir pris ma valise sur la banquette arrière, suis monté dans la Plymouth et ai foncé vers le nord, vers Brookfield.

Leslie disait souvent, lors des premières semaines de notre liaison, que j'avais un sombre caractère, des humeurs. C'est vrai, mais beaucoup moins depuis que je l'ai rencontrée. Elle seule est la cause de ce changement d'état d'esprit. Rien, d'ailleurs, ne motivait ces idées noires, en tout cas rien qui me fût extérieur, tel que le sort des baleines, par exemple. (Personne ne fait une dépression à cause de la disparition éventuelle des baleines ; ce sont des choses qui nous préoccupent, ou nous tracassent, mais c'est tout.)

Non, si j'avais un tel caractère, c'est que je n'étais pas heureux. Remarquez que je n'étais pas malheureux non plus. Quelqu'un qui n'a connu que des avanies toute sa vie n'est pas malheureux ; il n'y pense même pas : les choses sont ainsi faites et c'est ainsi que va le monde. Cela dit, ça n'empêche pas de râler quand on s'en prend une bonne sur le coin du râble. Pour la forme. Qui aurait envie d'applaudir parce qu'il vient encore d'encaisser un coup dur ?

Eh bien, Leslie, si. Elle est comme cela. Et depuis que je la connais, tout a changé dans ma vie. Il m'arrive d'applaudir. Et de danser, seul chez moi. Et de chanter à gorge déployée. Et même de faire des sauts de carpe, comme cela, sans raison, simplement parce que je suis heureux ; même si elle me dit que j'ai l'air d'un grand dadais, je sais que cela lui plaît, et, par conséquent, cela me fait plaisir aussi.

Tenez, un souvenir : nous étions à Ithaca, New York, une ville universitaire. Pour la journée. Une promenade d'amoureux, pour qui avait des yeux pour voir et des oreilles pour entendre. Tout à coup, elle a aperçu une boutique de vêtements spécialisée dans la jupe grandes tailles et le chemisier de coton brodé, le genre d'endroit où vous pouvez « tout trouver du 50 au 77 », encore que pour rentrer dans un soixante-dix-sept... Bref, elle a voulu y jeter un coup d'œil. Pour voir. Qu'à cela ne tienne, allons-y !

Il y a de la musique — musique d'ambiance, certes, mais quelle importance ! Je m'aventure parmi les rayons. Et je saute, trou-la-la ; je bondis en l'air, trou-la-lère. Le spectacle doit en valoir la peine, car je mesure un mètre quatre-vingt-trois et flirte avec la centaine du côté des kilos. Cette pauvre Leslie en est tout horrifiée. Enfin, pas longtemps, car un petit sourire, mi-embarrassé, mi-ravi, éclaire son visage.

Elle me supplie du regard, sachant que rien ne pourra venir arrêter cet accès de gaieté : « Arrête ! Tout le monde nous regarde ! » Et hop ! encore un entrechat. Elle glousse. Et je me mets à danser, en rythme avec la musique, faisant du gringue à un portant à roulettes croulant de chemisiers fantaisie. Le portant serré dans les bras, je me lance dans une petite gigue de derrière les fagots. À nouveau, Leslie me supplie d'arrêter. Une jeune femme se détourne en souriant, amusée par mon manège.

« Tu as vu comme elle t'a regardé ? »

Je souris. Et j'en rajoute encore un peu, juste pour la forme.

« Sam ! On va nous jeter dehors !

— Mais non, le client est roi ! Et on ne jette pas les amoureux dehors. »

Si, on les jette dehors. Ou plutôt, on les prie d'aller voir ailleurs. Alors nous sommes sortis bras dessus bras dessous, heureux comme des rois.

CHAPITRE TRENTE-DEUX

J'ai compris tout à coup que je n'avais pas pris une mauvaise route. En d'autres termes, je n'avais pas pris à gauche alors que j'aurais dû prendre à droite ou vice versa ; je n'avais jamais quitté la Route 7 et m'étais toujours dirigé vers le nord, vers Ashley Falls, le vrai village d'Ashley Falls, Massachusetts.

C'était tout simplement une question de *perception*. Je voyais maintenant les choses différemment. Lorsque la Malibu était tombée en panne la première fois, je n'avais rien trouvé de mieux que de soulever le capot en faisant semblant de m'y connaître. Des millions de gens se retrouvent chaque jour empêtrés dans des situations similaires et je suppose que beaucoup s'entendent dire des choses comme : « o l'étant vot'convertisseur d'couple », par des individus tels qu'Anton Kenney — des gens qui veulent à tout prix vous donner un coup de main alors qu'ils ont toute la mort devant eux et feraient mieux de s'occuper de leur carcasse. Mort ou vivant, ça s'en fout complètement : ça continue à encombrer le paysage, à répéter les mêmes gestes, jour après jour, à faire son travail et à aider son prochain. Quand ça a emmerdé les autres toute sa vie, pourquoi voulez-vous que ça s'arrête une fois mort ? « O l'étant vot'convertisseur d'couple ! » Je t'en foutrais, moi. Ou : « Vous voyez bien que c'est la courroie ! » Ben voyons. Ou encore : « M'étonne pas que votre suspension soit morte, y a plus de liquide ! » Et quarante-douze mille autres conneries de la même eau, de préférence la première ânerie qui leur passe par la tête. Pour se débarrasser de ce genre de jobards, la plupart du temps, il suffit de les envoyer chanter ; ils haussent les épaules et se tournent vers le prochain pigeon, l'animal le plus répandu de la création. Pourquoi agiraient-ils autrement ? Toutes les croyances populaires s'accordent pour dire que les morts ont tout leur temps et nulle part où aller. Alors, pourquoi iraient-ils ailleurs et feraient-ils autre chose que ce qu'ils ont toujours fait toute leur vie ?

Mais si, vous en avez rencontré, vous aussi, de ces représentants, l'aspirateur sous le bras, ou bien de ces professeurs, de ces facteurs ou de ces serveuses de bar. Peu importe l'habit ; tous n'ont qu'une idée, continuer, continuer à, continuer de. Les habitudes ont la peau dure. Les gens meurent, mais les habitudes demeurent. D'ailleurs, qui aurait vraiment envie de laisser derrière soi les habitudes de toute une vie ? Qui aurait envie d'abandonner routine et confort pour se fondre dans le *Grand Tout* ? Qui aurait vraiment envie — excusez-moi, j'en ai presque fini — de rendre l'âme, cette âme qui, au fond, constitue notre essence, se substituant même à notre être ?

Et puis, un beau jour, survient un pedzouille dans mon genre, un imbécile heureux qui prête une oreille complaisante aux paroles qui leur brûlent les lèvres ; un ahuri qui pousse la complaisance jusqu'à les regarder, donc les voir, et à les écouter. Pour eux, c'est comme si on leur pinçait le bras, cela les ravive, les rend à eux-mêmes, leur redonne un miroir où contempler leur image obscurcie.

Alors, pendant un moment, ils sont à nouveau aussi réels que le rocher contre lequel vous êtes adossé, que l'herbe sur laquelle vous êtes étendu, que l'arbre sous lequel vous vous abritez.

Assez réels pour défoncer le toit de votre voiture à coups de hache.

Voilà les pensées qui m'animaient tandis que je roulais vers Ashley Falls. Je ne peux pas dire qu'il s'agissait d'une grande découverte ; c'étaient là des choses que j'aurais dû savoir depuis longtemps.

Je n'avais aucune envie d'entrer à nouveau dans Ashley Falls. Mon idée était plutôt d'éviter soigneusement cette sale bourgade, mais, ayant fait halte pour étudier ma carte, je n'y avais vu aucune route permettant de la contourner. La boîte à gants de la Plymouth ne m'avait livré qu'une vieille carte régionale toute jaunie, pleine de taches de café, toute biffée et griffonnée, bref illisible. Le mieux était encore de prendre la première transversale venue et de me fier à mon instinct. Ce serait bien le diable si je ne parvenais pas à rattraper la Route 7 quelque part et l'idée s'est faite de plus en plus précise à mesure que j'approchais d'Ashley Falls. J'ai d'abord croisé deux sentiers qui s'enfonçaient dans la campagne mais ne m'ont guère inspiré confiance, puis une voie sans issue, et enfin une route d'aspect honnête où je me suis engagé aussitôt. Trois kilomètres plus loin, il a bien fallu me rendre à l'évidence : je roulais vers le sud et non vers le nord. J'ai donc fait demi-tour et suis revenu sur la Route 7. Une minute plus tard, j'ai aperçu un panneau que je n'avais pas vu, lorsque j'étais déjà passé par là dans la Dodge d'Anton Kenney. *Bienvenue à Ashley Falls !*

J'ai ralenti de cent à cinquante, vitesse maximale autorisée dans le hameau, puis, après avoir dépassé une vingtaine de grandes bâtisses de bardeaux d'âge indéterminé, à trente en arrivant dans le centre du bourg.

Ce n'était pas le village que je me souvenais avoir traversé. Aucun doute là-dessus. (Abner m'avait dit qu'il ne fallait pas se fier aux apparences et ne compter que sur soi seul pour savoir ce qui était réel et ce qui ne l'était pas. Il avait raison.) Le bourg occupait le même emplacement, mais ce n'était pas le même village.

Le centre était presque identique à celui que je connaissais, à part l'hôtel, qui ne s'appelait plus *Hôtel d'Ashley Falls*, mais *Hôtel Haskins*, et le restaurant, ci-devant *Pousse-Café* devenu *Chez Mary's*. Cet autre village, l'Ashley Falls hanté par Anton Kenney et les siens, était comme une esquisse de celui-ci, une approximation, un pastiche.

Je ne sais pas pourquoi j'ai tourné dans la rue Gâte-Bourses. Un mélange de sottise et de curiosité, sans doute.

Elle ne s'appelait d'ailleurs plus rue Gâte-Bourses, mais rue du Pas-de-la-Colle, les promoteurs immobiliers ayant le génie de ressusciter les vieilles appellations après avoir détruit tout relief. Plus de vieilles maisons de bardeaux blancs, mais de solides demeures contemporaines en cèdre tout en angles droits, des baies panoramiques (il y a beau temps qu'on ne tolère plus de fenêtres) et des pelouses rases comme le plat de la main, taillées au ciseau à ongles et piquetées de fausses lanternes. (Quant à la fameuse colline qui avait donné son nom à la rue, elle avait dû être rasée par les bulldozers et n'était sans doute plus qu'une graphie sur une portion de cadastre.)

Je me suis engagé à vitesse réduite dans l'allée d'une maison en construction, légèrement désorienté par ce paysage étranger rendu encore plus insolite par la nuit. *Tout est mort. Même les maisons ont été démolies pour faire place à de nouveaux lotissements. C'est vraiment dommage.* Mais ce qui l'était beaucoup moins, c'était Anton, Anton que j'ai vu brusquement surgir sous mes yeux du goudron de l'allée, tel un énorme champignon vénéneux, sa grande hache levée haut au-dessus de la tête.

Les cheveux dressés sur la tête, glacé de peur, j'ai lancé la Plymouth en marche arrière mais n'ai réussi qu'à faire du surplace, les pneus chassant sur l'allée.

« J'allons t'avoir, quelle fois ! J'te jurons qu'j'allons t'avoir, quelle fois !

— Dieu tout-puissant !

— J'allons t'avoir, quelle fois ! »

C'était incroyable, mais, le corps déjà à demi dégagé, il continuait à s'extraire du goudron, comme un serpent s'élevant du fond d'un étang vaseux.

J'ai levé un peu le pied de l'accélérateur ; les pneus ont enfin mordu et la Plymouth a pu reculer jusqu'au bout de l'allée. Tel un homme qui se noie dans des sables mouvants, Anton s'est mis à s'enfoncer lentement dans l'asphalte. Je ne me suis pas attardé pour le regarder regagner son enfer et, quelques minutes plus tard, après avoir pris à droite au croisement de la rue du Pas-de-la-Colle, j'ai quitté Ashley Falls pour toujours.

S'il y avait une chose que je n'aurais jamais soupçonnée, c'était que les morts pouvaient être assoiffés de vengeance. Il a bien fallu une trentaine de kilomètres, lancé sur la Route 7, pour que je cesse de trembler.

Rapide et confortable, la Plymouth se conduisait comme un jouet. J'avais éteint l'émetteur-récepteur parce que, toutes les cinq minutes, une voix féminine éclatait sur la bande. « Rick ? Réponds, Rick ! » À un moment donné, la femme a déclaré, s'adressant à un de ses collègues : « J'ai bien peur qu'il lui soit arrivé quelque chose. » Rick avait probablement eu le temps de communiquer le numéro de la Malibu, mais cela n'avait aucune importance. En revanche, un avis de recherches concernant la Plymouth n'allait pas tarder à être lancé, mais sans doute pas avant les premières heures de la matinée, ce qui me laissait toute la nuit devant moi, soit plus qu'il ne m'en fallait, pensais-je, pour gagner Brookfield, ne prévoyant désormais plus aucun arrêt en route.

Il était vingt heures ; d'après mes calculs, je devais être à Brookfield sur le coup de deux heures du matin, peut-être un peu plus tôt, avec de la chance.

Mais, vers vingt heures trente, sur une longue portion de route droite, à trois kilomètres de Pontonosuc Gardens, Massachusetts, alors que je taquinais gentiment le cent, j'ai vu soudain se matérialiser dans le rétroviseur les lueurs jumelles de deux phares, juste à une cinquantaine de mètres derrière moi.

Encore la Ford bleue.

Cette fois, je savais qui était derrière le volant et pourquoi j'étais l'objet d'une telle traque.

C'était Art DeGraff qui conduisait et, s'il s'acharnait à suivre mes traces, c'était parce qu'il savait que je le mènerais immanquablement à Abner.

J'ai ralenti, puis me suis arrêté sur le bord de la route.

La Ford en a fait autant.

J'ai éteint mes phares.

La Ford a éteint les siens.

Je suis passé en première, prenant une longue inspiration et, après m'en être remis à Dieu, ai démarré à fond de train. Je n'ai pas été trahi par la mécanique ; le puissant moteur a donné un véritable coup de fouet à la Plymouth et l'a catapultée à quatre cents mètres de là avant que la Ford ait seulement eu le temps de rallumer ses phares.

J'avais laissé les miens éteints. J'ai négocié une longue courbe peu accentuée à un peu plus de cent vingt, freiné brutalement, déboulé dans un chemin de traverse gravillonné et, moteur coupé, tout fier de moi, me suis garé de façon à être caché par le virage de la route. Toutes ces heures passées devant la télévision étant gosse ne l'avaient pas été en vain, finalement.

Tranquillement assis sur mon siège, j'ai attendu cinq petites minutes. Puis dix, certain que mon stratagème diabolique avait parfaitement fonctionné.

Tel n'a malheureusement pas été le cas, et ce pour une raison très simple. La poussière qui s'élève d'un chemin couvert de gravier reste longtemps en suspens dans l'air et ne retombe que très lentement. Avec la masse de la Plymouth, autant planter un panneau au bord de la route pour dire : « Coucou ! me voilà ! » C'est d'ailleurs cette même poussière qui m'a empêché de voir la Ford sagement garée derrière moi, toutes lumières éteintes, seulement éclairée par le faible reflet du clair de lune sur le bleu du capot.

J'ai ouvert ma portière et mis pied à terre.

« Va te faire foutre, Art ! »

Les phares (non pas les codes, s'il vous plaît, mais carrément les feux de route) de la Ford se sont allumés.

« Tu entends, Art ? Va te faire foutre ! »

Invective accompagnée d'un geste plus explicite du bras, au cas où il n'aurait pas compris.

« Si tu crois que je ne t'ai pas reconnu ! Qu'est-ce que tu veux ? »

Silence.

Puisqu'il avait eu le bon goût de laisser son moteur éteint, je n'avais qu'à continuer à provoquer cet imbécile amateur de son et lumière en forêt ; avec un peu de chance, il allait décharger sa batterie et le tour serait joué. Mais le moteur a explosé en grondant. Puissant, régulier et prêt à rouler toute la nuit.

« Sale con ! »

Je me suis alors rappelé que les flics avaient généralement une arme dans leur véhicule.

Je n'ai rien trouvé entre le siège du conducteur et celui du passager. Voulant explorer la banquette arrière, j'ai failli me fendre le crâne contre la vitre blindée séparant le compartiment arrière de l'avant, ayant oublié ce petit détail équipant toute voiture de police digne de ce nom. Étouffant un juron, je n'ai pas eu plus de chance avec les portières arrière, fermées elles aussi, bien évidemment.

J'ai sursauté en entendant Art enclencher une vitesse. J'ai cru que la Ford allait me foncer dessus, mais elle a reculé lentement le long du chemin, et, après un habile quart de tour, s'est éloignée le long de la Route 7.

« Pauvre mec ! »

CHAPITRE TRENTE-TROIS

Le coffre de la Plymouth s'est avéré rempli de merveilles : fusil de chasse, deux fusées de détresse, une roue de secours, un ciré de caoutchouc noir, une boîte à pêche avec appâts, hameçons et bobines de fil de nylon, et enfin une gamelle. Cette dernière contenait un sandwich — pain de seigle — au beurre de cacahouète et à la gelée de pamplemousse et un Thermos de jus de fruit. Mon premier mouvement a été d'engloutir le tout, mais il s'agissait là du dernier repas du pauvre Rick, repas qu'il ne prendrait jamais, aussi ai-je refermé la gamelle sans y toucher.

J'ai bien songé garder le fusil avec moi en cas de nouvelle rencontre avec la Ford, histoire de tenter une manœuvre d'intimidation, tirer dans les phares ou percer le radiateur, par exemple, mais, à vrai dire, je n'ai jamais beaucoup aimé les armes. Même au Viêt-nam, où l'arme de chacun était pourtant son unique moyen de survie, je n'avais jamais pu m'y habituer vraiment. Je ne sais pas pourquoi, mais j'avais l'impression, à porter une chose pareille, d'être sale.

J'ai donc laissé le fusil dans le coffre. Appelez cela de la connerie, mais on ne se refait pas.

Quand je suis remonté dans la Plymouth, mon plan de route était simple. J'allais continuer à rouler vers le nord jusqu'à cinq ou six kilomètres de Brookfield ; j'abandonnerais la voiture quelque part et ferais du stop jusqu'à la ville. À mes yeux, sûr de voir la Ford se profiler dans le rétroviseur dès que j'aurais remis une roue sur la Route 7, c'était la seule façon de me débarrasser d'Art DeGraff et de sa bande de joyeux drilles. Une fois à Brookfield, je me mettrais en quête d'Abner, ce qui ne devait pas être bien difficile. Ce n'est qu'en franchissant la frontière du Vermont, aux environs de vingt-deux heures, avec la Ford me suivant obstinément à une cinquantaine de mètres (ainsi que je l'avais prévu, je l'avais vue réapparaître dans le rétroviseur quelques minutes à peine après avoir retrouvé la Route 7), que j'ai réalisé que je ne connaissais pas l'adresse exacte d'Abner. « Une petite maison à Brookfield, Vermont », avait dit Madeline. Sur le coup, je m'étais imaginé un hameau de quelques maisons parmi lesquelles je n'aurais aucun mal à trouver celle où habitaient Abner et Phyllis. Ayant maintenant comme l'impression de devoir mettre une croix sur ce beau projet (une mission, comme disent les *marines*, classée « U.M.A.S. », c'est-à-dire ultra-merdique-à-souhait), j'ai abandonné tout plan préétabli pour m'en remettre à ma seule initiative.

Abner m'avait bien parlé d'une maison qu'il avait dénichée dans le Nord, mais j'avais beau me torturer les méninges, impossible de me rappeler au juste ce qu'il avait dit ; impossible de me rappeler si la maison était grise, verte ou jaune ; impossible de me rappeler s'il y avait une véranda ou une tonnelle avec des roses. Il avait dû y faire allusion lors de notre fameux pique-nique sur la plage, mais j'étais dans l'incapacité absolue de me souvenir de ses paroles, oubli qui ne devait pas être étranger à la quantité de bière que j'avais ingurgitée cette journée-là.

J'étais résigné à voir la Ford me coller au train tant que je garderais la Plymouth. Mieux, je l'espérais et comptais bien disparaître dans la nature à la faveur de la nuit. Je m'arrêterais tranquillement quelque part, sortirais nonchalamment la carte de la boîte à gants, repérerais l'endroit où j'étais et quelle direction prendre pour gagner Brookfield par les petits chemins, effacerais soigneusement mes empreintes de tout ce que j'avais touché, ôterais l'ampoule de la veilleuse, puis, me glissant dehors par le côté du passager, me fondrais dans quelque bois propice. Le plan semblait excellent et, si tous ceux que j'avais échafaudés jusque-là avaient toujours tourné en eau de boudin, le sort me devait bien une revanche.

J'avais déjà traversé le Vermont et le massif des Green Mountains (de petites montagnes très boisées ayant donné leur nom à l'État) avec mes parents, alors que j'avais douze ou treize ans, lors d'une visite rendue à des amis établis dans la région. La Route 7 évite cependant le massif par l'ouest, ce qui est fort dommage, car j'avais gardé un souvenir ému des collines et des puys de la région, beaucoup plus boisée que les environs de Bangor, qui m'avait paru verdoyante et grouillante de vie, tel un royaume enchanté peuplé de chevaliers et de dragons. Si je croyais aux dragons à cette époque, tel n'était plus le cas à présent, où je ne risquais guère de rencontrer de chevaliers sur la Route 7. Fini les contes de fées ; j'avais désormais placé ma foi en d'autres valeurs.

L'amour et l'amitié, par exemple. C'était l'amour, après tout, qui avait poussé Abner à abandonner la maison de Long Island, et c'était l'amitié qui m'avait lancé sur ses traces à travers trois États. Je devais le sauver. Seule cette pensée devait m'occuper l'esprit, avec cette satanée Ford qui me suivait comme mon ombre et Dieu seul savait ce qui m'attendait devant.

Comme la foi, ne dit-on pas que l'amour et l'amitié déplaceraient des montagnes ?

Juste avant onze heures, cette nuit-là, j'ai fait halte dans le petit village de Shaftsbury Center, à quinze kilomètres au nord de Bennington et à encore un peu plus d'une centaine de Brookfield. Poussé par une envie pressante, je me suis arrêté dans la station-service du village ; la Ford attendrait bien que j'en aie fini avec mon petit pipi.

J'ai garé la Plymouth en terrain relativement abrité, sur le côté de la station. Si quelqu'un avait déjà découvert, bien que ce fût improbable, le cadavre du pauvre Rick et si un avis de recherches avait été lancé, laisser la voiture au su et au vu du premier venu aurait été stupide.

Je suis allé jusqu'aux toilettes, mais, à cette heure de la nuit, elles étaient fermées. Pas question d'avoir la clef sans montrer patte blanche.

Le veilleur de nuit était un tout petit bonhomme, ridé comme une pomme, le chef coiffé d'une casquette de base-ball rouge. L'inscription brodée au fil bleu sur la poche de poitrine de sa salopette de pompiste indiquait que ce vénérable vieillard se prénommait Lou. Ses yeux se sont braqués sur moi dès que je suis entré et n'ont pas quitté mes lèvres tout le temps que j'ai parlé.

« Pourrais-je avoir la clef des toilettes ? »

Il a poussé un grognement affirmatif et m'a tendu une clef, semblable à celle d'un hôtel, accrochée à une vague tête d'ours en bois verni qui pesait un bon poids. Si certains parlaient à tort et à travers, voilà un homme, songeai-je, qui économisait ses mots.

Enfin muni de l'encombrant sésame qui allait m'ouvrir la porte tant convoitée, j'ai jeté un regard circulaire à la station mais n'y ai rien décelé d'anormal. Il n'y avait là ni de fou à la hache ni de gamines en taffetas rose, seulement un vieil homme un peu bizarre qui tenait à garder ses toilettes propres.

Au moment de glisser la clef dans la serrure, par acquit de conscience, j'ai tout de même jeté un coup d'œil par-dessus mon épaule. Phares éteints, la Ford était garée sur l'accotement à une centaine de mètres de la station.

Sacré Art. Lui adressant mon plus beau sourire, je lui ai fait un petit geste de la main, histoire d'entretenir l'amitié, et suis enfin entré dans les toilettes, endroit d'une propreté rigoureuse, ce qui, je ne sais pourquoi, m'a mis du baume au cœur comme jamais toilettes de station-service ne l'avaient fait jusque-là. Une fois ma commission faite, je me suis planté devant la glace du lavabo pour voir la tête que j'avais ; je n'ai guère été surpris de constater que je ressemblais à ce que j'étais, à savoir un grand sot aux traits tirés. « Dis donc, Art, amène-toi donc un peu par ici, espèce d'immonde trou-du-cul, que je te dise ce que j'ai sur le cœur ! » Il m'arrive souvent de parler tout seul devant une glace ; c'est en général une bonne thérapie.

Les mains convenablement lavées et essuyées grâce à la copieuse générosité du dévidoir à papier, je n'avais plus aucune raison de m'attarder en ces lieux accueillants.

J'ai alors entendu une sorte de tapotement sourd contre la porte.

Je me suis figé, les genoux vacillants et la bouche soudain sèche, à la pensée de ce qui pouvait se trouver de l'autre côté de la porte. Art DeGraff, peut-être, la bave aux lèvres et fou d'une rage meurtrière. Aussitôt que je l'aurais mené jusqu'à Abner, ce fumier me réglerait mon compte.

Ou Anton Kenney. Antoine, l'estomac affamé de chair fraîche et la hache avide de sang.

Ou la police locale, avec un mandat d'arrêt pour meurtre et vol de véhicule de police en guise de carte de visite.

Je commençais à croire que je me faisais des idées lorsqu'un autre coup a retenti contre la porte, qui n'avait rien à voir avec le raclement précédent, un coup tellement violent que la glace du lavabo en a tremblé dans ses pattes métalliques.

« Nom de Dieu ! »

Un autre coup. Puis un autre. Puis deux autres encore, très rapides.

« Ou-ui ? »

Pas de réponse. Seulement une autre volée de coups. Mais qui donc pouvait s'acharner ainsi contre la porte ?

M'éloignant du lavabo, hagard, j'ai reculé jusqu'au mur du fond, un mur froid, fait de blocs de pierre, que je me suis mis à marteler de mes poings pour essayer de me calmer.

Nouvelle grêle de coups contre la porte.

« Oui ?... Ou-ui ? »

Cette fois, le silence s'est fait et j'ai repris un peu courage.

« Oui ? Qui est là ? »

Silence.

« C'est occupé ! »

Je me suis avancé jusqu'à la porte et suis resté un long moment la main posée sur la poignée.

Un autre coup. Extrêmement fort et violent.

« Hé ! Ça va, là-dedans, m'sieur ? »

C'était incontestablement une voix juvénile.

« Hein ?

— M'sieur, vous allez bien ?

— Ou-ui... »

Prenant une profonde inspiration, j'ai enfin réussi à ouvrir la porte et découvert, Lou posté en arrière-garde, un jeune homme trapu d'une vingtaine d'années vêtu lui aussi d'une salopette de pompiste. Selon le nom brodé sur sa poche, il s'appelait Tim. Le front plissé, il se demandait visiblement à quel genre de citoyen il avait affaire.

« Qu'est-ce qu'y a qui va pas, m'sieur ? Vous êtes sourd, ou quoi ?

— Non... non, je ne suis pas sourd. Je...

— Parce que Lou, lui, il entend rien du tout — il est sourd comme un pot. Vrai, il entrave que dalle.

— Euh... oui. J'en suis désolé pour lui.

— Y a pas de quoi. Il est sourd de naissance. Mais comme vous répondiez pas...

— J'étais... j'étais occupé.

— En général, dans ce genre d'endroit ! Mais, comme je vous disais, quand vous z'avez pas répondu, Lou s'est imaginé que vous aviez fait une crise cardiaque ou un truc comme ça. Ça arrive, savez. Oh ! pas plus d'une fois par an, quand même. Mais, quand y a un truc bizarre, il vient me chercher et j'arrive. Il voulait savoir si vous aviez besoin d'essence ?

— D'essence ?

— Ben oui, d'l'essence ! »

J'ai jeté un coup d'œil à la Ford, toujours immobilisée à une centaine de mètres de la station, puis à la Plymouth, garée à l'écart des néons des pompes. Avais-je besoin d'essence ? Sans doute, compte tenu de la consommation de ce type de véhicule et de la distance que j'avais déjà parcourue.

« Oui. Faites le plein. »

Tim a toisé la Plymouth d'un œil inquisiteur.

« Shérif, hein ? Vous êtes sur un coup, c'est ça ? »

Il se croyait visiblement dans un film ; inutile de

détromper un aussi fervent admirateur de la loi. Je me suis éclairci la gorge pour donner encore plus de poids à mon affreux mensonge.

« Oui... Une affaire très délicate. »

Lou, qui n'avait cessé d'étudier le mouvement de mes lèvres, a secoué la tête.

« Came ?

— Vous comprendrez que c'est confidentiel. »

Je me sentais tout de même un petit peu barbouillé.

« Ouais, je me doute bien. Mon beauf est shérif, lui aussi. Enfin presque. Volontaire dans la Garde nationale, quoi.

— Oh ! la Garde nationale. »

Tout le temps qu'avait duré notre conversation, Lou n'avait cessé de secouer vigoureusement la tête et, sans me quitter un seul instant des yeux, de pousser force borborygmes. Chauve et le teint olivâtre, il me faisait songer à un gros rat ridé. Ce brave homme faisait vraiment pitié. J'ai décidé de lui expliquer :

« Shé-rif ! Je-suis-shé-rif ! »

Il a continué à branler du chef comme s'il n'avait rien compris à mes paroles.

« Qu'est-ce que je vous mets ? Du sans plomb ?

— Je n'en sais ma foi rien !

— Ah bon ? »

Non mais, quelle andouille ! Si la voiture m'appartenait vraiment, je devais bien savoir avec quoi je remplissais mon réservoir.

« De l'ordinaire. »

Lou ressemblait de plus en plus à une girouette par grand vent ; Tim, lui, ne semblait y prêter aucune attention.

« Elle a l'air toute neuve ?

— Neuve ? »

La situation commençait à m'échapper complètement. Par bonheur Tim, transporté de pouvoir bavarder avec un flic incognito sur un coup, croyait être tombé sur l'affaire de sa vie.

« Ouais. Doit pas y avoir longtemps que vous l'avez. »

J'ai hoché la tête, beaucoup moins entraîné en la matière que ce bon vieux Lou. Tim avait tout de même l'air nettement plus éveillé et il s'agissait de jouer serré, même si j'avais le sentiment de ne pas y parvenir tout à fait.

« Effectivement. Avant j'avais une antiquité, une de ces vieilles Malibu. Très bonne voiture, remarquez. Très rapide. Mais je... Elle a eu une sale panne. Convertisseur de couple.

« Le convertisseur de couple ? »

Tim n'avait pas l'air d'en revenir. Plus je parlais, plus je m'enfonçais, et plus il était fasciné.

« Entre autres, oui. Il a fallu la mettre à la casse. »

Lou semblait de plus en plus agité ; Tim, lui, devait y être habitué.

« Dommage, c'était de la belle tôle, ces vieilles Malibu... De l'ordinaire, alors ?

— Oui, de l'ordinaire. Je l'amène à la pompe.

— Allez-y.

— Bll.. blleu... eur... »

Il parlait, finalement, ce vieux Lou. Tim a paru aussi surpris que moi. Je me suis fendu d'un sourire contraint, comme si ce bon vieux Lou venait d'en sortir une bien bonne.

« Bll... blleu... eur... »

Je ne savais ce qu'il voulait dire au juste, mais, le doigt tendu dans ma direction, Lou s'adressait indubitablement à moi.

« Ah ! ben ça, c'est nouveau ! Il arrive à dire que quelques mots, comprenez, rapport qu'il est sourd de naissance et qu'il a jamais entendu quelqu'un causer. Je croyais connaître tout son répertoire, mais celle-là, je la connaissais pas encore. Ça vient de sortir. Bleu ? Pleur ? Qu'est-ce qu'il peut bien vouloir dire, d'après vous ?

— Bleu... peut-être ? »

Là, j'ai commencé à me sentir mal. Mais alors très, très mal. C'était la trouille, que j'avais bleue, et le rire que j'avais jaune. « Bluffeur ! » Voilà ce qu'il voulait dire, ce vieil asticot.

« Bon... euh... J'amène la voiture. »

À peine installé derrière le volant, j'ai filé sans demander mon reste. Jamais sans doute engin automobile n'a dû traverser Shaftsbury Center à telle allure. Direction,

Arlington, toujours obligeamment escorté par la Ford à cinquante mètres derrière.

Trois kilomètres à peine avant Arlington, la Plymouth est tombée en panne sèche.

CHAPITRE TRENTE-QUATRE

« Bravo ! là, tu as tout gagné, mon p'tit Sam ! »

La situation n'avait pourtant rien de réjouissant et Dieu sait que je n'avais pas envie de rire. La Ford a ralenti et s'est rangée derrière moi.

« Va te faire mettre, Art ! »

Je suis resté assis une bonne dizaine de minutes à réfléchir, essayant de prendre la mesure du désastre ; alerté par les furieux appels de phares d'une voiture venant en sens inverse, j'ai éteint mes feux de route ; le clair de lune m'a révélé un paysage moutonnant s'étendant à perte de vue. Une pâle lueur bleuâtre brillait à l'horizon. Arlington, sans doute.

Le destin prenait décidément un malin plaisir à s'acharner sur moi. Il faut dire que je l'avais bien mérité : quelqu'un qui ne prend pas la peine de jeter de temps à autre un coup d'œil à la jauge est particulièrement mal venu de râler lorsqu'il tombe en rade.

J'ai alors fait quelque chose d'idiot : m'emparant du micro, j'ai rallumé la radio et pris ma plus belle voix.

« Allô ? Répondez ! »

J'ai attendu, mais il n'y a pas eu de réponse. J'ai réussi à faire taire le bruit de fond et procédé à une nouvelle tentative. Cette fois, une voix d'homme a répondu :

« Ici le poste d'Arlington, Vermont. Vous êtes sur une fréquence réservée...

— Je sais. Je voudrais simplement vous faire part d'un meurtre. »

Et j'ai expliqué ce qui s'était passé à Ashley Falls,

pourquoi j'avais pris la Plymouth, qu'elle était tombée en panne sèche et que je l'abandonnais par conséquent à quelques kilomètres d'Arlington. On m'a évidemment demandé mon nom. Ce à quoi j'ai répliqué que cela n'avait aucune importance, que je n'étais qu'un simple citoyen ayant fait ce qu'il avait cru bon de faire pour aider un ami. Puis, soulagé d'avoir pu partager les événements des dernières heures avec quelqu'un, il ne me restait plus qu'à prendre ma valise, quitter la Plymouth et me mettre en route *pedibus cum jambis*. Je devais être encore, d'après mes estimations, à une soixantaine de kilomètres de Brookfield.

Je n'étais tout de même pas assez stupide pour rester sur la Route 7. Avant de quitter la Plymouth, j'avais soigneusement étudié la carte et constaté qu'une ligne de chemin de fer longeait la route à environ trois kilomètres. Ne voulant pas jeter mon plan initial aux orties — c'était une question de fierté — j'avais donc ôté l'ampoule de la veilleuse, effacé mes empreintes partout où j'avais posé les doigts à l'aide d'un chiffon trouvé dans la boîte à gants et subrepticement entrebâillé la portière du passager.

La Ford était toujours à la même place, tous feux éteints. Parfait. Avec les plus grandes précautions, je me suis faufilé dehors à quatre pattes et, poussant ma valise devant moi tout en m'éraflant les paumes et les genoux sur le gravier du bas-côté, ai franchi un fossé peu profond. Au-delà d'un champ d'herbes folles, j'aperçus un bois de pins touffu.

Brusquement, j'ai entendu du bruit dans mon dos.

« Arrêtez, s'il vous plaît ! Vous allez beaucoup trop vite, je n'ai pas la force de vous suivre ! »

C'était une voix masculine, hors d'haleine, comme si le simple fait de parler représentait pour l'inconnu derrière moi un effort titanesque.

« M'arrêter ? Des clous ! »

Moi qui voulais paraître intransigeant, à tout le moins déterminé à ne pas m'en laisser imposer, il fallait bien avouer que j'avais plutôt l'air d'un sale mioche buté qui refuse de ranger ses jouets avant d'aller se coucher. L'inconnu ne s'y est d'ailleurs pas trompé.

« Mais bouclez-la donc ! »

Tilt ! *La boucler ?* Quand je me suis retourné, je n'ai aperçu qu'une ombre imprécise dans les ténèbres, mais l'homme n'a pas eu besoin d'en dire plus. Ce n'était évidemment pas Art DeGraff. Art était sensiblement de mon âge et avait toujours eu, pour autant qu'il m'en souvenait, une voix plutôt ancrée dans le registre des aigus. Non, profonde et empreinte d'autorité, cette voix était celle d'un homme âgé d'une bonne soixantaine d'années. D'un flic, comme je l'ai immédiatement deviné.

« Je n'ai tué ni père ni mère ! Alors, foutez-moi la paix et disparaissez ! »

L'homme a toussé puis s'est mis à haleter comme un soufflet de forge. Je me suis arrêté.

« Ça va ? »

La respiration sifflante, il n'allait tout de même pas expirer au milieu de ce champ !

« Répondez, nom de Dieu ! Ça va ? »

J'ai entendu un bruit d'évier qui se débouche, puis l'homme a répondu, au bord de l'asphyxie :

« Je fais de l'asthme : ce n'est rien.

— Qui êtes-vous ?

— Personne... »

Ce qui n'était guère explicite ; il s'est raclé bruyamment la gorge avant de poursuivre :

« ... Un ami d'Abner, comme qui dirait. Accessoirement, je suis policier. »

Il a ménagé une pause, luttant toujours pour retrouver son souffle, puis a ajouté :

« Mon nom est Whelan.

— Nom de nom ! »

Abner m'avait effectivement parlé de ce coco-là. *Ce Whelan me recherche. C'est un flic — enfin c'en était un — et il aimerait bien me mettre la main au collet.*

« Un ami ? Vous parlez d'un ami ! Ne vous fatiguez pas, il m'a parlé de vous. »

Whelan a émis une sorte de gargouillement.

« Des amis comme vous, autant s'en passer ! »

Il n'avait cessé de se rapprocher mais s'est arrêté à trois mètres de moi, comme s'il voulait éviter de m'effrayer. Je pouvais à présent mieux le distinguer. Il était grand, gros et fort. Le souffle court, il avait encore beaucoup de difficulté à respirer.

« Vous n'avez rien pour votre asthme ? Pas de médicament ?

— Si, j'ai un inhalateur.

— Vous feriez bien de vous en mettre un petit coup : vous avez une mine épouvantable.

— C'est déjà fait... Ça va mieux...

— Bon, écoutez Whelan, vous êtes bien gentil, mais je ne peux rien pour vous. »

Il s'est avancé d'un pas, puis d'un autre.

« Peut-être que non... mais peut-être que si... »

À la lueur du clair de lune, je pouvais à présent voir parfaitement son visage. Un gros visage carré, un grand nez, de petits yeux très rapprochés, des joues bien nourries ; le genre de visage à la beauté ingrate, comme on dit, mais les traits las et tirés. Il portait une espèce de galurin complètement ridicule, très détective privé, un genre de feutre mou, et avait un vieux bout de cigare éteint au bec, une saloperie de mégot qu'il faisait rouler entre ses dents comme s'il suçait un sucre d'orge.

« Je dirais même que vous êtes probablement celui qui est le plus à même de m'aider, monsieur Feary. »

J'allais lui poser la question classique (*Mais comment connaissez-vous mon nom ?*) mais, après tout, il eût été surprenant qu'il ne le connût point, comme il est dit dans les meilleures histoires. Je me suis donc contenté d'une simple remarque.

« Votre qualité de flic, Whelan, dans cet État, vous savez où vous pouvez vous la carrer... »

Les mains enfoncées dans les poches de son pantalon, il a fait passer son cigare d'un coin de sa bouche à l'autre, sans doute le signe d'une intense réflexion. Il portait un pardessus de couleur claire, ouvert, et ce qui devait être un costume marron.

« Pour ne rien vous cacher, monsieur Feary, j'ai pris ma retraite. Une retraite bien gagnée, croyez-le bien. J'ai été flic pendant quarante ans, et j'ai bien mérité un peu de repos. Je me suis acheté une petite maison en Floride. Pourtant, je m'étais toujours juré de ne jamais y foutre les pieds. Trop chaud. Trop de moustiques. Sans compter l'autochtone, qu'il faut se fader. Mais on prend de l'âge, monsieur Feary, on vieillit. J'ai soixante-sept ans. Vous vous rendez compte : *soixante-sept ans !* Il y a des arbres qui n'ont même pas cet âge ! Les années passant, les hivers se font de plus en plus rudes ; aussi, quand j'ai commencé à avoir de l'asthme, j'ai décidé de partir en Floride. Les habitants ne sont pas de si mauvais bougres, quand on les connaît un peu. Aussitôt que j'aurais mis la main sur Art DeGraff — c'est-à-dire dès que vous aurez de votre côté mis la main sur votre ami Abner Cray —, je retournerai là-bas me dorer au soleil.

— Quel discours, pour un asthmatique !

— J'ai eu quelques heures pour le mettre au point. Vous n'êtes pas facile à suivre, monsieur Feary. À peine a-t-on les yeux sur vous que vous n'êtes déjà plus là. Vous êtes plus dur à attraper qu'un cafard. »

La comparaison m'a fait sourire.

« Désolé, monsieur Whelan, mais, comme je vous l'ai déjà dit, je ne peux toujours rien faire pour vous. »

Il s'est avancé jusqu'à moi et m'a pris doucement le bras, comme s'il avait besoin de quelqu'un pour le soutenir.

« Alors, c'est moi qui vais peut-être pouvoir faire quelque chose pour vous aider, monsieur Feary. »

Il empestait le cigare froid et l'antiasthmatique. La situation m'apparaissait assez simple. Beaucoup plus âgé que moi, il était de surcroît en mauvaise condition physique et aurait gagné à se délester de bon nombre de kilos. En outre, à en juger par son pardessus ouvert, il n'avait pas d'arme. Si nécessaire, il me resterait toujours la possibilité de l'assommer d'un bon coup de valise.

« Puisque vous le dites. »

Et, lui soufflant et haletant, moi de toute façon résigné, nous avons retraversé le champ, franchi le fossé — là, j'ai dû l'aider un peu — et sommes montés dans sa voiture.

La Chevette Scooter gris métallisé.

Il s'est installé derrière le volant ; l'habitacle puait lui aussi le cigare rance et les relents d'inhalateur.

« Vous savez que vous êtes un véritable danger public ? »

Il a mis le contact et allumé les phares.

« Vous ne manquez pas de culot, monsieur Feary. Ce serait plutôt vous, le danger public, sans parler du fou furieux qui conduit cette Ford. De toute façon, même si je le voulais, je ne vois pas comment je pourrais faire de l'épate avec une trottinette pareille ! »

Le brave homme ! Il cherchait Art DeGraff partout alors qu'il n'avait qu'à se retourner pour apercevoir le bout de son nez. Heureusement qu'il avait pris sa retraite ; avec des zozos dans ce genre-là, elle était bien barrée la police, tiens !

« Ce... ce fou furieux dont vous parlez, vous savez qui c'est ? Eh bien, ce n'est autre que celui qui vous empêche de profiter tranquillement de votre retraite en Floride ! Art DeGraff lui-même ! »

Ah ! que la vie est douce, parfois. Je m'attendais au moins à un grognement de surprise, à un freinage brutal. Il allait m'attraper par le col de chemise, incrédule, et me demander de répéter ce que je venais de dire. Eh bien, pas du tout !

« Non... »

Très calme, ce non ; le genre de non qu'on lâche presque sans y penser pour rectifier une légère erreur.

« ... Ce n'est pas lui. Je ne sais pas qui conduit, mais c'est un autre gros con. »

Chante, beau merle ! Il suffisait que ma petite bombe ait le temps de faire son effet et l'on entendrait alors un autre son de cloche.

« Non, monsieur Whelan, vous vous trompez.

— Du tout ! J'ai vu celui qui conduit cette saloperie de Ford. C'est un vieux croûton en costume gris. »

Là, c'est lui qui me coupait le sifflet.

« Je l'ai poursuivi, quand il a renversé ce flic. J'ai réussi à pousser ce tape-cul jusqu'à cent quarante avant que le moteur commence à faire de drôles de bruits. Alors, j'ai fait demi-tour et décidé de vous coller au train.

— Nom de Dieu... »

À mille lieux de mes préoccupations, tel le retraité en villégiature, il a branché la radio sur un programme de musique classique. De la harpe. Des accords aériens sont heureusement venus se mêler aux crachotements de l'électricité statique.

« Ne vous bilez pas, monsieur Feary, tout le monde fait des erreurs. Tiens... il est derrière nous... »

J'ai tordu le cou vers la lunette arrière : la Ford était effectivement collée à cinquante mètres du pare-chocs.

« Avez-vous une arme, Whelan ? »

Il a secoué la tête.

« Non. J'ai tout laissé tomber. Les armes, l'alcool. Même le cigare. C'est juste un bout que je mâchonne pour m'occuper l'esprit. Je ne l'allume jamais. »

Le ton goguenard, réjoui, le problème avait l'air de complètement le dépasser.

« Bon, si vous me disiez plutôt où nous allons ?

— Brookfield. »

CHAPITRE TRENTE-CINQ

Je ne sais pas quand, exactement, j'ai pris conscience de la présence de la femme en rouge. La joue inconfortablement calée contre la têtière du dossier, la tête tournée du côté de Whelan, j'avais piqué un petit roupillon ; une sorte d'exploit, avec les sièges baquets de la Chevette, mais la journée avait été longue et fatigante. C'est en refaisant surface que, du coin de l'œil, je me suis aperçu que nous n'étions pas seuls. J'ai bondi comme si j'avais été piqué par une guêpe. Whelan, lui, évidemment, n'avait rien vu.

« Qu'est-ce qui vous prend ? Vous avez des vers ? »

Je n'ai pas répondu tout de suite, les yeux fixés sur la femme en rouge, assise, toute raide, sur la banquette arrière. Il faisait nuit noire et l'habitacle était fort obscur ; les seules sources lumineuses étaient celles des voyants du tableau de bord et du reflet des phares sur le pare-brise, mais c'était largement suffisant. Tel un légume oublié depuis trois jours sur la table de la cuisine, madame semblait avoir nettement moins d'allant que lors de nos précédentes rencontres. Elle affichait un sourire ambigu, pas le genre Mona Lisa (un peu *si, si, j'ai un parapluie dans le cul*), mais plutôt celui *attends un peu, mon canard, je vais t'apprendre ce qu'il en coûte, moi, de se foutre de la gueule d'une dame.*

« Euh... je crois que vous feriez mieux de vous arrêter.

— M'arrêter ? Pourquoi ?

— Pour votre propre bien ! Je vous assure que vous devriez vous arrêter, et vite !

— Des menaces ? Je n'aime pas les menaces, ça aggrave mon asthme.

— Il ne s'agit pas du tout de menaces. C'est juste qu'il y a quelqu'un... »

Il se passait des choses, sur la banquette arrière. La femme, les mains tendues en avant et se mouvant avec raideur, comme si elle avait du mal à coordonner ses mouvements, fondait peu à peu sur Whelan.

« Non ! S'il vous plaît, ne faites pas ça ! »

Se déployant lentement, comme un aigle au ralenti, les bras tendus, les doigts écartés, ce sourire maladif barbouillé sur le visage, l'horreur travestie en femme en rouge recouvrait maintenant Whelan de son ombre.

« Non mais dites donc, Feary, ça va pas ou quoi ? Vous allez vous tenir un peu tranquille !

— Arrêtez ! Vous allez tous nous tuer !

— Mais je n'ai envie de tuer personne !

— Mais vous voyez bien qu'il conduit ! Arrêtez, mais arrêtez donc, il va quitter la route ! »

La femme a paru hésiter, semblant apparemment peser chacune de mes paroles. Son sourire ravagé s'est légèrement momifié ; elle a tourné la tête vers moi, puis, tout aussi lentement, s'est laissée aller contre la banquette et a posé les mains sur ses genoux. Répit sans doute de courte durée car son sourire a retrouvé assez vite quelque chose de carnassier.

« Vous êtes cinglé, ma parole ! »

Cet innocent, lassé de la musique classique, avait jeté son dévolu sur une station vouée au *big band*.

« Je peux vous paraître cinglé, mais c'est que... que je vois des choses... »

Sur la banquette arrière, la femme en rouge recommençait le même manège que tout à l'heure.

« Mais puisque je vous dis que vous allez tous nous tuer ! »

Elle a baissé les bras.

« Tout le monde voit des choses, monsieur Feary. J'espère au moins que ce que vous voyez est agréable. »

Je le trouvais bien philosophe, tout à coup, l'ex-flic à la retraite qui faisait tout ce qu'il pouvait pour se donner une image de dur à cuire dans le plus pur style détective privé.

« Pas vraiment. À combien sommes-nous encore de Brookfield ?
— Trente-cinq, quarante kilomètres. »
Autant dire une éternité. Pour l'heure, l'autre folle était sagement assise, raide comme la justice, son sourire de harpie glacé sur le visage.
La Ford nous suivait toujours.
« Je donnerais n'importe quoi pour être ailleurs qu'ici.
— Moi aussi ! En Floride, plus précisément.
— Et moi à Bangor. Au début des années soixante. »

Whelan s'est arrêté, mais sans prévenir, et si précipitamment, que j'ai à peine eu le temps de réagir.
« Pause pipi ! »
À une centaine de mètres de là, un panneau blanc aux lettres noires indiquait : Brookfield. La Ford s'est rangée derrière nous.
Sur la banquette arrière, lentement, telle une statue sortant d'un rêve minéral, les bras tendus et les mains crochues comme des serres, sourire meurtrier changé en rictus halluciné, la femme en rouge s'est dressée. Whelan a ouvert sa portière. Par pur réflexe, j'ai lancé le bras en avant pour la refermer, mais un pan de son pardessus s'est pris dedans. Il n'avait toujours aucune idée de ce qui se passait. Il ne fallait pas cesser de rouler ; tant qu'il conduirait, la femme en rouge ne frapperait pas.
« Est-ce que vous voyez ce que je vois, Whelan ? »
Il n'a pas répondu, la respiration rauque. La femme en rouge avait déjà les mains sur ses épaules.
« Whelan, écoutez-moi... »
Telles deux araignées, les mains de la femme ont glissé des pattes de son col et sont venues se plaquer de chaque côté de son cou.
« Démarrez, Whelan, démarrez ! Il faut continuer à rouler ! »
Mais il n'en était plus capable, ayant de plus en plus de mal à trouver sa respiration.
« Où est votre inhalateur ? »
Il s'est frappé le côté droit ; j'ai fourré la main dans la poche de son pardessus et senti l'inhalateur sous mes doigts. Les mains de la femme se refermaient langou-

reusement sur sa pomme d'Adam. Combien d'applications ? Deux, trois ? à la quatrième, il a levé le bras, voulant me signifier que la dose était suffisante, puis a cessé de râler pour se mettre à tousser comme s'il avait quelque chose de coincé au fond de la gorge.

« Démarrez ! »

Peine perdue : ce n'était pas un chat, mais un éléphant, qu'il avait dans la gorge. J'ai attrapé la femme en rouge par les bras, voulant lui faire lâcher prise, mais autant essayer de desserrer les mâchoires d'un piège à loup. Whelan continuait à tousser à s'en décrocher les poumons et s'est affaissé en avant, comme une masse ; sa tête a heurté le volant et l'avertisseur s'est déclenché. Entraînée par la chute de Whelan, mais bloquée par le dossier du siège qui lui est rentré dans l'estomac, la femme en rouge a failli carrément basculer entre nous deux.

« Arrêtez ! Pour l'amour du ciel, arrêtez ! »

Whelan a paru retrouver une partie de son souffle ; sa toux s'est changée en gargouillement. Que faire, avec cette gorgone, à moitié renversée sur son siège, les pattes en l'air, mais refusant d'abandonner sa proie ? Pris d'une inspiration subite, l'inhalateur toujours à la main, je lui en ai expédié une bonne giclée dans les yeux.

Il est sorti de sa gorge un hurlement pitoyable, un son bizarre, mi-vagissement et mi-sifflement, tel celui que pousse la souris sous la dent du chat, ou le cochon lorsqu'on lui tranche la gorge. Elle s'est affaissée en arrière, comme un accordéon qui se replie. Immédiatement, son corps a commencé à se liquéfier — comme dans le fauteuil à bascule, chez moi, à des années-lumière de là — et il n'en est bientôt plus resté qu'une petite flaque noirâtre sur le Skaï de la banquette qui n'a pas tardé à s'évaporer.

Ce qui venait de se passer était simple. Je lui avais fait comprendre que son amour meurtrier à mon égard n'était pas partagé ; elle était partie.

Whelan a fini par revenir à lui, non sans force raclements de gorge et plusieurs applications d'inhalateur.

« Ce n'est plus la peine de s'arrêter : j'ai pissé dans mon froc. »

Nous sommes donc repartis, toujours suivis par la Ford.

« Whelan, avez-vous une petite idée de ce qui vient de vous arriver ?

— Cette question ! J'ai eu une crise d'asthme, une putain de saloperie de crise d'asthme !

— Non.

— Plaît-il, monsieur Feary ?

— Rien. Appelez-moi Sam.

— D'accord. Quant à moi, appelez-moi donc monsieur Whelan. Comme tout le monde. Mon prénom est Kennedy, mais je le déteste. Même les femmes m'ont toujours appelé monsieur Whelan.

— D'accord... monsieur Whelan. »

Moins d'une minute plus tard, nous entrions dans Brookfield par la rue principale.

CHAPITRE TRENTE-SIX

Brookfield — du moins ce qu'il était possible d'en voir à minuit et demi — semblait tout juste un village. C'était un hameau d'une quarantaine de maisons à peine, pour la plupart de grandes demeures dans le style victorien, toutes de plain-pied et à la peinture plus ou moins blanche, auxquelles s'ajoutaient une grande église presbytérienne en briques, une station-service Sunoco, une halle comme il y en avait autrefois dans tous les villages, un petit café-restaurant, chez *Hattie's*, et un minuscule bureau de poste.

La grand-rue était vide. Toutes les maisons étaient plongées dans l'obscurité. Le seul réverbère (un de ces immenses pylônes plus généralement répandus sur le bord des rocades ou des voies express et qui paraissait tout à fait incongru dans un tel environnement) baignait le trottoir longeant la halle d'une lueur bleuâtre. Tout cela m'inspirait des pensées plutôt moroses.

« Ça n'a pas l'air d'être la fête tous les jours. »

Whelan s'est garé juste devant la recette des postes.

« C'est donc là qu'habite Abner Cray ?

— Oui. Dans une de ces maisons.

— Mais vous ne savez pas laquelle ?

— Je n'en ai pas la moindre idée. »

Il a poussé un petit rire.

« Vous feriez un piètre détective, monsieur Feary. »

La Ford s'est arrêtée à cinquante mètres derrière nous, phares éteints. Puisque monsieur était si fin, il allait sûrement me dire comment il convenait maintenant de procéder.

« Bon, et maintenant ? Qu'est-ce qu'on fait ?
— Quoi d'autre, sinon attendre le matin ?
— Ici ? Dans la voiture ? »

Il a farfouillé une seconde sur le côté de son siège, l'a mis en position inclinée et s'est allongé. Je n'ai pu m'empêcher d'éprouver un petit pincement au cœur, car sa tête était juste à l'endroit où étaient encore les genoux de la femme en rouge quelques instants plus tôt.

« Je ne vois pas quoi faire d'autre pour l'instant. Mais si l'hôtel ne vous dit rien, je vous en prie, ne vous gênez surtout pas. »

J'étais pour ma part incapable de dormir, même si la chose ne semblait apparemment lui poser aucun problème. Il s'est endormi comme un bienheureux au bout de quelques secondes à peine, mais fallait-il s'en étonner, compte tenu de son asthme, et s'est mis à ronfler comme un sonneur.

J'ai quitté mon siège inconfortable, refermé ma portière et me suis tourné vers la Ford, immobile le long du trottoir. Un bref appel de phares a éclairé la nuit.

« Désolé, mon pote, merci pour le bout de route, mais tu commences à devenir crampon. »

Les phares de la Ford se sont allumés une deuxième fois. J'ai haussé les épaules et décidé d'aller jusqu'à la halle.

Je m'attendais à être suivi et n'ai donc pas été surpris. J'ai entendu le moteur gronder et les vitesses grincer. Quand je me suis retourné, la Ford, roulant au ralenti, s'est arrêtée, déjà parvenue à trois mètres devant la Chevette. Nouveau grincement de vitesses quand je me suis remis en marche ; la Ford est repartie lentement en avant et s'est rangée juste derrière moi, dans le halo bleuâtre du monstrueux réverbère.

J'ai plissé les yeux pour essayer de distinguer le conducteur, mais n'ai vu que ce que j'avais déjà aperçu auparavant : quelqu'un, pratiquement couché sur le volant et néanmoins assez grand pour que le sommet de son crâne ne fût pas visible, masqué par le bord supérieur du pare-brise. Quelqu'un qui, comme Whelan me l'avait dit, portait un costume gris qui, bizarrement, me semblait familier, même si je n'aurais pu dire à qui il appartenait. Et quelqu'un qui n'était pas seul ; plusieurs personnes voyageaient avec lui : il y avait du monde à l'arrière.

Me surprenant moi-même, je me suis élancé vers la Ford. J'ai dû prendre le chauffeur au dépourvu, car il n'a pas eu le temps de faire marche arrière. Mais je m'étais approché suffisamment ; je savais qui était derrière le volant.

Whelan avait raison. Ce n'était pas Art DeGraff.

C'était le vieil homme de la rame de métro, l'homme au complet gris à qui la femme en rouge avait témoigné un peu trop de tendresse. Lorsqu'il a vu dans mes yeux que je l'avais reconnu, son visage s'est illuminé d'un sourire avide, genre *et maintenant, mon fumier, à nous deux !*

« Dieu du ciel ! »

J'ai détourné les yeux de ce regard accusateur, essayant de deviner qui était assis à l'arrière.

C'était Art DeGraff qui était là, affalé au milieu de la banquette, le visage hâve et famélique, complètement mangé par d'immenses yeux plus noirs que la nuit ; un visage semblable à l'écorce ravinée de ces arbres centenaires, couverte de mousse et de lichen, les traits sculptés par la haine.

Un masque qui, lui aussi, m'a vu.

Il a hurlé quand la Ford a reculé en dehors du halo bleuâtre du réverbère. Un hurlement épouvantable, un hurlement de rage et d'humiliation ; un hurlement qui disait : *Regarde-moi ! Regarde ce que je suis devenu !*

C'est la première et la dernière fois que j'ai ressenti un peu de sympathie pour Art DeGraff.

Je suis retourné à la Chevette en courant. Whelan ronflait toujours. Était-ce moi qui me sentais plus rassuré avec lui à mes côtés, ou bien lui qui était plus en sécurité avec moi ? Une chose était sûre : il valait mieux ne pas nous séparer.

La Ford a regagné sa position initiale, à cinquante mètres derrière nous, tous feux éteints. Pendant une bonne demi-heure, je suis resté le visage tourné vers la lunette arrière de façon à ne pas la perdre de vue. Finalement, le seul bénéfice que je risquais de retirer de l'histoire étant un torticolis, j'ai incliné mon siège et me suis endormi.

C'est une odeur du café qui m'a réveillé. Whelan avait eu le bon goût de m'en ramener un gobelet.

« Debout ! Nous avons du pain sur la planche. »

J'ai tout d'abord senti la chaleur du soleil, qui se déversait à flots à travers le pare-brise, puis vaguement perçu des bruits de circulation, et découvert enfin que j'avais mal au crâne.

J'ai ramené mon siège en position normale et me suis assis, la tête dans les mains.

« Nom d'un chien, j'ai une de ces migraines !

— Buvez ça. »

L'odeur était alléchante et j'en ai goulûment avalé une gorgée. C'était brûlant.

« Il est dans la Ford.

— Art DeGraff ? Mais non, le chauffeur...

— Si ! Il est à l'arrière. »

Ayant avalé une nouvelle gorgée de café, je me suis alors hasardé à jeter un coup d'œil au monde environnant. Des gens en tenue printanière, de demi-saison, dirons-nous — des chandails, des vestes, mais légères, parfois un chapeau — entraient et sortaient de chez *Hattie's* et d'une supérette que je n'avais pas remarquée durant la nuit.

« Quelle heure est-il ?

— Presque huit heures. Moins le quart, en fait.

— Huit heures moins le quart ? »

Tous ces gens qui défilaient dans la grand-rue semblaient être debout depuis au moins une heure.

« Qu'est-ce que vous voulez dire en prétendant qu'Art DeGraff est à l'arrière ?

— Rien d'autre que ce que j'ai dit.

— Oh ! Et quand l'avez-vous vu ?

— Cette nuit. Pendant que vous ronfliez.

— Oh ! je vois. »

L'ego professionnel de monsieur venait d'en prendre un sacré coup, mais tant pis. Lui, l'ex-flic patenté, un vieux de la vieille à qui on ne la faisait pourtant pas, avait affirmé haut et fort qu'Art DeGraff n'était pas dans la Ford. Or, il y était bel et bien.

« En tout cas, tout le monde s'est envolé. »

J'ai braqué les yeux vers la lunette arrière. Il y avait bien une camionnette verte garée derrière nous, avec un gros chien jaune qui montait la garde sur le siège avant, et, juste derrière, une Chevy Blazer noir et or, mais pas de Ford bleue.

« Pas mauvais, ce café.

— Je le mettrai sur votre compte. »

Il était gentil, ce Whelan.

« Et maintenant ?

— Je croquerais bien un chausson. Pas vous ? »

Il commençait à me plaire, finalement, ce flicaillon.

« D'accord, mais c'est moi qui paie, j'y tiens ! »

Je lui ai tendu un dollar. À ma grande surprise, il l'a empoché, ce cafard puant, puis s'est extrait de son siège avec moult grognements et gémissements.

« J'en ai pour une minute. Framboise, fraise ou pruneau, le chausson ?

— Framboise, tiens. »

Il a traversé la rue, le pas raide, et est entré chez *Hattie's*.

Tandis que j'attendais dans la Chevette que Whelan nous ramène ce qui devait nous tenir lieu de petit déjeuner, j'aurais bien aimé voir Abner passer. Les gens qui viennent habiter une petite ville, et Dieu sait si Brookfield méritait ce qualificatif, en adoptent vite les habitudes et ne tardent pas à se fondre dans la population, si clairsemée qu'elle soit. Pourquoi venir habiter la campagne, autrement ? Aussi, puisque tout le village — ou peu s'en fallait — était déjà debout et vaquait à ses occupations, Abner était sans doute levé lui aussi depuis belle lurette. Avec son appareil à la main, peut-être, Brookfield, charmante bourgade typique de la Nouvelle-Angleterre, étant tout à fait le genre d'endroit propre à séduire l'amateur. Aussi m'attendais-je plus ou moins à le voir surgir dans la grand-rue, le regard errant de-ci, de-là pour ne pas manquer le cliché original.

Il est passé à peu près la moitié de la terre — des couples, des jeunes, des vieux, des gens en salopette, en veste, en chaussures de marche, en tennis, des gens pressés, d'autres qui semblaient disposer de tout leur temps, des gens avec leur chien sous le bras, d'autres avec le chien au bout de la laisse, des gens qui rentraient chez eux, leurs emplettes faites, des gens avec un sourire fendu jusqu'aux oreilles, d'autres avec une mine longue comme un jour sans pain — mais point d'Abner.

Beaucoup plus de gens, en fait, qu'il n'aurait dû y en avoir dans les rues de Brookfield, Vermont.

Tel était le fruit de mes réflexions lorsque Whelan a passé sa grosse tête à l'intérieur de la Chevette et m'a tendu un chausson — un feuilleté fourré — enveloppé de papier blanc.

« Charmante petite ville, vous ne trouvez pas ?

— Oui. C'est fou ce qu'il peut y avoir comme monde, vous avez remarqué ? »

Une seule chose l'intéressait, son feuilleté, qu'il a commencé à dévorer à grands coups de dents voraces.

« Hum ! fameux ! »

Le feuilleté à quelques millimètres des lèvres, il a hoché la tête vers un endroit situé au-delà de la halle communale, vers où convergeaient effectivement des foules de gens.

« Il y a une braderie, une espèce de brocante. »

À ce train-là, je ne donnais plus cher de la peau du feuilleté.

« Là-bas... Cha doit avoir lieu tous les ans, je chuppoje. Rien que des chaloperies, chans doute.

— C'est pour ça qu'il y a tant de monde ? À cause de la braderie ?

— Vous seriez surpris du nombre de badauds que ce genre de manifestation peut attirer.

— Vous pouvez les voir ?

— Les voir ? Voir quoi ? »

La grand-rue était pourtant littéralement noire de monde.

« Eux... tous ces gens.

— Qu'est-ce que c'est encore que ces conneries ? Évidemment, que je les vois !

— Tant mieux. Ça me rassure. Plus vous en verrez, mieux ça vaudra. Au fait, comment se fait-il que vous soyez si bien informé des mœurs des petits patelins ? Je croyais qu'en quarante ans de service, vous n'aviez guère eu le temps de...

— Ouais, quarante ans de service. Mais ça ne m'a pas empêché de bouger. J'ai même beaucoup voyagé, chaque fois que j'ai pu m'évader de cette putain de ville. Je n'ai jamais pu supporter New York : dès que je le pouvais, j'allais m'oxygéner ailleurs. Pourquoi croyez-vous que je conduise un tacot pareil ? Parce que ça ne consomme pratiquement pas, voilà pourquoi !

— Je me disais aussi... Encore un peu, et il vous fallait un chausse-pied en option pour rentrer dedans...

— Je ne suis *pas* gros ! Je suis fort, c'est tout !

— Tout à fait. »

J'étais content de l'avoir fait bisquer, heureux du café et ravi de ce délicieux feuilleté fourré à la framboise. Je commençais même à regarder les gens d'un œil sympathique, à présent que je savais pourquoi ils s'étaient tous donné rendez-vous à Brookfield.

Le soleil qui tapait de l'autre côté de ma vitre me réchauffait agréablement le visage et tout le côté droit — même mon mal au crâne s'était dissipé. Le ciel était d'un bleu pâle, immaculé.

Whelan a hoché la tête en direction du bureau de poste.

« Ça ouvre à neuf heures. On va enfin savoir où se cache votre ami. »

CHAPITRE TRENTE-SEPT

À Bangor, il y a trente ans, ma tante Greta avait l'habitude de dire que les orages, les tempêtes, étaient de « vieilles sorcières » qui faisaient périodiquement le ménage chez elles pour faire place nette. Tante Greta était un personnage haut en couleur — une « femme comme on n'en fait plus », avait l'habitude de dire mon père, ce qui avait le don de mettre ma mère en rogne. Lorsque j'avais six ou sept ans, je ne mettais pas une seule seconde en doute l'existence de cette affreuse sorcière, et, lorsque survenait un orage, je n'avais aucune peine à l'imaginer avec son grand balai, ses longues jupes et son bonnet blanc — elle ressemblait en fait beaucoup à la mémé qui ornait certains paquets de détergents, pauvre mémé aujourd'hui reléguée aux oubliettes de la réclame en vertu de l'évolution inexorable des dures lois du packaging. Inutile de dire que ces jours-là, j'étais sage comme une image.

Naturellement, un jour, j'ai cessé de croire à la « vieille sorcière faiseuse d'orage », mais il n'empêche, qu'étant gosse, j'ai toujours considéré tante Greta avec un amour mêlé d'un peu de crainte. D'un côté, j'envisageais cette histoire, si horrible fût-elle, comme un conte merveilleux, mais, d'un autre, je dois avouer qu'elle n'était pas sans m'inspirer quelque frayeur, un mélange de peur, d'insécurité et de malaise qui n'avait rien à voir avec ce que je pouvais ressentir, par exemple, à l'issue d'un tour sur les montagnes russes ou à la vue d'un film d'horreur.

Si je pensais ainsi à tante Greta et à sa sorcière vindicative, assis dans la Chevette Scooter de Kennedy Whelan, à Brookfield, Vermont, à neuf heures moins le quart du matin, c'était parce que j'aurais parié qu'un orage s'annonçait, même si le ciel était bleu et si le soleil brillait au-dessus de la ville. Appelons cela une sorte de sixième sens, mais j'étais sûr de mon fait. Je ne savais pas quoi, mais il y avait quelque chose dans l'air ; peut-être faisait-il un peu *trop* beau ; peut-être était-ce dû aux quelques rares nuages à rompre la monotonie du ciel, d'un blanc d'hermine, mais pourtant nimbés d'un vague ourlet grisâtre qui ne me disait rien de bon.

« Un orage se prépare.

— Ah ? »

Whelan n'en croyait manifestement pas un mot.

« Je vous assure ; je sens venir ce genre de choses. Il va bientôt y avoir un orage.

— Vous voulez un autre café ?

— Volontiers. Mais je vais y aller moi-même, j'ai besoin de me dégourdir un peu les jambes.

— Comme vous voulez. Mais emportez votre gobelet vide, vous voulez ? J'aime bien avoir une voiture propre.

— Vous avez tout à fait raison. »

Muni donc de mon gobelet, j'ai réussi à m'extirper de mon siège baquet et me suis dirigé vers chez *Hattie's*, sur le trottoir d'en face. Il y avait véritablement foule et le simple fait de traverser la rue n'était pas une mince affaire. Ceux qui revenaient de la braderie se livraient à force commentaires. (« Dix-huit dollars pour une saloperie de cendrier ! Non mais, y rigole, le mec ! » Ou : « Vendre des trucs pareils ! Y en a qui doutent de rien ! » Ou : « Alors, j'lui ai demandé combien y m'faisait pour le tout. ») C'est alors que, parvenu au milieu de la rue, j'ai aperçu Abner.

Il sortait de la supérette, un sac plein de provisions sous chaque bras, l'air désemparé, comme s'il était éberlué de voir tant de monde.

Je me suis figé sur place, indifférent aux bousculades et aux propos aigres-doux.

« Abner ! »

Il s'est pétrifié sur le trottoir et a braqué le regard dans ma direction. Interloqué, son visage est passé de la surprise à l'affolement. Puis, comme aurait dit tante Greta, il a tourné cul sur pointe et s'est enfui comme s'il avait le diable à ses chausses, ses deux sacs brimbalant dangereusement.

Dans la Chevette, Whelan, un nouveau cigare au bec, était en train d'abaisser sa vitre.

« J'ai... »

Les mots me sont restés dans la gorge ; je ne savais trop pourquoi, mais je préférais garder ma découverte pour moi. Whelan m'a lancé un regard interrogateur. J'ai levé mon gobelet en l'air.

« Crème ? »

Il a hoché la tête. Des gens ne cessaient d'entrer et de sortir de chez *Hattie's*, et j'ai dû attendre quelques instants devant la porte, le temps que ceux qui étaient devant moi libèrent le passage. Depuis la Chevette, Whelan m'observait, l'air dubitatif. Derechef, j'ai levé mon gobelet en l'air.

« Crème ? »

Il a hoché la tête.

Abner, nulle part en vue, en avait bien sûr profité pour se fondre dans la foule. Le bleu du ciel avait pris maintenant un aspect métallique.

C'était bondé. Au comptoir, j'ai réussi à capter l'attention d'une serveuse (une de ces pin-up rebondies aux allures de lycéennes qui peuplent les fast-foods des pubs télé) qui m'a dit, sourire commercial aux lèvres :

« Je suis à vous tout de suite, monsieur.

— Ne vous donnez pas cette peine, je ne veux rien ! Y a-t-il une sortie de secours ? »

Son visage s'est fermé, à croire que je lui avais glissé une obscénité dans le tuyau de l'oreille, mais son sourire est aussitôt réapparu, esprit maison oblige.

« Oh ! bien sûr que oui. Là-bas... »

Là-bas, c'était au fond de l'établissement, comme j'aurais bien évidemment dû m'en douter. D'ailleurs, qu'est-ce que je faisais encore planté là ? semblaient dire les yeux de la mignonne qui biglait désespérément par-dessus mon épaule vers le suivant de la file, ayant manifestement autre chose à faire qu'à jouer les syndicats d'initiative.

« Je suis à vous tout de suite, monsieur.
— Oh ! ce sera juste un café ! »

Nom de Dieu ! Point n'était besoin de me retourner, c'était encore cet enfoiré de Kennedy Whelan. Il a posé paternellement la main sur mon épaule, comme pour me consoler d'être aussi nul.

« Vous n'êtes qu'un amateur ; vous me faites rire, tenez !
— Il y a un début à tout.
— Qu'est-ce que vous faites dans la vie, Sam ?
— En ce moment, je travaille dans le bâtiment. Mais j'ai bien d'autres cordes à mon arc.
— C'est très bien, ça. Mais contentez-vous donc de pincer celles que vous connaissez, d'accord ?
— Ouais ! »

Calmé — car je l'aurais bien bouffé —, je me suis retourné. Son infâme cigare planté en pleine goule et un sourire à bouffer du foin, fier de lui, cézigue semblait tout à fait requinqué. Solide comme un roc et sûr de lui, il n'avait plus rien du vieux perdreau à la retraite, malade et souffreteux, avec qui j'avais partagé la nuit. Étonnement qui devait se lire sur mon visage.

« Eh oui ! mon jeune ami, j'ai le sifflet qui aurait plutôt tendance à se bloquer, mais j'ai de l'asthme depuis que je suis tout gosse. Ça me cause quelques petits tracas de temps en temps, comme cette nuit, mais, à part ça, je suis aussi vif et fringant qu'un gardon ! »

La serveuse est réapparue, son éternel sourire — elle avait dû se le photocopier, ce n'était pas possible — aux lèvres.

« Bon, qu'est-ce que ce sera pour ces deux messieurs ? »

C'est Whelan qui a tranché.

« Deux cafés. Crème, s'il vous plaît.
— Tout de suite !
— Vous m'avez joué la comédie, avec votre asthme, hein, espèce de... de vieux... »

Son sourire niais s'est encore accentué et il a hoché vigoureusement la tête.

« Avouez que c'était bien joué, non ? C'était le seul moyen de vous ramener à la voiture. Je me voyais mal vous suivre à travers bois. Où comptiez-vous aller, de toute façon ?

— J'avais dans l'idée de rejoindre la voie de chemin de fer.

— Bien vu... Sauf que, doué comme vous l'êtes, je vous fiche mon billet que vous partiez dans la mauvaise direction.

— Probablement. En ce moment, tout ce que je fais foire, alors !

C'est quand même un monde. Mort ou vivant, on ne pouvait se fier à personne ! Ce n'était pas vrai ; je savais que ce n'était pas vrai. Il y avait des gens sur qui je pouvais compter, peu nombreux, certes : Leslie, Abner, Madeline. Des gens sans surprise, qui se présentaient tels qu'ils étaient. Je leur faisais confiance, comme à mon sixième sens pour prédire les orages, mais il n'y avait qu'une seule personne sur qui je pouvais compter sans réserve : moi-même.

La serveuse est réapparue avec nos cafés dans un sac en papier dont Whelan s'est prestement emparé.

« Retournons à la voiture, Sam. Vous pourrez ainsi m'expliquer calmement où se trouve votre petit copain.

— Mais je n'en sais strictement rien !

— Vraiment ? »

La question était de pure forme ; il savait que je disais la vérité.

« Vraiment. Je l'ai simplement aperçu qui sortait de cette épicerie, là-bas...

— Il vous a vu ? »

Dans la grand-rue, il y avait toujours autant de monde, mais le soleil avait disparu.

« Oui, mais dès qu'il m'a vu, il s'est enfui.

— Dans quelle direction ?

— Là-bas, vers la braderie. »

Nous avons fendu la foule du trottoir, Whelan, sans trop de ménagement, jouant savamment de sa corpulence pour nous frayer un chemin. « Pardon... Excusez-moi... S'il vous plaît... » Le vrai New-Yorkais, quoi.

« Et vous ne l'avez pas suivi ?

— C'était bien mon intention, mais... »

Il y avait vraiment un monde fou. *Mon Dieu, si jamais une ambulance ou les pompiers avaient besoin de passer* ?

« ... mais vous ne m'inspiriez pas entièrement confiance, monsieur Whelan. »

Ayant enfin réussi à regagner la Chevette, toujours courtois, je lui ai ouvert la porte, et, miracle sans cesse renouvelé, il a réussi à s'asseoir derrière le volant.

« Pourquoi ?

— Pourquoi quoi ?

— Pourquoi ne me faisiez-vous pas confiance ?

— L'instinct, je présume. La suite n'a-t-elle pas prouvé que j'avais raison ? »

Ma réponse l'a fait sourire.

« Alors, peut-être y a-t-il moyen de... ».

Il n'a pas pu achever sa phrase, interrompu par un hurlement d'effroi.

CHAPITRE TRENTE-HUIT

Whelan est sorti précipitamment de la voiture, faisant tomber le sac et les deux gobelets de café sur le trottoir, et, un coude sur la portière, l'autre sur le toit de la Chevette, s'est mis à jouer les métronomes, balayant successivement les deux bouts de la grand-rue pour essayer de deviner d'où pouvait provenir le cri.

J'ai entendu un nouveau hurlement, celui d'un homme, puis un autre, une seconde plus tard. Whelan ne voyait apparemment toujours rien d'anormal.

« Mais qu'est-ce qui se passe, bordel ? »

Quelque chose a tinté sur le trottoir, à environ une quinzaine de mètres. Levant les yeux, j'ai vu une femme vêtue d'une robe vert clair, en bordure de la foule, qui contemplait d'un air ahuri les deux moitiés d'un gaufrier tombé à ses pieds ; en un instant, la foule l'a avalée. Un homme qui dépassait tout le monde d'une bonne tête a tenté de ramener un peu de calme. « ... Du calme !... Pas de panique !... » Mais c'était une cacophonie générale de cris, de hurlements et de jurons ; un moment plus tard, il a disparu lui aussi, cerné de tous côtés.

Puis, incroyablement, en l'espace de quelques secondes à peine, comme s'il n'y avait pas de salut hors d'elle-même, la foule s'est réunie en une seule énorme masse agglutinée. Le silence s'est fait, un silence hallucinant, puis cette multitude, ce fleuve humain, s'est mis en branle vers nous.

« Mais qu'est-ce qui se passe, bon Dieu ? »

Whelan s'égosillait toujours, mais sur le mode étranglé, à présent.

Certains, à l'extérieur de la foule, se tenaient face aux gens, les bras écartés, essayant de contenir la marée humaine, mais la plupart avançaient résolument vers nous. Je me souviens en particulier d'un jeune homme en chemise rose, les yeux exorbités, une horloge sous un bras, l'autre pointé dans notre direction, immobilisé comme un coureur dans ses blocs de départ. La meute était sur ses talons et le poussait dans le dos ; il a trébuché une première fois, puis deux, puis trois, puis s'est écroulé, serrant toujours son horloge contre lui. La foule, vague après vague, lui est alors passé sur le corps. Toujours en train de bayer aux corneilles à côté de sa portière, Whelan a compris le danger, mais trop tard. Il n'a pas eu le temps de prendre le large ; la foule l'a coincé entre l'habitacle et la portière. Il a bien tenté de la maintenir écartée, mais, le visage violacé, l'inévitable s'est produit. Il s'est mis à haleter, manquant d'air, et, la poitrine comprimée comme dans un étau, a dû abandonner la lutte, lentement écrasé.

Sous la poussée de la foule, la Chevette s'est dandinée bord sur bord et a bougé d'une dizaine de centimètres. Profitant du répit offert et en y mettant toute ma force, j'ai réussi à retenir la portière et à pousser Whelan à l'intérieur. Il a lâché un rot sonore — ce qui, bêtement, m'a fait pouffer de rire — et s'est affalé sur son siège. Une demi-seconde plus tard, la portière s'est refermée en claquant sous l'énorme pression de la foule.

Me précipitant à l'arrière de la voiture, je suis monté sur le toit et y suis resté, allongé de tout mon long et les bras en croix, tandis que la voiture tanguait et tressautait sous les assauts désordonnés des insectes humains qui fuyaient en tous sens.

Alors, j'ai vu la Ford qui s'enfonçait lentement parmi la foule, fauchant les gens par grappes de deux, trois, quatre personnes ; c'était bien inutilement, en raison du nombre, que ceux-ci tentaient de s'écarter ; déjà de nombreuses personnes gisaient à terre, taches multicolores se tordant de douleur dans leurs tenues printanières au milieu des merveilles qu'ils venaient d'acquérir à la braderie : horloges, tableaux, poupées, grille-pain, lampes de table, puzzles. Il fallait faire quelque chose pour arrêter cette hécatombe.

« Renversez-la ! Renversez-la ! »

La Ford, bien sûr, que la foule aurait facilement pu retourner, si chacun s'y était mis, mais tous ces gens, rendus fous par la peur, ne savaient plus ce qu'ils faisaient. Ce n'était pas une intelligence collective qui se manifestait là, c'en était même la négation ; chacun faisait exactement le contraire de ce qu'il aurait fallu faire et des gens continuaient à s'abattre en hurlant.

« Renversez-la ! Mais renversez donc cette putain de voiture ! »

Seuls les plus proches m'ont entendu, dans le tohu-bohu général ; comprenant seulement qu'il fallait pousser, ils ont poussé, mais, tel le taureau obnubilé par la muleta, se sont acharnés sur la Chevette.

« Non ! bon Dieu ! Arrêtez ! »

Mais, devant, derrière, du côté du trottoir, du côté de la rue, la voiture était comme une île au milieu du flot humain, entourée de tous côtés de gens qui essayaient de se dégager, piétinant ceux qui étaient tombés à terre. De gens qui poussaient, qui tiraient, qui hurlaient, qui pleuraient. Agitée de soubresauts contraires, la Chevette n'a heureusement pas chaviré.

La Ford s'est arrêtée.

Personne n'a semblé s'en rendre compte.

« Elle s'est arrêtée ! Ça y est, elle s'est arrêtée ! »

Lentement, la foule a commencé à se débander au moment où les premières gouttes de pluie sont tombées du ciel.

La Ford s'était immobilisée à une cinquantaine de mètres, juste au milieu de la grand-rue ; le soleil était maintenant caché et il n'y avait plus de reflets sur le pare-brise. Et il y en avait, du monde.

Art DeGraff, d'abord, assis là où je l'avais vu pendant la nuit, au milieu de la banquette arrière, avec ses immenses yeux noirs dans ce hideux visage livide qui me regardaient aussi méchamment qu'un rat au dernier stade de la rage. Le meurtre dégoulinait toujours de chacun de ses traits, mais il arborait maintenant un ignoble petit sourire satisfait, le sourire du meurtrier qui s'apprête — enfin — à commettre son forfait.

« Va te faire foutre Art ! Puisses-tu rôtir en enfer ! »

J'ai lu sa réponse sur ses lèvres, prononcée avec une délectation insane :

« C'est déjà fait ! »

À côté de lui sur la banquette arrière, serrés comme des sardines, il y avait aussi les jumeaux Haislip, Trippe et Ryan, du restaurant de South Canaan. Comme Art, ivres d'on ne savait quelle ignominie longuement mûrie, ils affichaient tous deux un grand sourire édenté. De l'autre côté, contre la portière de droite, il y avait aussi Florence, la serveuse, qui battait des mains avec une mine ravie, telle une gamine de cinq ans qui découvre la mer pour la première fois. Madeline m'avait prévenu : « Faites attention aux *p* et aux *q*. » Et : « Les gens ne meurent pas, monsieur Feary, c'est le corps qui meurt ! » Et : « Si vous lâchez la proie pour l'ombre... »

Je commençais à comprendre ce qu'elle avait tenté de m'expliquer. Le meurtre colle à la peau dans la vie comme dans la mort, et c'était le meurtre qui habitait cette voiture.

Mais l'amour comme l'amitié survivaient, eux aussi. C'était l'amour d'Abner pour Phyllis qui l'avait poussé à se réfugier dans ce village, et c'était mon amitié pour lui qui m'avait poussé à le suivre.

Tout survit.

Rien ne meurt.

Les feuilles qui jaunissent à l'automne et noircissent en hiver reverdissent au printemps.

L'orage allait éclater. La monstrueuse sorcière allait brandir son balai de genêts et bouter hors de son seuil tout ce qui encombrait sa chaumière, les bons comme les méchants, les amoureux comme les assassins ; sans pitié, elle allait chasser tout ce beau monde, tous ces grands enfants immatures qui refusaient d'aller se coucher alors qu'il y avait longtemps que le marchand de sable était passé.

Cependant, toujours perché sur le toit de la voiture, au milieu de la foule qui se dispersait peu à peu, abandonnant derrière elle morts et agonisants dans leurs linceuls bariolés, j'étais maintenant sûr que ce qui allait s'abattre sur la ville ne serait qu'une averse printanière, une ondée rafraîchissante.

Comment pouvais-je être certain que ce qui se préparait n'était qu'une turbulence sans conséquence, un peu comme ce qui s'était passé dans la maison de Long Island, et que nous avions tous les deux d'abord pris pour les signes avant-coureurs d'une tempête ? « Peut-être devrais-tu t'en aller, Sam ? Je crois vraiment que tu ne devrais pas rester ici. »

Mais il avait eu tort.

Il avait cru que sa Phyllis allait lui être enlevée.

Il avait tort.

La pluie n'a pas tardé à transpercer ma chemise. Une pluie glacée. Beaucoup plus froide qu'elle n'aurait dû l'être pour un mois d'avril. Tellement froide que je me suis mis à frissonner. Je suis descendu en hâte de mon perchoir. Whelan gémissait et étouffait tour à tour. J'ai plongé la main dans la poche de son pardessus et lui ai appliqué son inhalateur devant la bouche. Il a agité faiblement la main en l'air. Ses yeux se sont ouverts, ont papillonné un instant, puis se sont refermés ; il a finalement marmonné quelque chose d'inintelligible.

Fouetté par les lances de la pluie, j'ai tourné mon regard vers les façades de ce paisible hameau de Nouvelle-Angleterre : la supérette, le café, la halle, étrange avec son réverbère autoroutier. Il y avait du monde à toutes les fenêtres ; chacun affichait un masque de tragédie, marqué par la peur, l'angoisse ou l'incrédulité.

Au-delà de la halle, face à la barre noire qui pesait sur le ciel, secoués par le vent, s'agitaient follement des fanions de plastique — rouges, bleus, or et blancs — et une grande bannière blanche qui proclamait : *Braderie de Brookfield*.

Comme un tank oublié ruisselant sous la pluie, la Ford était toujours au milieu de la grand-rue. Pour cette raison, sans doute, personne n'avait encore fait un geste pour porter secours aux blessés.

Whelan a battu des paupières, fermé les yeux, puis poussé un juron plaintif.

« Ça va ? »

Il n'a pas répondu. Son souffle était toutefois plus régulier ; il allait donc mieux.

« Remontez votre vitre, il pleut. »

Il a agrippé faiblement la poignée, la respiration sifflante, puis sa main est retombée mollement.

« Un peu de pluie n'a jamais fait de mal à personne. »

Debout à côté de la Chevette, la situation avait quelque chose d'étrange, entouré que j'étais par le tambourinement de la pluie sur le toit de la voiture, les halètements qui s'échappaient de la gorge de Whelan et, tout autour, les gémissements et les supplications des blessés.

CHAPITRE TRENTE-NEUF

Enfermé dans cette sorte de chape d'angoisse, d'étrange, la situation est devenue irréelle, sinistre. Que se passait-il à l'intérieur de la Ford ? Ils étaient tous là, le vieil homme du métro, les jumeaux Haislip, Florence, Art, mais leur apparence partait en lambeaux.

Avez-vous déjà versé un peu d'acide sulfurique sur un morceau de plomb ? Le plomb se dissout instantanément, en faisant des bulles et en sifflant comme du bois mouillé dans l'âtre de la cheminée. C'était exactement ce qui était en train de leur arriver. Ils se dissolvaient, comme un cachet effervescent dans un verre d'eau ; prisonniers de la Ford battue par la pluie, ils se liquéfiaient comme du sucre changé en caramel. Tous, sauf Art.

Whelan est revenu un peu à lui, intrigué par le chuintement qui bouillonnait à l'intérieur de la Ford.

« Qu'est-ce que c'est que ce bruit ? »

Les yeux ouverts, il a voulu se redresser sur son siège mais n'a pu y parvenir. Je lui ai pris la main et, avec mon aide, il a réussi à s'asseoir convenablement.

« Merde, je suis tout mouillé !

— Normal, avec ce qui tombe. Ça va aller, maintenant ?

— Oui. »

Puis il a vu le champ de bataille qu'était devenue la rue.

« Mon Dieu !

— Il faut aider ces gens. »

Tout autour de la Ford, certains gisaient paisiblement dans leurs beaux habits de printemps ; d'autres se tordaient ou étaient agités de soubresauts désordonnés, comme traversés de décharges électriques. Certains gémissaient ; certains suppliaient : « S'il vous plaît », sans arrêt. Un jeune homme appelait sa mère. Certains — un homme en blouson rouge, une femme en survêtement gris et chemisier blanc, une petite fille habillée d'une robe blanche à volants, d'autres encore — subissaient le même phénomène qui affectait, Art mis à part, les occupants de la Ford, pantins désarticulés rongés gloutonnement par la pluie corrosive. La bouche grande ouverte, comme s'ils voulaient crier, aucun son ne sortait de leurs lèvres.

Il n'est plus resté qu'Art dans la Ford, le visage blême, émacié, un visage où ne se distinguait plus que les deux puits effroyables de ses yeux noirs dardés sur moi.

« Va au diable ! »

Mais il ne me regardait pas ; il ne voyait plus rien. Les yeux fixes, des yeux qui ne cillaient pas, des yeux d'aveugle ; ayant franchi une à une toutes les bornes de la turpitude humaine, il n'attendait plus qu'une chose : que se referme enfin sur lui le dernier cercle des Enfers.

Par où commencer ? J'avais déjà connu des situations similaires au Viêt-nam. Oh ! pas souvent, deux fois, mais cela m'avait grandement suffi. Suite à de violentes échauffourées, il m'était déjà arrivé de courir au milieu des morts et des blessés en appelant un brancardier.

Alors que je me tenais là, hébété par l'ampleur du carnage, que la pluie se changeait en bruine et que le vent se réchauffait, un hululement de sirènes a éclaté au loin.

Je me suis approché d'une femme d'une vingtaine d'années, allongée à terre tout près de la Chevette. Vêtue d'un corsage rose, d'un élégant gilet vert et d'un pantalon noir très ample, elle gisait sur le dos, les bras écartés et les jambes serrées, comme clouée sur une croix, et serrait dans sa main droite une poupée de porcelaine. Ses yeux étaient ouverts et ses cils battaient de façon erratique ; je ne voyais aucune trace de sang.

« Où avez-vous mal ?
— Je…
— Au dos ? »
Elle a esquissé un hochement de tête.
Le mugissement des sirènes se rapprochait de plus en plus. Au son, il devait y avoir au moins trois ou quatre ambulances, ce qui ne serait sans doute pas de trop.
« Vous pouvez bouger les bras ou les jambes ?
— Nn-non. »
J'ai surpris un mouvement du coin de l'œil. C'était Whelan, penché, comme moi, sur un blessé. Les portes de la supérette et de chez *Hattie's* se sont ouvertes et les gens ont commencé à s'aventurer timidement dans la rue.
« Bougez-vous un peu le cul, nom de Dieu ! »
Le ton n'était peut-être pas celui qu'il aurait fallu employer.
« Il y a des gens qui souffrent ! »
Peine perdue. Autant parler à un mur. Ce n'était pas de leur faute ; ils étaient encore sous le coup de ce qui venait de se dérouler sous leurs yeux et qui dépassait leur entendement. Mais, choqués ou pas, ce n'était pas une raison pour se tourner les pouces.
« Alors, les limaces, ça vient ? Bande d'empotés ! »
Ces douceurs ont paru en dégeler quelques-uns et, peu à peu, chacun est sorti de sa torpeur.
Le mugissement des sirènes était maintenant tout proche ; me retournant, j'ai aperçu la première de ce qui semblait être une armada d'ambulances.
« Enfin ! Merci mon Dieu, ce n'est pas trop tôt ! »
La femme étendue à terre a souri, un sourire à la fois douloureux et attendri.
« Vous êtes drôle, vous. »

Une demi-heure plus tard, devant une maison d'un étage, à deux cents mètres à peine du foirail où avait eu lieu la braderie, j'avoue avoir connu un moment de doute et, malgré les événements dont j'avais pourtant été témoin, dû me pincer pour me convaincre que je ne rêvais pas. J'avais l'impression d'être passé sans transition d'un cauchemar dans un conte de fées.

C'était une petite maison blanche avec un toit pointu aux pignons tarabiscotés ; des bacs débordants de fleurettes d'un rose pourpré décoraient le rebord des fenêtres du rez-de-chaussée. Derrière les piquets de la clôture, peints tout en blanc eux aussi, dans un jardin bien entretenu, poussaient des rosiers amoureusement taillés. Il y avait même une piscine en céramique rose pour les oiseaux.

Sur la boîte aux lettres, quelqu'un avait inscrit à la peinture noire : CRAY/PELLAPRAT.

J'avais du mal à croire qu'Abner avait vraiment écrit là leurs deux noms, mais il ne fallait pas être grand clerc pour en deviner la raison : c'était un témoignage d'amour, un hymne à la vie, à la liberté. Qu'avait-il à cacher ? Ces deux noms accolés proclamaient qu'il vivait là avec la femme qu'il aimait. Il taillait ses rosiers, soignait ses fleurs, tondait sa pelouse, surveillait le niveau de sa baignoire à oiseaux. Il vivait là avec sa Phyllis et ils étaient heureux.

« Mon Dieu... Abner...

— Fous le camp de là, Sam ! »

Je ne l'avais pas vu. Il se tenait sur le porche, les mains sur les hanches et un air de farouche détermination sur le visage.

« Tu n'es pas le bienvenu, ici. »

Poussant le portillon, je me suis engagé dans l'allée caillouteuse menant au perron.

« Reste où tu es, Sam. N'entre pas. Je suis chez moi, ici ! »

J'ai secoué la tête, ignorant sa défense. Je n'avais pas la moindre idée de ce que j'allais faire ou dire, mais une chose était sûre : je devais entrer dans cette maison. Il le fallait.

« J'espère que tu te rends compte qu'Art t'a probablement suivi jusqu'ici ?

— Oui, mais tu n'as plus à t'inquiéter de lui.

— Tu n'es qu'un sale con !

— Peut-être. »

J'étais parvenu au bas des quelques marches du perron ; Abner a reculé jusqu'à la porte.

Il y avait quelqu'un dans son dos, quelqu'un de

presque aussi grand que lui, mais qui, dans l'obscurité du couloir, n'était qu'une ombre imprécise. Ce ne pouvait pas être Phyllis, qui avait dû connaître un destin identique à celui des jumeaux Haislip, de Florence et de Dieu seul savait encore combien de gens.

Quand j'ai pris pied sur le porche, Abner s'est reculé au-delà du seuil ; tout ce que je pouvais voir de lui était son bras, sur la poignée de la porte. S'il n'avait vraiment aucune envie de me voir, me suis-je dit, il ne laisserait pas la porte ouverte.

« Enfin, Abner, arrête de faire l'enfant ! »

Il a été plus rapide que moi et m'a fermé la porte au nez, ou plutôt m'a coincé dans l'encadrement, me blessant à la joue ; d'un coup d'épaule, j'ai envoyé la porte dinguer contre le mur du couloir. Personne.

Ma blessure était plus grave que je ne le pensais. Je m'étais sérieusement écorché la joue ; lorsque j'y ai porté la main, je l'ai retirée pleine de sang.

« Et merde !

— Sam !... »

L'appel venait de ma droite, d'un petit couloir qui semblait mener à un salon, une pièce plongée dans la pénombre.

« ... Tu n'es pas le bienvenu ! Va-t'en ! »

Il y avait de la colère dans sa voix, de la colère mais aussi une note de supplication.

Je me suis engagé dans le couloir. Je n'aurais su analyser avec certitude les bruits qui me parvenaient du salon : quelqu'un qui se déplaçait avec précaution sur les lattes de ce qui devait être un plancher, mais également un bruit de pas traînants, comme si quelqu'un d'autre marchait en chaussons.

« Abner ! Tu es mon ami, voyons : si je suis ici, c'est pour t'aider !

— On n'a pas besoin de ton aide ! On est heureux, tous les deux !

— On ?

— Phyllis et moi.

— Mais, Abner, la pluie...

— Je l'ai protégée ! Je l'aime et je l'ai protégée. »

J'étais à présent au bout du couloir ; devant moi béait

un grand salon, encombré d'un mobilier appartenant, semblait-il, à différentes époques. La seule lumière était celle qui filtrait de deux grandes fenêtres étroites tendues de rideaux de dentelle. Seule une moitié de la pièce était éclairée ; l'autre était plongée dans l'ombre. C'était là que se tenait Abner, dans l'entrée de la porte de la cuisine.

Je ne voyais que les contours de son visage, ses yeux, les prunelles agrandies, et ses lèvres, qui bougeaient dans le vide, comme s'il voulait parler mais n'arrivait pas à trouver ses mots.

Et Phyllis, qui se tenait derrière lui.

Phyllis dont je pouvais voir la tête, le cou, les épaules et la naissance de la poitrine ; elle était apparemment intégralement nue.

Abner a dû remarquer la direction de mes regards car ses lèvres ont cessé de trembler et un sourire nerveux est apparu sur son visage.

« Elle ne veut pas... elle ne peut porter aucun vêtement. »

Je pouvais distinguer le visage de Phyllis un peu mieux que celui d'Abner, car, en retrait d'une cinquantaine de centimètres, il était éclairé a giorno par la lumière venue de la fenêtre de la cuisine. C'était bien le visage que je me rappelais avoir vu dans la maison de Long Island, mais ce n'était plus qu'un masque, très beau, certes, mais un masque tout de même, une caricature de la beauté, son imitation parfaite mais frelatée.

« Je l'aime, Sam, tu comprends ?

— Laisse-la partir.

— Non. Je veux qu'on reste ensemble... Je veux pouvoir l'emmener avec moi à l'épicerie, au restaurant. Partout. »

J'ai pénétré dans le salon. Lentement, Abner a battu en retraite dans l'entrée de la cuisine ; derrière lui, Phyllis a reculé d'autant. J'ai alors compris que ce bruit de pas traînants que j'avais entendu il y avait quelques instants n'était autre que celui de la plante de ses pieds sur le parquet.

« Oh ! mais je l'habillerai, tu sais... Je lui mettrai les mêmes vêtements qu'elle avait l'habitude de porter. Elle est si belle, Sam, elle est tellement belle !

— Abner, il faut que tu la laisses partir.
— Mais elle va... elle va se fâcher. Elle ne va pas aimer ça. »

Il a baissé la tête un instant, apparemment peu satisfait de l'énoncé de sa phrase, puis a redressé fièrement les épaules, les yeux illuminés d'un sourire radieux, comme s'il venait de trouver le mot qu'il cherchait.

« Non, ce n'est pas ce que je veux dire. Phyllis ne se met jamais en colère, mais elle... elle a chaud, tu vois. Je dirais que ça lui échauffe les sangs, si elle en avait... C'est pour ça que les vêtements sont du feu sur sa peau. Oh ! elle ne dit rien — elle ne dit plus rien, désormais — mais je le sens bien. »

J'étais maintenant au milieu du salon, assez près pour le voir presque clairement. Il était torse nu et semblait avoir les épaules couvertes de plaies, de brûlures...

« Mon Dieu, Abner ! »

Je n'ai pas eu besoin de préciser plus avant ma pensée.

« Oh ! ça ? Ce n'est rien. Il a bien fallu la protéger de la pluie, tu comprends ? »

Je l'ai imaginé un bref instant, serrant sa Phyllis contre lui pour la protéger de l'horrible pluie acide, la pluie contre laquelle même le toit d'une voiture ou d'une maison était inutile et dont lui seul avait su la garder.

« Laisse-la partir, Abner. Vos chemins ne peuvent pas se croiser. Vous êtes trop différents... »

Il m'a interrompu d'un ricanement sardonique.

« Qu'est-ce que tu en sais ? Tu ne sais rien du tout ! Rien ! Ça fait deux ans que je côtoie ces gens ! Deux ans ! Et je sais qu'ils doivent suivre leur propre voie. Mais qu'est-ce que tu crois ? Tu crois que c'est comme quand on change d'emploi, ou qu'on quitte une maison pour une nouvelle ? Eh bien, non ! Une fois qu'ils sont partis, ils sont partis : c'est fini. Fini, terminé, clos ! Je ne sais pas où ils s'en vont ; personne ne le sait. Je ne veux pas qu'il arrive une chose pareille à Phyllis. À *ma* Phyllis !

— Mais enfin, Abner, regarde-la ! Regarde-la, bon Dieu !

— Oui, je la regarde. Tout le temps. Elle est belle, non ?

— Mais elle est *morte*, bordel de merde ! *Morte !*

— On est tous morts, Sam. Examine la question sous n'importe quel angle, on est tous morts, mon p'tit pote ! Tu te crois plus vivant qu'elle parce que tu conduis ta petite auto, ou que tu t'envoies en l'air toute la nuit, ou que tu...

— Mais elle est morte, Abner. Phyllis est morte !

— Oui, mais vois-tu, Sam, il y a une petite différence. Juste une toute petite différence. Elle est peut-être morte, mais elle m'aime, figure-toi ! Elle m'aime ! »

Je me suis jeté sur lui.

CHAPITRE QUARANTE

Je crois pouvoir dire aujourd'hui, deux mois plus tard, qu'il attendait, qu'il espérait un tel geste de ma part. Lorsque je l'ai ceinturé, il n'a pas opposé de résistance et s'est laissé choir sur le plancher. Nous avons roulé jusque dans les pieds de Phyllis, qui est tombée en arrière. Aussitôt une bouffée d'air fétide, une odeur de bois pourri, s'est élevée dans la pièce.

« Aide-moi, Sam ! »

Voilà ce qu'il m'a dit. En me jetant sur lui, toutes les vieilles peurs du Viêt-nam me sont revenues. À cette époque, en effet, petite fantaisie qui avait un temps nourri certaines de mes nuits, je m'imaginais me jetant sur une grenade pour sauver la vie d'un camarade. (Heureusement, l'événement n'a jamais eu lieu, Dieu merci, parce que je ne sais vraiment pas comment j'aurais réagi. Je crois que si une grenade était tombée au milieu de nous, personne n'aurait bougé et que chacun aurait fait confiance à l'autre pour jouer le rôle du héros.) Là, dans cette paisible maison d'un coin reculé du Vermont, la situation était un peu similaire car je n'étais pas du tout sûr de ses réactions. Dieu sait combien il aimait sa Phyllis, et je m'apprêtais à la lui enlever. Je ne savais pas du tout comment il allait réagir. Il risquait de prendre très mal la chose.

Et je ne savais pas non plus comment allait réagir Phyllis. En fait, elle n'a eu aucune réaction. Elle est restée à terre, là où elle était tombée et dégageant une odeur atroce — cette odeur de bois pourri, de varech décomposé, qui imprégnait la maison de Long Island. Comme une outre qui se vide, une sorte de ronflement discordant s'est échappé de son corps ; au bout de quelques minutes, tout chuintement a cessé et elle n'a plus bougé.

Je me suis mis à genoux, dominant Abner toujours étendu par terre, et lui ai pris les poignets.

« Laisse-la partir, Abner ! Laisse-la partir ! »

Il a ouvert la bouche ; peine, douleur, supplication sont tour à tour passées dans ses yeux, tels ceux d'un petit garçon qui vient de tomber et de se couronner un genou.

« Abner, reviens parmi les vivants ! S'il te plaît, laisse les morts en paix ! »

Il a fermé les yeux, poussé une sorte de gémissement, puis a fondu en larmes.

Le mois prochain, il sera garçon d'honneur à mon mariage. Il a dit qu'il louerait un smoking pour l'occasion car il ne veut pas que je lui prête un de mes costumes, prétendant que mes goûts sont encore pires que les siens, si possible. Il prétend aussi beaucoup aimer Leslie, mais, au fond, je soupçonne ces deux-là de s'observer comme chien et chat. Caractères opposés ; ce sont des choses qui arrivent.

Leslie a enterré son père dans un petit cimetière de Queens. Il est mort lors de ma randonnée dans le Vermont. Elle a voulu m'appeler pour m'annoncer la nouvelle, mais, bien sûr, n'a pas pu me joindre. Cette mort l'a beaucoup affectée. Durant tout le mois qui a suivi mon retour, je l'ai vue plus d'une fois ravaler ses larmes — au restaurant, au cinéma, devant la télévision, partout. Je ne sais combien de fois j'ai eu envie de lui dire : « Console-toi, Leslie. Ce n'est pas aussi terrible que tu l'imagines, crois-moi. » Mais, d'une part, elle se serait méprise sur le sens de mes paroles, et, d'autre part, je crois que je n'aurais sans doute pas su le lui expliquer non plus. Comme je l'ai déjà dit de nombreuses pages plus haut, s'il y a quelque chose que j'ai appris au cours de ces derniers mois, c'est que je ne sais rien. Je sais, de grands philosophes l'ont déjà dit avant moi, mais c'est une chose que de lire une telle affirmation au détour d'une page, et une autre, différente, que de pouvoir l'affirmer soi-même.

Art DeGraff, du moins ce qu'il en restait, a été emmené par la police. Complètement aveugle, il pouvait à peine marcher, ce qui n'était guère étonnant, après une année de réclusion passée dans un mur. Je croyais que Kennedy Whelan se serait frotté les mains, mais cela n'a pas été le cas. Il est resté étrangement sobre et peu expansif. Je gage que, pour lui, la journée avait été plutôt rude.

Madeline est partie un matin, abandonnant tout derrière elle, sauf la balle de base-ball de Gerald. Je l'ai vue la veille de son départ.

« Je vais là où l'on a besoin de moi. Je n'ai plus rien à faire ici. Ne me regardez pas comme ça, il y a des façons bien pires de finir sa vie. »

Et elle a raison. Je crois sincèrement qu'il y a des façons bien pires de passer ses jours que veiller à ce qu'il n'y ait pas trop de perturbations entre notre monde et celui dont on ne revient pas. Ou dont on ne devrait pas revenir.

Mais on ne m'empêchera pas de penser qu'il y en a aussi de bien meilleures.

Abner quittera la maison de Long Island demain. Avec l'avance qu'il a touchée pour réaliser un autre album photo sur Manhattan, il a loué un studio dans le West Village. Ce matin, armé d'un lave-pont, d'un seau, d'un flacon de Spic et d'un noble courage, il est parti là-bas pour rendre les lieux, selon ses propres termes, à leur propreté originelle. Je ne sais si un flacon de Spic va être suffisant.

Il semble être revenu à une vision saine de la réalité.

« Mon heure viendra bien assez tôt. D'ici là, je vais m'efforcer de faire le plus de choses possibles, de trouver ma place dans le monde. »

D'après la lueur qui brillait dans ses yeux, je suis sûr qu'il le pensait vraiment. De toute façon, si jamais cette petite lueur venait à faiblir, cet animal sait très bien que je serais là pour lui botter le cul.

Après tout, ce ne serait pas la peine d'avoir des amis, non, vous ne croyez pas ?

Achevé d'imprimer en janvier 1992
sur les presses de l'Imprimerie Bussière
à Saint-Amand (Cher)

PRESSES POCKET - 12, avenue d'Italie - 75627 Paris Cedex 13
Tél. : 44-16-05-00

— N° d'imp. 200. —
Dépôt légal : février 1992.

Imprimé en France